王太子妃殿下の離宮改造計画 3

斎木リコ

Riko Saiki

登場人物紹介
エンゲルブレクト
王太子妃護衛隊の隊長。伯爵位を持つ貴族でもある。杏奈の努力を間近で見て彼女に感情移入しつつある。
ルードヴィグ
スイーオネースの王太子。杏奈の夫だが、愛人を寵愛している。この頃、情緒不安定気味。
杏奈《あんな》(アンネゲルト)
日本育ちだが、現在は異世界の名ばかりの王太子妃。いつも自分を守ってくれるエンゲルブレクトに、淡い恋心を抱いている。

ヨーン
エンゲルブレクトの副官。ザンドラにご執心で、彼女を追い回している。
ハルハーゲン
スイーオネースの王族でもある公爵。王位に執着しているという噂があり、底が知れない人物。
エドガー
エンゲルブレクトの友人の外交官。見た目は好青年だが、人の弱みを握るのが得意という厄介な男。
ティルラ
杏奈の侍女。離宮改造計画にも、杏奈の日々にもなくてはならない有能な女性。
リリー
杏奈の侍女。魔導の専門家でもあり、研究のためなら寝食も忘れてしまう。
ザンドラ
杏奈の侍女。暗殺者の家系であり、その技術を使い杏奈を守っている。

目次

王太子妃殿下の離宮改造計画 3

一　王宮大舞踏会

八月も中旬を過ぎると、スイーオネースには秋の気配が漂《ただよ》い始める。それはここ、ヒュランダル離宮のあるカールシュテイン島でも同じだった。

「はー……いい天気ねえ……」

ノルトマルク帝国から嫁《とつ》いできた王太子妃アンネゲルト・リーゼロッテは、自身が持つ船「アンネゲルト・リーゼロッテ号」のデッキでくつろいでいる。ついこの間まで日本にいた彼女は、ある理由によって故郷である日本を出て、異世界にある父の国――帝国へ戻った。そして、そこからこの国へ政略結婚で嫁《とつ》いできたのだ。先日までは多忙だったが、社交シーズン終盤のこの時期、めぼしい行事は終わって、ようやく落ち着いてきている。残すは王宮で行われる大舞踏会のみだ。

デッキは護衛隊にも開放されているが、今は誰も来ていないらしく周囲に人影は見当たらない。

「アンナ様」

階段の方から声が聞こえた。姿を現したティルラは帝国からついてきた側仕えの一人で、軍人出身の有能な女性だ。

「ここよ、ティルラ。何かあった？」

「朗報です。帝国との通信が開通しました」

「本当に!?」

確かにいい報せだった。これでいつでも帝国の家族と連絡が取れる。

帝国とスイーオネースの間に通信用の中継局を置く計画は、アンネゲルトの結婚が決まってすぐに立てられたという。用地選定やら技術的な問題を解決し、ようやく開通した訳だ。

ティルラは持っていたタブレット端末をアンネゲルトに差し出してきた。

端末には母である奈々《なな》の姿が映っており、その後ろには父アルトゥルの姿もある。

『久しぶりー。元気にしてた？』

「お母さん！」

母につられて、アンネゲルトの言葉も日本語だ。もっとも、元々船内では日本語を使う事が多かったが。

笑顔の母とは対照的に、父の方は複雑な表情だ。何かあったのだろうか。

「お父さんってば、どうしたの？」

『何でもないわよ。娘を嫁に出した事を実感しているみたい』

その言葉で帝国に戻ってすぐのごたごたを思い出したアンネゲルトは、つい拗《す》ねた口調になってしまう。

「実感って……こっちの都合も聞かずにお嫁に出したのは、お母さん達じゃない」

『しょうがないでしょー。あんたは帝国皇帝の姪《めい》で、公爵令嬢なんて肩書きを持っているんだから』

相変わらずああ言えばこう言う母だ。この母が、どうやって日本から異世界の帝国へ行き、公爵という身分の父と出会って結婚したのか、未だに謎である。

それはともかく、今の言い方はない。そもそもの原因は、母との賭けにあるというのに。

そう思ってムッとしたアンネゲルトは、端末に向かい反論する。

「しょうがなくないでしょ！　帝国に戻るはめになったのは、お母さんのせいじゃない！　お母さんがあんな事を言うから」

『私のせいじゃなくて、あんたの自業自得じゃない。就活で内定を一つでも取れれば、あんたの勝ちだったのよ？』

アンネゲルトはぐうの音も出なかった。彼女が日本から異世界に戻った理由とは、この事だ。日本にいた時、就職活動に絡めて母と賭けをした彼女は、それに負けたせいで今ここにこうしているのだから、確かに自業自得と言えた。

「うー……で、でも！　帝国に帰った途端、結婚話が待ってるなんて聞いてなかったんですけど！」

悔《くや》し紛れに投げつけた言葉にも、母はあっさり言い返す。

『おやー？　そっちで大分楽しく過ごしているって聞いたけど？』

「う！」

母の指摘は本当の事だ。結婚生活自体は問題があるものの、現在のアンネゲルトは離宮の改造計画に熱中し、楽しく日々を送っている。

結婚相手の王太子には愛人がいてアンネゲルトを顧《かえり》みる事はない。そもそも、結婚式当日に王宮からここ、カールシュテイン島にあるヒュランダル離宮に移るよう言ってきたのは彼だ。

とはいえ、結婚を望んでいなかったアンネゲルトにとって、これはまさに渡りに船な状況だった。帝国からスイーオネースへ来る間も、どうやって王太子との結婚生活を避ければいいのか、そればかり考えていたほどなのだから。

荒れ果てた離宮を見た時にはどうしたものかと思ったが、今は改造計画の他にもやりたい事が見つかったし、アンネゲルトの生活は充実している。

『それに――』

急に母が笑みを浮かべ、声を潜《ひそ》めて画面に近づいた。その笑い方に、アンネゲルトは嫌な予感を覚える。

『そっちでいい人が見つかったんだって？』

予感は的中した。にやりと笑っている母の目には、きっと真っ赤に染まった自分の顔が映っている事だろう。

「そ……ど……な……」

声が詰まって言葉にならない。母の一言にはそれほどの威力があった。

『護衛隊の隊長を務めている伯爵なんですってね。帝国の港街と、そっちの島とで二回も助けてもらったんだって？』

『奈々、どういう事だ？　護衛隊の隊長がアンナとどう――』

画面の向こう側で両親が言い合いを始めたが、アンネゲルトに構っている余裕はない。何故母が、護衛隊隊長であるサムエルソン伯エンゲルブレクトの事を知っているのか。

答えはすぐにわかった。

「ティルラ……話したの？」

「申し訳ありません」

そう謝罪するティルラは困った様子だ。アンネゲルトも、彼女には奈々達への報告の義務があると頭ではわかっている。

ついこの間自覚したばかりの淡い恋心が親に筒抜けになっている現状に、アンネゲルトは穴があったら入りたい気分だ。

「もう、やだー……」

頭を抱えるアンネゲルトを、言い合いを終えたらしい母が宥《なだ》める。

『まあまあ、詳しい事までは聞いてないから。あ、でも相談したくなったら、いつでも受けつけるからね』

「お母さんには絶対相談なんかしないもん！」

アンネゲルトは子供っぽくぷいっとそっぽを向いた。横顔に母の何とも言えない視線を感じるが、無視をする。

その後はお互いの近況を簡単に伝え合い、初の二国間通信は終了した。これからは船がスイーオネース国内における中継局の役割を果たす為、王都でも通信が可能になる。

アンネゲルトの親戚で、在スイーオネース大使夫人のクロジンデも喜ぶだろう。

「思っていたより早く開通したのね」

内容はあれだったが、家族と顔を見て話す事が出来たのは嬉しいし、いい気分転換になった。

笑顔のアンネゲルトに、ティルラも笑みを浮かべる。

「工兵達の努力の結果です。これで帝国との連絡が取りやすくなりました。色々と捗《はかど》る事でしょう」

笑顔のティルラの迫力に、何が捗《はかど》るのかを確認する度胸はなかった。


社交シーズンの最後を締めくくる王宮大舞踏会の招待状は、スイーオネース国内にいる貴族を対象に配られたらしい。

「大舞踏会って、随分と大がかりなのね」

執務室として使っている部屋で、アンネゲルトは改めて招待状を見ながら呟いた。公務を行うようになってからスケジュール管理などの為に、私室と同じフロアにある空き部屋を使用しているのだ。

その執務室にはティルラの他、側仕えのリリー、ザンドラがいる。今日は大舞踏会の打ち合わせの日だった。

「ザンドラには招待状は来なかったのね？」

アンネゲルトの質問に、ティルラが答える。

「ええ。男爵までの身分の者が対象のようです」

男爵以上の身分を持っていれば、外国籍の貴族にも招待状が来るそうだ。事実、ティルラとリリーにも届いている。ザンドラは騎士爵の家の娘なので、対象外なのだとか。

「招待状のないザンドラはお留守番なの？」

「いいえ。アンナ様のお付きとして同行させます。会場は無理でも、控え室までは入れますから」

今回はティルラ達も出席者なので、アンネゲルトの側に居続けるのが難しいらしい。そこでザンドラのみ、会場に入るまでは側から離れないようにするとの事だ。

——そういえば、ザンドラは暗殺者の家系なんだっけ……

以前、本人からそう聞かされた。また、彼女には港街オッタースシュタットで酔っ払いに絡まれた時や、カールシュテイン島に侵入した者達に襲われた時に守ってもらった事がある。腕は折り紙付きだ。

アンネゲルトがザンドラについて考えていたところ、ティルラが呟く。

「今回は護衛隊員の多くが出席するようですから、会場での警護に少し不安がありますね」

「え？　どうして？　同じ会場にいるんだから、安心ではないの？」

「彼らとて、アンナ様にへばりついている訳にもいきませんよ。付き合いで一度や二度はダンスに参加しなくてはならないでしょう」

舞踏会なのだから、踊って社交をするのが主な目的となる。その中にあって踊らないというのは、無粋《ぶすい》と取られて不名誉に繋がってしまうのだ。

そうなると当然、アンネゲルトの側で護衛をし続けるのは難しくなる。ただ会場そのものの警備が厳しいので、問題はないかもしれない、とティルラは続けた。

「何せ主催は国王ご夫妻ですから」

そのせいか、国王夫妻は他の舞踏会に比べて遅くまで会場にいるらしい。それもあって、警備は他の催し物の比ではないようだ。

「本来の舞踏会はそう遅くまで開いているものではありません。ただ前にも申しました通り、大舞踏会は翌朝まで会場にいてもいい事になっていますし、実際、半数近くの参加者が朝まで会場にいるそうですよ」

「……すごい状態になっていそうよね」

徹夜《てつや》で踊り明かすなど、アンネゲルトは日本にいた時ですらやった事がない。徹夜《てつや》でカラオケならば経験があるが、最後の方は声が出なかった記憶がある。翌日は休日だったので家で寝続けたのも、今となってはいい思い出だ。

日本の事を懐かしむアンネゲルトに、ティルラは真面目な顔で続ける。

「それから、口に入れるものには気をつけてください。グラスを差し出されても、なるべく口をおつけになりませんよう」

ティルラ達が一番警戒しているのは毒なのだとか。刺客を給仕に紛れ込ませる、もしくは給仕を買収して目当ての人間に毒入りの飲食物を渡すのは、よく使われる手口だそうだ。

大舞踏会は規模が大きいので、警護が厳しい王宮といえど、どうしても隙が生まれやすい。それはそのまま、アンネゲルトの危険に直結していた。

もっとも、アンネゲルトを殺害しようとしているのはスイーオネース国内の貴族なので、大舞踏会で狙われる確率は低い。狙うなら、もっと警備が手薄な催し物を選ぶというのがティルラの意見だった。

「とはいえ、警戒するに越した事はありません。口になさるのは控え室でこちらが用意した物のみにしてください」

「わかったわ」

自衛も大事だ。アンネゲルトもこんな年齢で死にたいとは思わない。本来なら会場で供される飲食物に口をつけないというのはマナー違反になるのだが、事情が事情だから見逃してもらおう。

「さて、では次は衣装ですね。アンナ様のドレスはどれになさいますか？」

いきなり話題が変わった。大舞踏会はシーズン締めくくりという事もあって、皆が装《よそお》いにこれでもかと金をかけるという。立場上、アンネゲルトも手を抜く訳にはいかなかった。

「選ぶのも一苦労ね」

アンネゲルトはそう言いながら、タブレット端末に表示された大量のドレスの写真を眺める。実物を広げる手間が省《はぶ》けるので、アンネゲルト本人よりも用意する小間使い達に好評のシステムだった。

「これなんかどうかしら？」

「少し色が暗くありませんか？　この色ですと晩餐会《ばんさんかい》向きかと」

「んー……じゃあこっちは？」

「こちらは少々作りが地味ですね」

アンネゲルトが選ぶドレスは、どれもティルラのお眼鏡にはかなわないようだ。彼女から示されたキーワードは、「豪勢《ごうせい》に、だが下品にはならずに」というものだった。それを念頭に置いて探しているのだが、先程からだめ出しされてばかりいる。

「もう面倒だからティルラが決めてちょうだい」

「いけませんよ、アンナ様。ドレスを選ぶのも貴婦人の仕事の一つです」

ティルラが言うには、装《よそお》いを凝《こ》らして社交の場に出る事は、アンネゲルトの仕事なのだそうだ。その為に自身が着るドレスを選ぶのは、立派に仕事の範疇《はんちゅう》だと彼女は続けた。

「特にアンナ様は、実情はどうあれ王太子妃であり、宮廷でも王后陛下に次ぐ地位の女性なんですから。ご自身が社交界のモードの最先端を行く、くらいの気構えでいらっしゃらないと」

無茶を言う。自慢ではないが、アンネゲルトは日本にいた時でさえ服選びを友達に手伝ってもらっていたのだ。

「でも、さっきから私が選ぶのは全部ダメって言うじゃない」

「アンナ様、日本語が出ていますよ。ここにはリリーもザンドラもいるんですから」

アンネゲルトは唇をむうっと子供のように尖らせて黙り込む。不機嫌になるとよくやる癖だ。

ティルラの言にも一理あるのはわかっていた。帝国でも、伯母《おば》にあたる皇后シャルロッテが相応《ふさわ》しい装《よそお》いをし、女主《おんなあるじ》としてそつなく皇宮を切り回していたのを見ている。手本にすべきは彼女なのだろうが、どう考えても自分があのレベルになれるとは思えない。

何せシャルロッテは、ロンゴバルド王家の王女だったのだ。それと比べてアンネゲルトはというと、半分は帝国皇帝の血を引くが、もう半分は日本の庶民の血を引き、しかも日本で庶民として育っている。当然、受けてきた教育の質が違った。

「素養の問題もあると思うのよ……」

「教師役を務めた一人として、その辺りについては問題ないと自信を持って言いますよ」

ティルラによれば、帝国と日本を結ぶ「館」での教育で、貴婦人として必要な素養はしっかり身についているとの事だ。確かに子供の頃からあれこれ教えられてきたが、やはり実感が湧かない。

とはいえ、目の前のドレス選びからは逃《のが》れられないのだから、何とかする以外になかった。こうなったら強行突破しかない。

「決めた！　これにする！　反論は聞かない！」

そう言ってアンネゲルトがタブレットの液晶に表示させたのは、黄色地に赤と濃いピンクの花模様を散らしたドレスだ。大きく広がった三段重ねのオーバースカートは、若々しく華やかだった。

「ああ、それでしたら問題はありませんね」

「え？　そうなの？」

てっきりまた反対されると思っていたアンネゲルトは、拍子抜けしたような表情でティルラを見る。

ティルラはにっこりと笑って続けた。

「では、次はアクセサリーを選びましょうか。当日の髪型は普段通りになさいますか？」

やっとドレスが決まったと思ったら、次が待っていたようだ。アンネゲルトは天井を見上げながら溜息を吐いた。

◆◆◆◆

大舞踏会に向けて大わらわなのは、アンネゲルトだけではない。護衛隊員達の大半も同じような思いをしていた。

「やべ、靴をどこにやったっけ？」

「うお！　上着にカビが!!」

「シャツが染まってる!!」

このように騒いでいる面々には男爵家出身の者が多い。子爵位以上の家、もしくは裕福な家の者は、実家から連れてきた従卒が万事準備を整えていた。

先日起こった狩猟館爆破炎上事件により、王太子妃護衛隊はアンネゲルトの船に迎え入れられている。この大騒ぎも、船の中での事だ。

「隊長の支度はよろしいんですか?」

執務の途中、エンゲルブレクトにそう聞いたのは副官のヨーンだ。彼も伯爵家の嫡男として大舞踏会に出席する予定だった。

自身が伯爵家の当主であるエンゲルブレクトは、他の社交行事からは逃げられても、シーズン最初と最後の大舞踏会は欠席が許されない。サムエルソン家は伯爵位の中でも上位になる為、厳しい制約があるのだ。

「支度は家でやっているはずだ」

エンゲルブレクトの両親は既に亡く、父の代から勤めている家令が家の全てを取り仕切っている。その家令から先日、舞踏会の準備が整った旨《むね》を知らせる手紙が届いていた。

「同伴者はどうなさるんですか?」

珍しい事を聞いてくる、と思いつつ、エンゲルブレクトはヨーンの顔を見た。ヨーンは相変わらず考えの読めない無表情だ。

「別に、大舞踏会は同伴者がいなくとも出席出来るだろうが」

「そうですね……」

暗黙の了解として、舞踏会には既婚者ならば伴侶を、独身ならば家族を同伴者として連れていく場合が多く、独身者同士の組み合わせは少ない。

特に女性の場合は、家族以外の男性と出席すると陰であれこれ言われる対象になる。いわゆる身持ちのよくない娘とされるのだ。

通常の舞踏会ならともかく、王宮大舞踏会は同伴者なしでも出席出来る事はヨーンも知っているはずなのに、どうしたのだろうか。まさか――

「お前……侍女殿に無理《むり》強《じ》いするのはやめておけよ」

「やはりいけませんか？」

「当たり前だ！」

どうした事か、ヨーンは王太子妃の侍女の一人、小柄なザンドラを非常に気に入っている。彼女は実家が騎士爵だそうで、今回の大舞踏会には出席出来ない身分だった。

その彼女を、招待状のいらない同伴者として連れていこうと思っていたようだ。それもあって、エンゲルブレクトに同伴者の事を聞いたのだろう。

「何度も言ったが、本気ならまずは相手の警戒心を解く事から始めろ。遊びのつもりなら早々に諦めるんだな。相手が悪い」

ザンドラは、王太子妃が自国から連れてきた侍女である。これがスイーオネース国内で雇い入れた侍女ならまだしも、帝国出身では分が悪すぎて遊び相手には向かない。

「では時間をかける事にします。それも楽しいでしょう。狩りは仕掛けを作るのも醍醐《だいご》味《み》の一つですし」

エンゲルブレクトの忠告を受けて、ヨーンは殊勝に答えた。最後の一言は小声だったせいか聞き取れなかったが、どうも不穏な言葉を言っていた気がする。

「……今、何か言ったか？」

「いえ、何も」

嘯《うそぶ》くヨーンを睨みつけるものの、その程度で口を割るような可愛げのある副官ではない事など、エンゲルブレクトも骨身に染みて知っていた。

有能ではあるが性格に難ありとして、あちこちの上官を渡り歩いたヨーンだ。一番長くついているのがエンゲルブレクトの下である。

「とにかく、彼女に関しては慎重に行動するように。もし不埒《ふらち》な真似をして、それが妃殿下に知られれば、お前だけでなく護衛隊員全員がこの寒空の下、船から追い出されかねないからな。そうなったら原因はお前だと全隊員に告げるぞ」

「肝に銘じておきます」

疑う気持ちはあったが、隊員全員に恨まれてまで我《が》を通すほど愚かではないだろう。エンゲルブレクトはそう判断する事にした。彼はふとアンネゲルトについて思い出し、考え込む。

――同伴者か……

本来、王太子妃であるアンネゲルトの同伴者は夫の王太子だが、彼は自分の妃に見向きもしない。

また王太子妃の方も、その事を気にしている様子はなかった。政略結婚などこんなものかと思うものの、楽しそうに離宮の修繕を進める王太子妃を見ていると、何か違う気もする。

――妃殿下は、今の状況を喜んでおられるのか？

時折そう感じるのだ。偏見を持ちたくはないが、やはり異世界で育った方は普通と違うのかもしれない。

「関係ないか」

「何か仰《おっしゃ》いましたか？」

「いや、何でもない」

まだ部屋にいたヨーンに聞かれて、今度はエンゲルブレクトがそう答えた。いずれにしても、エンゲルブレクトが思い悩む事ではない。

大舞踏会までは、王太子妃の外出はないと告知されている。護衛隊員達も、目の前に迫った大舞踏会の準備に追われる者が多い。

おかげで、しばらくは殺伐《さつばつ》とした事を考えずに済む。エンゲルブレクトは窓からの景色を眺めながら、ちょっとした骨休めを楽しむ事にした。

◆◆◆◆

スイーオネースの王宮内は、近々催される大舞踏会の準備で忙しそうだった。使用人達や大舞踏会の担当者がばたついているせいか、会場の大広間だけではなく、王宮全体が慌ただしい雰囲気に包まれている。

その中を、エーベルハルト伯爵は悠然《ゆうぜん》と歩いていた。帝国大使である彼は、一日の大半を王宮内で過ごすのだ。

「伯爵」

廊下を歩く彼を背後から呼び止める声があった。振り返ると、国王の従兄弟《いとこ》に当たるハルハーゲン公爵である。

「これは公爵閣下、ご無沙汰いたしております」

ハルハーゲン公爵と会うのは、アンネゲルトが初めて参加した夜会以来だ。色々とよくない噂《うわさ》のある人物だが、独特の人脈を形成している為、無下に扱う事も出来ない。

そうでなくともエーベルハルト伯爵は帝国大使として、スイーオネースの王族である彼とはそれなりの付き合いをする必要がある。そこに個人的感情を介在させてはならなかった。

「伯爵も大舞踏会に参加するのだろう？」

「ええ、もちろん。ご招待いただいていますので、妻共々出席させていただきます」

大舞踏会は外国籍の者にも招待状が配られる。エーベルハルト伯爵以外にも、スイーオネース国内にいる帝国貴族はほとんどが招待されていた。伯爵は言葉を続ける。

「公爵が同伴者をどなたにするか、巷《ちまた》の噂《うわさ》になっていますね。引く手あまたでしょう」

「いやいや、さすがに大舞踏会はねえ」

ハルハーゲン公爵は苦笑しながら答えた。女性を同伴しただけで即婚約かと言われかねない場だ。下手な真似はしないという事らしい。

三度の結婚話が流れた公爵は、今ではすっかり独身を謳歌《おうか》しているようだ。

――もしくは……遊んでいる風を装《よそお》っているのか？

この公爵にそんな必要があるのか疑問に思うが、何分、目の前の人物は底が知れない。

「時に」

エーベルハルト伯爵がらちもない事を考えていたところ、公爵が話題を変えた。

「妃殿下も当然、ご出席なさるのだろうね？」

「ええ、そう聞いておりますよ。嫁《とつ》がれて初めての大舞踏会ですからね。準備が大変なようです」

つい先日も、アンネゲルトが愚痴《ぐち》をこぼしているとティルラから聞いたばかりだ。帝国皇帝の姪姫は華やかな場を苦手としていて、その準備はさらに苦手らしい。

「殿下は妃殿下のエスコートをきちんと出来るのかな？」

「さあ、さすがにそこまでは……」

公爵の揶揄《やゆ》に、エーベルハルト伯爵は苦笑で返したが、内心では「出来ないだろう」と思っている。

先日設《もう》けられた王太子妃への謝罪の場でも、あからさまにアンネゲルトを睨んでいたルードヴィグだ。いくら父である国王に言われたところで、アンネゲルトのエスコートをするとは思えない。前回の夜会もそうだった。

結婚祝賀の舞踏会での非礼はなかった事にされたが、ルードヴィグ自身が反省していない以上、これからも同様の騒動が起こるだろう。その時にスイーオネースがどう対応するのか。

――見物《みもの》だ。

底意地悪くそう考える伯爵は、表向きは人のいい笑みを浮かべていた。

伯爵の横顔を見て、公爵はくすりと笑う。

「随分と楽しそうだね、伯爵。何かいい事でもあるのかな？」

「さて……とりあえずは大舞踏会が楽しみです、と言っておきましょう」

「そうか。私も楽しみにしているよ。妃殿下と一曲くらいは踊れるかもしれないからね」

その一言に、エーベルハルト伯爵は「おや？」と公爵の顔を眺めた。

ハルハーゲン公爵がアンネゲルトと面識があるのは、妻のクロジンデから聞いている。先にあった園遊会で、クロジンデが席を外した隙に出会ったらしく、妻がぷりぷりと怒っていた。

その後も、音楽会などの社交場で顔を合わせているという情報を得ている。お互いに社交界の一員なのだから、シーズン中に催し物の場で会うのは普通の事だった。

だが、先日の夜会でのハルハーゲン公爵の態度を見るに、それだけではない気がする。

まさかとは思うが、彼はアンネゲルトを気に入ったのだろうか。そう考えたエーベルハルト伯爵は、改めてハルハーゲン公爵を見た。

年齢差は、親子ほどとまではいかないが十歳以上はある。しかも、アンネゲルトは王太子妃だ。いくら社交界では人妻との恋愛遊戯《ゆうぎ》が盛んとはいえ、王太子妃に手を出せば王族の公爵といえども無事では済むまい。

後腐れのない相手とばかり浮き名を流してきた公爵らしからぬ言動だ。何か裏があるのだろうか。

「どうかしたかい？　伯爵」

「いえ……アンネゲルト様のダンスは見た事がないもので」

伯爵は、暗にアンネゲルトは舞踏会で踊らないかもしれないとほのめかした。しかし、公爵はそれを軽くいなす。

「ダンスは貴婦人の教養だ。それに、大舞踏会で踊らないという事はないだろう」

「残念ながら、我らの姫君は異世界でお育ちになられましたから」

伯爵の返しに、公爵は一瞬鼻白む。アンネゲルトが異世界人の血を引いていて、異世界で育ったという話は秘密でもなんでもない。彼女が何か常識外れの真似をしても、「異世界育ちだから」で誤魔化せるのは楽だった。

もっとも、異世界でも貴婦人教育は行われていたと聞いている。教師の一人は側仕えとしてついているティルラだ。ダンスも、問題なく教え込まれているはず。

大舞踏会において王族は、一度は必ず踊る事になっている。それはアンネゲルトも知っているから、今頃は必死にダンスの練習をしているかもしれない。

彼女の事だ、義務を果たした後はクロジンデとおしゃべりに花を咲かせると思われるが、そこまでは伯爵も関与するつもりはなかった。

伯爵の思いを余所《よそ》に、公爵は元の調子を取り戻して言い出す。

「妃殿下のお妃教育は始まっているのだろう？　なら問題はないさ。ダンスの相手が一人だけとは限らないし、相手が殿下のみというのもないだろうね」

つまり、自分にも可能性はあると言いたいらしい。さて、どのような結果になるのやら。

公爵と別れたエーベルハルト伯爵は、二、三度頭を横に振って、先程までの思考をふるい落とした。

◆◆◆◆

その日、船内には朝からそわそわとした空気が流れていた。社交シーズン最後の日、大舞踏会当日である。

開始は十八時からで、それまでには王宮に入っていなくてはならない。さらに、アンネゲルトはこの日、結婚以来数えるほどしか顔を合わせていない王太子との話し合いをすることになっていた。そのため早めに王宮に入るよう、話し合いをセッティングしてくれたアレリード侯爵夫妻に言われているのだ。アレリード侯爵は、魔導技術を積極的に取り入れんとする革新派をまとめる人物である。その妻である夫人は、社交界でも広い人脈を持っていた。

いつも通りの時間に起床したアンネゲルトは、朝食を食べた後にティルラ、護衛船団のエーレ団長、エンゲルブレクトらと警護に関するミーティングを行っている。場所はアトリウムにあるラウンジだ。

「お支度は王宮でするとして、こちらを出るのは十四時でよろしいですね？」

ティルラの言葉に、アンネゲルトは短く頷く。

「ええ」

アンネゲルトのいるカールシュテイン島から王都へは、船で三十分ほどだ。王都の港から王宮までの時間を考慮して十四時発とした。ちなみに、大舞踏会は終了時間があってないようなものだが、アンネゲルトは二十二時までに退出する事になっている。

本日はティルラとリリーがほぼ行動を共にする予定だ。さすがにダンスまでは同行出来ないが、それ以外の場では二人から離れないように言われている。

「今回の大舞踏会は参加人数が多いですから、はぐれてしまわないようお気をつけください」

「ティルラ……子供じゃないんだから」

「オッタースシュタットで迷子になられたのは、どなたですか？」

アンネゲルトはぐうの音も出なかった。スイーオネースに嫁《とつ》ぐ為の旅の途中、港街オッタースシュタットで迷子になったのは事実だ。

その際に酔っ払いに絡まれたところを助けてくれたのが、王太子妃護衛隊隊長であるサムエルソン伯エンゲルブレクトなのだから、縁とは異《い》なものである。

「護衛隊では、それぞれ大雑把《おおざっぱ》に担当区域を割り振っています」

当のエンゲルブレクトはそう言って、大舞踏会の会場になる大広間の図面を出した。護衛隊員の中で大舞踏会の招待を受けているのは約半数であり、その人員で会場での警護を行う事になっているのだ。

「一区域を三人で担当し、妃殿下から目を離さないようにします」

「でも、隊員の人達にだって付き合いがあるんでしょう？」

アンネゲルトの言葉に、エンゲルブレクトは心配いらないと微笑む。

「各々《おのおの》、実家を通じて職務中である事を通達済みです」

護衛隊員は普段カールシュテイン島にこもっているので、付き合いのある家の者がこぞとばかりに話しかけてくる可能性がある。その為、事前に手を打っておいたそうだ。

エンゲルブレクトは、続けて今日の注意事項を口にする。

「王宮でも会場の警備を固めていますが、油断はなさらないでください。我々も気を引き締めておきます。また、庭園は手薄になりがちですので、お出にならないでください」

「はい」

簡単な確認事項だけと思われたミーティングだったが、雑談が交じり始めた途端、おかしな方向に向かった。原因となった発言の主はエーレ団長である。

「時に姫様、本日夫君《ふくん》と話し合いだそうですな」

「ふくん？」

一瞬、何の事だかわからなかったものの、しばらく頭の中でこねくり回した結果、ある単語と結びついた。書類上の「夫」の事である。

「ああ、王太子……殿下と、ね。ええそう。アレリード侯爵夫人が取り持ってくれたの」

微妙に言いづらそうにしているのは見逃してほしい。

そういえば、大舞踏会の前にそんなイベントもあったなあ、とアンネゲルトは思い出す。一応言いたい事はまとめたけれど、果たしてあの王太子が聞く耳を持ってくれるだろうか。

アレリード侯爵夫妻の顔を立てて話し合いの場には来るはずだが、いつも通りこちらを拒絶する態度を取られたら、反発せずに冷静に話せる自信がない。

——まあ、それでもいっか。とりあえず言いたい事は言っておこう。侯爵夫妻が同席してくれれば、いい証人になるかもしれないし。でも……

果たして婚姻無効を目指している、というのをスイーオネース貴族の前で言ってしまっていいものかどうか。さらに、いずれ帝国に帰るつもりでいるなどと言った日には、どんな反応があるかわからない。

気にしているのはあくまで侯爵夫妻で、王太子ではなかった。

「どうかなさいましたか？　アンナ様」

「え？　あ、ああ。何でもないの。どう言えば相手に伝わるかしら、と思って」

ティルラにそう答え、アンネゲルトは前に座るエンゲルブレクトをそっと窺《うかが》う。

この国は想像していたより過ごしやすい為、帝国に帰りたいと思う気持ちは大分薄らいでいる。苦手な社交では未だにまごつく事も多いが、クロジンデやアレリード侯爵夫人といった味方が助けてくれた。

それに何より、ここには彼、エンゲルブレクトがいる。帝国に帰ってしまっては、もう二度と会えなくなってしまうのだ。とはいえ、まだ自分の感情を自覚した段階であって、相手の気持ちは確認していない。

アンネゲルトが考え込んでいる間にも話し合いは進み、最終的にティルラの言葉で締めくくられる。

「では、以上でよろしいですね？」

反論をする人は誰もおらず、その場は解散となった。アンネゲルトは溜息を吐きながら部屋を出る。

自分が王太子妃という座に居続ける以上、この恋は前途多難だった。


昼食を食べた後は、アンネゲルトとティルラ、リリーの女性三人は支度に追われた。入浴してから髪を結い、下着を整え、ドレスを着て化粧を施《ほどこ》し、アクセサリーを身につける。船が王都の港に到着するまでに全ての支度を終えられたのは、手慣れた小間使い達の連係プレーがあったからこそだった。いつの世も、女性の支度には時間と手間がかかるものだ。

ただし、今着ているものは本番用ではなく、あくまで王宮に向かう為のドレスだった。本番用のドレスと小物は全て王宮に持ち込み、あちらで整える手はずになっている。

「ありがとう、みんな」

アンネゲルトは手伝ってくれた小間使い達に礼を述べる。綺麗にお辞儀を返す小間使い達の顔には、仕事をやりきった達成感が滲《にじ》んでいた。

そこへ、自身も支度を終えたティルラが扉を開けて入ってくる。

「アンナ様、お支度は調《ととの》いましたか？」

「ええ」

「船がそろそろ港に到着するようです」

船底の車庫までは、リリーも含めた三人での移動となった。その途中、乗り心地の事や馬によって速度に違いが出るなど、馬車に関する話で盛り上がる。

「いっそ、馬車に見せかけて動力源は別にしてしまえばいいのに」

「それ、どんなハイブリッドですか……」

アンネゲルトの思いつきにティルラがげんなりしつつ言うと、リリーが反応した。

「はいぶりっど、とは何ですか？」

無邪気に聞かれたが、アンネゲルトは咄嗟《とっさ》に答えられない。車の説明などでよく耳にする言葉だが、実際にどういう意味なのかと問われると、知らない事が多くて説明に困る。

代わりに答えてくれたのは、ティルラだった。

「異なる要素を混ぜ合わせたり、組み合わせたりしたものを言うのよ」

ふんふん頷きながら聞いていたリリーが、さらに質問を飛ばす。

「具体的には、どのような使われ方をしているのでしょうか？」

「ハイブリッド車という、電気とガソリンを利用した車があるわ」

ほう、と感心するリリーに、アンネゲルトはそういえば、と言葉をつけ足した。

「こちらでいうと、魔力でも電気でも動く道具は、ハイブリッドと言っていいんじゃないかしら」

帝国には魔力を電力に変換する技術がある。それらを使って、日本から持ち込んだ電化製品を使えるようにしようという取り組みが行われていた。

これにはリリーの実家であるリリエンタール男爵家も関わっていたとの事で、彼女はすぐに理解する。

「なるほど、あれをハイブリッドと呼ぶのですね！」

「えーと、ちょっと違うかも……」

とはいえ、これ以上はうまく説明出来ず、アンネゲルトは苦笑するしかない。

この時の会話が後に多くの命を救う事になるとは、誰も予想だにしていなかった。

王宮までの馬車はアンネゲルトだけ別になる。周囲を騎馬で固めるのは、大舞踏会に出席出来ない護衛隊員だ。

常に護衛の場にいたエンゲルブレクトも、今日は出席者なので加わっていない。彼との合流場所は舞踏会の会場である大広間だった。

王宮に到着したアンネゲルトは、ティルラとリリーを従えて案内されるまま王宮の中を進んでいく。

そして辿り着いた二階奥の部屋には、アレリード侯爵夫妻だけでなく、エーベルハルト伯爵夫妻も揃っていた。クロジンデの姿を見つけ、アンネゲルトは驚いたように声をかける。

「お姉様。どうしてここに？」

「帝国側の見届け役として来ましたわ。それよりも、お体は大丈夫なんですの？」

クロジンデはつい先日、アンネゲルトが疲労から熱を出した事を心配しているのだ。その後、狩猟館が爆発炎上するという事件もあった為、見舞いを遠慮していたらしい。

「ご心配おかけしました。もう大丈夫です」

狩猟館の件は大分後味の悪い結果となったが、一応決着がついた。ゆっくり休めたので体の方も問題はないと説明すると、クロジンデは苦笑する。

「見たところ、確かに大丈夫そうですわね。でも、油断は禁物ですわよ」

「はい」

優しいクロジンデのまなざしに、アンネゲルトは素直に頷いた。

「アンナ様」

そんな彼女に、ティルラが耳打ちをする。

「王太子殿下がいらっしゃる前に、侯爵ご夫妻に特区のお話をしておいた方がよろしいのでは？」

そういえばそうだ。王太子との話し合いに、その話題も出す予定でいる。この部屋にはエーベルハルト伯爵夫妻もいるし、丁度よかったではないか。

「あの、殿下とのお話の前に、私から皆さんにお伝えしたい事があります」

すると、両夫妻がアンネゲルトに注目する。

「一つ、構想がありまして、ぜひ皆さんにもお力添えをお願いしたいと思います」

アンネゲルトはそこで言葉を切って、居並ぶ人達の顔を見た。

「国王陛下よりいただいたカールシュテイン島を、この国における魔導特区にしたいのです。つまり、魔導を研究する者達が安心して研究を続けられるよう、特別区を作りたいと思っています」

アレリード侯爵夫妻はお互いに顔を見合わせている。エーベルハルト伯爵夫妻の方は、二人とも穏やかな笑みを浮かべていた。おそらくティルラから事前に話を聞いていたのだろう。

しばらくあって、アレリード侯爵が質問を口にした。

「妃殿下、その特区とは具体的にはどのようなものでしょうか」

「研究へのあらゆる支援や、共同研究を行う為の研究者同士の仲立ち、彼らの生活支援などの場として考えています。魔導研究を志《こころざ》す者達が安心して暮らし、研究に専念出来るようにしたいのです」

スイーオネースは教会の力が強い国であり、その教会は魔導を神の教えに背《そむ》くものとして禁じてきた。それだけではなく、教会は魔導に関わる者達を弾圧している。カールシュテイン島で出会い、アンネゲルトの下で働いているフィリップも、魔導研究をしていたせいで王都を追放された身だった。

王太子とアンネゲルトの結婚を機に、国王アルベルトが魔導技術の導入に踏み切った事で、王家と教会の対立を招いたといわれている。だが、今のところ目立った衝突は見られない。

それでも、教会がこのままである以上、魔導研究者は研究どころか、生活すらままならないだろう。そんな彼らに、安定した生活と研究の場を与えるのが一番の目的だ。

実際にどこまで研究者達に関わるかは決めていないが、その辺りはこれから詰めていけばいい。まずは賛同者を集めなくては。

この国に今までなかった「魔導の為の特別区」を作るとなれば、整えなければならない法案は山ほどあるだろう。それらを通す為にも、人数を集める必要があるのだ。

「越えなくてはならない壁は多いでしょう。ですが、スイーオネースに合うように研究開発された魔導技術は、将来この国の為になるはずです」

アンネゲルトの話を聞くアレリード侯爵の顔つきは、政治家のそれになっている。

「おそれながら妃殿下、そのお望みを叶えるとなると、敵を作る事になるやもしれません」

「わかっています」

「教会を敵に回すかもしれませんぞ」

「覚悟の上です」

特区として設立させてしまえば、教会とて魔導を弾圧する事は難しくなるはずだ。しかも、特区設立に関わるのが帝国の姫であるアンネゲルトとなれば、教会側も下手な動きは出来まい。帝国と教皇庁は繋がりが深く、権力に折れないことで知られる教会も、総本山の教皇庁の意向には従う。

その考えも告げたところ、侯爵は黙り込んでしまった。

――失敗……かな……

まだ計画段階にあるせいで、かなり粗《あら》い内容になっている。もっと詰めて、きちんと説明出来る段階になってから話した方がよかったのではないか。そう考えるアンネゲルトの背筋に嫌な汗が流れた。

革新派は、魔導技術を積極的に取り入れていこうという考えで集まった派閥なので、特区設立について賛同を得やすい人達である。

そんな革新派をまとめるのが、今、アンネゲルトの前で眉間に皺《しわ》を寄せて考え込んでいるアレリード侯爵なのだ。彼を落とさなければ革新派の賛同は得られない。ここで躓《つまず》くという事は、計画の失敗を意味する。

皆が固唾《かたず》を呑んで見つめる中、アレリード侯爵が口を開いた。

「妃殿下が覚悟を決めていらっしゃるのであれば、私どもとしては何も言う事はありません。何よりこの国の行く末を考えてのお考え、感銘を受けました。微力ではありますが、ぜひ力添えさせていただきたく存じます」

「ありがとう、侯爵」

これで、今日の第一関門は突破した事になる。一番の難所を乗り越え、アンネゲルトはホッとしていた。

「まずは知人にもこの話を広めたいと存じますが、よろしいでしょうか?」

侯爵の言う「知人」とは、派閥の貴族を指す。

「それはありがたいのだけど、まだ計画もろくにまとまっていない状態なの」

「その件につきましては、妃殿下お一人で悩まれずともよろしいのでは? そうした事にこそ我々をお使いいただきたい。法案に関しても、書類の作成に長《た》けた者がおりますよ」

アレリード侯爵の申し出は嬉しかった。スイーオネースでの書類作成方法はまるでわからないので、誰かに頼る他ないのだ。

「よしなに、侯爵」

「お任せください」

これで特区の実現に一歩踏み出した。後はゴールに向けて進むだけだ。障害は多いだろうが、やり遂げなくてはならない。

――この国の為でもあるけど、自分の為でもある。

特区の設立が成功すれば自分の実績になるし、自信がつく。それは今のアンネゲルトにとって、何より大事なものだった。

魔導特区についての話し合い後、しばらく和《なご》やかな時間を過ごしていたが、侍従が王太子の来室を告げた途端、部屋の中に緊張が走った。

「アンナ様、私達もついております。しっかりあそばせ」

「はい」

励ましてくれたクロジンデに、アンネゲルトは頷いて答える。

自分は今後も別居婚を続けるつもりであり、愛人の男爵令嬢は好きにしてほしい。出来たら特区設立に手を貸してほしいし、そうでないならせめて邪魔をしないでほしいなど、伝えるべき内容は全て頭に入っている。

頭の中でそれらを確認していると、王太子が入ってきた。全員がその場で立って出迎える。

「殿下、お忙しい中お時間をいただきありがとうございます」

その場を代表して、アレリード侯爵が述べた。

「いや、いずれはこうせねばならなかったのだから、問題ない」

そう返した王太子ルードヴィグは、アンネゲルトの前に用意された席に腰を下ろす。

——……こんな顔をしていたっけ？

王太子を見たアンネゲルトは内心、首を傾げた。考えてみれば、彼に会った回数は片手で足りる程度だから、記憶が薄れていても仕方ない。

改めて、前に座る名目上の夫の顔を見る。美しく整った容姿は、男性という事を忘れそうなほどだ。その秀麗な面差しに、最近よく見る姿が重なった。

——やっぱり血の繋がりがあるからか、ハルハーゲン公爵と似ているわよね。王太子の方が中性的だけど。

ハルハーゲン公爵は男性的な美しさがあるが、ルードヴィグは女性的だ。もっとも、眉間に皺《しわ》を寄せた表情ではその魅力も半減しているが。

全員が着席してから、話し合いが始まった。

「まずはこちらから、よろしいでしょうか？」

そう言い出したのはアンネゲルトである。先制攻撃よろしく、言いたい事を言っておこうと思ったのだ。相手がどういうリアクションをするかを見て、対応を考えればいい。

「よかろう」

身分から言えば当然なのかもしれないが、先程から繰り出される王太子の横柄《おうへい》な言い方が癇《かん》に障《さわ》る。だが、今はそんな事を言っている場合ではない。

「私がこの国に来たのは、帝国と王国の架《か》け橋となる為です。決して殿下と男爵令嬢の仲を裂く為ではありません。ですからこのまま、王宮と離宮での別居婚を続けたいと思っています。先日も国王陛下の御前で申しました通り、私は離宮から出るつもりはありません。王太子妃としての責務は果たす所存ですが、世継ぎについてはご遠慮させてくださいませ」

ちょこちょこと嘘が交ざっている。アンネゲルトがスイーオネースに来たのは、母との賭けに負けて帝国に帰ったところ、嫁《とつ》ぎ先が用意されていたからだ。

それに王太子妃としての責務は果たすと言いながら、世継ぎは産まないと宣言している。妃の一番の責務が世継ぎを産む事なのだから、大きな矛盾だった。

大体、アンネゲルトには結婚を継続する意思そのものがない。さすがに口にはしなかったが、いずれは婚姻無効を申請するつもりでいる。申請に配偶者の同意は不要なのだ。

そう考えつつアンネゲルトがルードヴィグの方を窺《うかが》うと、彼は目を丸くしてこちらを見ている。

——……何で？

アンネゲルトは首を傾げた。今の自分の発言に、そんなに驚くような部分があっただろうか。

「あの、殿下？」

アンネゲルトに声をかけられ、ルードヴィグははっと我に返った。

「あ、ああ」

「ここまではよろしいでしょうか？」

「……まだあるのか？」

驚きから回復出来ないでいるルードヴィグに、アンネゲルトは頷く。

「実は先程侯爵夫妻にも話しましたが、カールシュテイン島を魔導の特別区、魔導特区にしたいと考えています」

「魔導……特区？　何なんだ？　それは」

「これからご説明いたします」

そう言ったアンネゲルトは、侯爵夫妻に話した内容をルードヴィグにも語って聞かせた。

「私のもとに、司教様のご命令で王都から追放された魔導研究者がいます。彼のように、政治や宗教によって魔導研究の道を閉ざされる事のない環境を整えたいのです」

「それを、何故この場で言うのだ？」

ルードヴィグの眉間の皺《しわ》が、さらに深くなっている。おそらく、この場にいる事自体が不愉快なのだろう。アンネゲルトとしても、話を長引かせるつもりはない。

「出来ましたら、殿下にもご助力いただきたいと思ったからですわ。ご助力いただけないというのであれば、妨害だけはしないでいただけます？」

「ばかばかしい。何故私が妨害などと。やりたければ勝手にやればいい」

「ありがとうございます！」

吐き捨てるみたいに言ったルードヴィグに、アンネゲルトは反射的に礼を述べる。どのような理由で言ったのであれ、言質《げんち》を取ったのだ。

王太子であるルードヴィグに妨害されれば、シャレにならない事態になるのはわかっていた。教会も手強い相手だが、次期国王であるルードヴィグもまた、敵に回すと厄介な存在になる。

アンネゲルトは、同席しているアレリード侯爵に話を振った。

「アレリード侯爵、今の殿下のお言葉、聞きましたわね？」

「はい、確かに」

笑顔で頷くアレリード侯爵に、アンネゲルトはこれで証人が得られたと安堵する。

「話はこれで終わりか？」

「ええ」

「では、もういいな」

ルードヴィグはそう言って席を立った。あっという間に部屋を出ていく背中を見送りながら、アンネゲルトは溜息を吐く。これで第二関門も突破した。

「お疲れ様でした、アンナ様」

労《ねぎら》いの言葉をかけてきたティルラは、笑みを浮かべている。

「これで堂々と別居出来ますわね」

クロジンデの言葉には、エーベルハルト伯爵だけでなくアレリード侯爵夫妻も笑っていた。


思っていたよりも王太子との話し合いがスムーズに終わった為、アンネゲルト達は大舞踏会開始の時間までは与えられた控え室でのんびり過ごしていた。

「いくらのんびり出来るとは言っても、少しだらけすぎではありませんか？」

呆れた口調で言うティルラの前に、ソファでだらしなく寝転がるアンネゲルトがいた。ドレスを着たままでは皺《しわ》になるので、クリノリンを外したコルセット姿で足をばたつかせている。

「大舞踏会が始まったら、こんな風には過ごせないんだもの。今だけ見逃してちょうだい」

どうせこの部屋には誰も入ってこないし、と続けると、ティルラの口から盛大な溜息がこぼれた。

アンネゲルトに用意された控え室は、三室が連《つら》なる広いものだ。ここはその一番奥で、誰も入らないように言い渡してある。

今部屋にいるのはアンネゲルトの他にはティルラ達側仕えと、船から連れてきた小間使いのみだ。帝国の人間だけというのも、アンネゲルトが気を抜く理由の一つだろう。

「それにしたって、下着姿などお行儀が悪すぎますよ。それに寒くないんですか？」

お風邪を召されますよ、と続けるティルラに、アンネゲルトは渋々と起き上がって、薄手の部屋着を羽織った。それでも、まだドレス姿に戻る気にはなれないらしい。

小間使い達を連れてきているので、髪型が崩れても整えてもらえる。大体、今日の髪型も高く結い上げるものではなく、後ろに軽く流している程度だ。後は髪飾りと花を付ければ終わりである。

時刻は大舞踏会開始まで一時間を切っていた。アンネゲルトもここに来て初めて知ったが、王族である彼女は開始一時間後に会場入りするのだそうだ。国王夫妻はさらにその後に会場入りする。

「実際に始まるのは、十九時半から二十時の間なのね……」

「そうなりますね」

時計の針が十八時を回ってからもそもそと支度を調《ととの》えたアンネゲルトは、扇《おうぎ》で隠した口元から軽い溜息を吐きつつ廊下を進んでいた。向かう先は、会場である大広間である。

絢爛豪華《けんらんごうか》な大広間は、庭園に面した部分が全面硝子《ガラス》張りになっている。この国では硝子《ガラス》は高価な品なので、それをふんだんに使う事で贅沢《ぜいたく》さを演出しているそうだ。

壁や天井の装飾も見事で、つり下げられているシャンデリアはまばゆいばかりの輝きだった。ただ、光源が蝋燭《ろうそく》なので、部屋の隅の方はどうしても薄暗くなる。それもまた秘め事を楽しんだり、内緒話をしたりするには好都合らしい。

大広間は既に人で埋まっている。身分が低い者から入室していく為、男爵位の者達は随分と長く大広間にいたようだ。

その間も社交に勤《いそ》しんでいるのでまったくの無駄な時間という訳ではないが、やはり長く待たされるのは疲れるのだろう。会場内の半数近くの顔には疲労の色が浮かんでいる。

男爵位のリリーと子爵位のティルラは、王太子妃であるアンネゲルトのお付きとして入室するので、彼女の時間帯に合わせていた。

「アンナ様」

呼び止められて声の方を見ると、クロジンデが夫君の伯爵と共に立っている。王太子との話し合いから約三時間が経過していた。その間、夫妻は会場のあちこちで挨拶《あいさつ》回りをしていたようだ。

「まあ、今夜のドレスはまた鮮やかですわね」

「お姉様も、今夜は帝国風ですのね」

クロジンデのドレスも先程とは違う。しかも、これまで社交の場で着ていたスイーオネース風のドレスではなく、帝国風のドレスである。色は深い青で、彼女によく似合っていた。

「あら、サムエルソン伯爵はご一緒ではないの？」

クロジンデの何気ない一言に、アンネゲルトは内心ぎくりとする。だがすぐに、自分がエンゲルブレクトをどう想っているか、クロジンデにまで伝わっている事はないだろうと思い至った。

「ええ、ここで合流する予定なんです」

アンネゲルトがぎこちなく笑いつつ答えると、クロジンデは頷きながら耳元に囁《ささや》いてきた。

「本日も私がお側におりますから、挨拶《あいさつ》に来る方々の事は任せてくださいませ」

ありがたい申し出に、アンネゲルトは心からの笑みを浮かべて感謝する。本当にクロジンデが大使夫人で助かった。

そんな彼女達の周囲には、既に人の輪が出来始めている。皆、王太子妃に顔を売っておこうと必死だ。

王太子の謝罪を受け、国王からも公務と社交界復帰を正式に認められた為、アンネゲルトの王太子妃としての地位は以前より確かなものとなっていた。当然ながら、その地位に群《むら》がる貴族は多い。

「ご無沙汰いたしております、妃殿下。いつぞやの園遊会以来ですな」

「ごきげんよう。あの庭園は本当に見事だったわね。何度でも見たいと思うわ」

「お久しぶりでございます、妃殿下。以前ご一緒した音楽会は楽しゅうございました」

「ごきげんよう、あの音楽会では、特にアリアが記憶に残っていてよ」

あちらこちらからかかる声に、アンネゲルトは愛想笑いで答える。退出する頃には頬が筋肉痛を起こすのではないかというほど、笑顔の大安売りだ。

中には、今回初めて挨拶《あいさつ》する人物もいる。その内の一人がクロジンデから紹介を受けて、アンネゲルトの前に進み出た。

「妃殿下、こちらシルヴマルク伯爵令嬢パニーラ様です」

その姿を見て、アンネゲルトはおや、と表情を変える。

「お、お初にお目にかかります、妃殿下」

ぎこちない様子で礼を執《と》るのは、二十歳前くらいの令嬢だ。少女というには成熟しているし、女性と呼ぶには初々《ういうい》しい。おそらくは社交界デビューして間もないのだろう。

アンネゲルトの目を引いたのは、彼女が着ているドレスだった。スイーオネースで流《は》行《や》りの型ではなく、帝国風のドレスを身につけているのだ。

そういえば、会場内にちらほらと帝国風のドレスを着た貴婦人がいる。スイーオネース風のドレスとはあからさまに型が違うのですぐにわかった。

「ごきげんよう。素敵なドレスね」

「ありがとうございます！　父が帝国で仕立ててくれたんです」

満面の笑みでそう言った令嬢は、隣にいる母親らしき女性に肘で小突かれている。言葉遣いがなっていないと言いたいのだろう。

「そう。とてもよく似合っているわ」

嘘ではなく、明るい色の生地は若々しい令嬢に似合っている。それに、釣り鐘型にふんわりと膨《ふく》らんだスカートにも若さを感じた。目の前の令嬢が着ているドレスは、もう少しいじれば結婚式のカラードレスとしても通りそうだ。

令嬢は、褒《ほ》められたのが嬉しいのかはしゃいでいる。その様子に微笑みながら、アンネゲルトは次々と挨拶《あいさつ》してくる相手に声をかけていった。

「いつぞや以来ですね、妃殿下」

そう言って目の前に現れたのは、国王の従兄弟《いとこ》であるハルハーゲン公爵レンナルトだ。

「ごきげんよう、公爵。今日は『お友達』とご一緒ではないのかしら？」

公爵の後ろには誰もいない。てっきり今日も彼は女性に囲まれているものと思っていたアンネゲルトは、素でそう言っていた。隣にいるクロジンデが、扇《おうぎ》の陰で噴き出しかけている。

これには公爵も苦笑せざるを得ない様子だ。

「友達とは、少し距離を置く事にしたんですよ」

「まあ、そうなの。お友達はさぞ嘆《なげ》いているのでしょうね」

アンネゲルトの声には特に感情はこもっていないが、周囲の人間は驚きの表情を浮かべていた。

耳を澄《す》ますと、あちらこちらから「ようやく」だの「これはいよいよ」だのといった言葉が聞こえてくる。どうも、先程の公爵の言葉が原因のようだ。

——たった一言で、女遊びをやめて身を固める気になったっていう結論を導き出すなんて。

名探偵も真っ青だ。こうした場では、言動に気をつけなくてはいけないと散々言われてきたが、その理由を肌で知った気がする。

げんなりするアンネゲルトの耳に、公爵の声が響いた。

「今宵《こよい》はお相手を願えますか？」

聞きようによっては深読み出来そうだが、この場で「相手」と言えばダンスの相手である。

「どうかしら？　私、ダンスはあまり得意ではないの」

まだ舞踏会は始まってはいない。これから国王夫妻が入室し、開会の言葉を述べてようやく始まるのだ。

「やはり殿下以外の殿方と踊るのは抵抗がありますか？」

いやに食い下がるな、と思いつつもアンネゲルトは愛想笑いで誤魔化す。そのくらいの芸当は彼女にも出来るのだ。

――立場上はっきり断るのも角が立つし、かといって公爵と踊るのもなー。

帝国ではつけ焼き刃で舞踏会にも出席したが、元来ダンスはあまり好きではない。従兄弟《いとこ》でもあり帝国の皇太子でもあるヴィンフリートと踊った時も、彼のリードで何とか形になっていたくらいなのだ。

王太子とは結婚祝賀の舞踏会で踊ったので既にバレているかもしれないけれど、公爵にまでダンスが下手というのを知られるのはどうなのか。

それでも食い下がろうとした公爵だが、丁度そのタイミングで王太子が入室してきた。さしもの公爵も、その姿を見て引き下がる事にしたらしい。

皆が気を利かせてアンネゲルトとルードヴィグの間を空けたおかげで、入り口付近にいる彼がはっきりと見えた。

アンネゲルトは、側に控えるティルラに小声で確認を取る。

「……行かない訳にもいかないわよね？」

「そうですね。まあ、形ばかりご挨拶《あいさつ》をする、でよろしいのでは？」

ティルラの返答は素っ気ない。彼女の中ではアンネゲルトを侮辱《ぶじょく》しただけでなく、帝国をもないがしろにしているルードヴィグの位置は低いようだ。

面倒だが行くか、と思っていたアンネゲルトに、ルードヴィグの方が近寄ってきた。珍しい事もあるものだ。

――舞踏会の最初の一曲は一緒に踊らないといけないってやつ？　でも、夜会の時はエスコートなしだったのに。

舞踏会では、最初のダンスは同伴者と踊るのがマナーであり、基本的に同伴者は配偶者である。書類上だけの関係とはいえルードヴィグとアンネゲルトは夫婦である為、この場ではルードヴィグと最初のダンスを踊るべきだった。最初のダンスを同伴者と踊らないと、必然的にその後のダンスに参加出来ない。

とはいえ、本来夫婦で出席するべき前回の夜会でも、ルードヴィグはアンネゲルトを伴《ともな》わなかった。もっとも、あの時は国王アルベルトから特別に許可をもらっていたという理由もあるが。

大股でアンネゲルトに歩み寄るルードヴィグを、会場の貴族達は好奇の目で見つめている。結婚祝賀の舞踏会で盛大にやらかした王太子だ、今回も何かやらかすのでは、という奇妙な期待に満ちているようだった。

当然、それだけではない。ある者は苦い表情を浮かべ、またある者は冷静な目で王太子の動向を観察している。彼らの視線はアンネゲルトにも注がれていた。

ルードヴィグはアンネゲルトの目の前に来ると、黙って彼女を見下ろした。アンネゲルトの背がハイヒール分高くなっているので、彼との身長差は普段より縮まっている。

ほんの少し前に別室で話し合った相手だ。何と言って挨拶《あいさつ》するべきか。

――ご無沙汰……はしていないし、ごきげんよう……もご機嫌がよくないのは見てわかるしなー。

相変わらず眉間に皺《しわ》を寄せているルードヴィグを見ながら、アンネゲルトはどうしたものかと思案する。

しばらく無言で相対していたところ、ルードヴィグがようやく口を開いた。

「今宵《こよい》は――」

彼が言いかけたまさにその時、国王夫妻の入室を知らせる侍従の声が広間に響く。

「国王陛下、並びに王后陛下、御入室」

広間にいる全員が入り口に向かい礼を執《と》る。ルードヴィグも口を閉じてアンネゲルトに背を向けた。

――何だったのかしら？

内心首を傾げながら、アンネゲルトも皆と同様に礼を執《と》った。

◆◆◆◆

ルードヴィグは、不機嫌さを隠さない様子で会場を足早に歩いていた。原因は、今夜の大舞踏会に愛人である男爵令嬢ダグニーが欠席しているからだ。

シーズン最後の大舞踏会は、余程の事がない限り欠席は許されない。彼女の欠席届には体調不良の為とあった。本当に体調不良なのか、ただの口実なのか、体調が悪いのならどの程度悪いのか、心配は尽きない。

――いや……。

本当は、このまま彼女が自分の前から姿を消してしまうのではないかと心配している。けれど、不安を覚えるのと同時に、彼女が王太子である自分の側を離れるはずがないという自信もあった。

不安と自信とが交互に浮かび、最近のルードヴィグは精神的な疲労に苛《さいな》まれている。そういえば、このところよく眠れていない。

振り返ると視界の端に、王太子妃アンネゲルトの姿が入った。彼女とはこの大舞踏会が始まる前に、顔を合わせて話をしている。

あれは、一体どういう女なのか。スイーオネースの貴婦人は皆、ルードヴィグに媚《こ》びへつらい笑顔を向けるのに、あの王太子妃ときたら、冷めた目でルードヴィグを見て、口を開いた途端こちらが想像もしなかった事を言い出す。前回の謝罪の場しかり、先程しかりだ。

彼女は、自分のもとに嫁《とつ》いできたのも、特区設立を願うのも、国の為だと言った。聞いたその時は何とも思わなかったが、あの言葉はルードヴィグの心にじわじわと広がっている。国の為を考えて行動している王太子妃、それに比べて自分は何をしているのだろうか、と。

父に反発し、押しつけられた妃として王太子妃を遠ざけ、愛人を側に置き続けた。その結果が謹慎である。

当時は怒りしか感じなかったが、今は少し違う。相変わらず父に対する反発は消えないし、王太子妃と夫婦として過ごそうとも思えない。ダグニーと別れるなどもっての外《ほか》だ。

だが、王太子妃とはもう少々歩み寄れるのではないかと考え始めている。これまでを考えるといきなり距離を詰めるのは難しいが、一歩踏み出す事なら出来るかもしれない。

王太子妃本人も、ダグニーとの仲を裂く真似はしないと言っていた。

王太子妃が、当初自分が思っていたような人物でないという事は、何となくわかってきた。思い込みで相当目が曇《くも》っていたらしい。

――いや、本当にそうなのか？

あれはただの演技なのではないか。本当はダグニーを王宮から追い出し、自分がこの国の女王として振る舞おうとしているのかもしれない。次から次へと疑心が湧き上がる。

王太子妃についてだけではない、他の誰に対しても同じだった。

そうかと思えば、次の瞬間には信じていいのではという考えが浮かぶ。だから今夜の大舞踏会で、王太子妃に一曲相手を務めようと言いかけたのだ。結局、最後まで言えなかったが。

ここしばらく、自分は何だか変だ。時折目眩を起こすし、何かの病気だろうか。

「ばかな……」

自分は至って健康だ。これはきっと、ダグニーが側にいないせいで気弱になっているだけなのだ。

ルードヴィグはそう結論づけると、人から逃《のが》れるようにテラスへ向かった。

◆◆◆◆

ルードヴィグが何を言いたかったのかわからないまま、アンネゲルトはその場に取り残されていた。

現在は音楽が奏《かな》でられ、広間の中央では幾組かの男女が軽《かろ》やかに踊っている。

——何だったのかしら？　今の。

考えても答えは出てこない。諦めたアンネゲルトは、会場に意識を向けてようやく大きな問題が起きている事に気付いた。

会場に流れている音楽を知らないのだ。もちろん、それに合わせたダンスもわからない。

「ティルラ……どうしよう、ダンス出来ないかも……」

あまりの事に、つい日本語で呟いてしまった。何故この事態を想定出来なかったのか。

今更ながら己の想像力のなさが悔《く》やまれる。

お妃教育は座学が基本で、ダンスレッスンまではやっておらず、帝国の曲とスイーオネースの曲の違いがわからなかったのだ。

――おまけに、ダンスのステップまで違うなんてー。

思い返せば、この国で舞踏会に出席するのはこれが二度目である。最初の舞踏会は結婚祝賀のもので、アンネゲルトに気を遣ったのか帝国の曲が流れていたから、ルードヴィグと踊る事が出来た。だが、まさか普段はまったく違う曲で踊るとは。

まだ一曲目だからわからないものの、このまま知らない曲ばかりが流れるようではダンスに参加出来ない。

側に立つティルラが、アンネゲルトを小声で宥《なだ》めた。

「大丈夫ですよ。知っている曲もあると思います。万一知らない曲ばかりならば、踊らないという選択肢もございますし」

舞踏会に出席しているからといって、必ずしも踊らなくてはならない訳ではないらしい。本来なら許されないが、アンネゲルトは社交界に出るようになって間がないので、王族の義務のダンスは免除される事になったのだとか。国王アルベルトにも話が通っているという。

ティルラに言われてほっと息を吐いたアンネゲルトは、まだエンゲルブレクトと合流していないという、今更な事に気付いた。

アンネゲルトは扇《おうぎ》で口元を隠しながら、ティルラに耳打ちする。

「ねえ、隊長さん達はもう会場にいるのよね？」

「そうですね。そろそろこちらに来てもおかしくないんですが……ああ、噂《うわさ》をすれば、ですね」

そう言ってティルラが視線を向けた先に、エンゲルブレクトとヨーンがいた。二人はこちらに向かってきている。

アンネゲルトは彼らの格好を見て、目を丸くした。

「遅くなりました、妃殿下。会場内の隊員配備を含めて見回ってきたところです……どうかなさいましたか？」

アンネゲルトの様子に、エンゲルブレクトが訝《いぶか》しそうに尋ねる。

「ええと、別にどうという事は……あの、隊長さんのそうした装《よそお》いを、初めて見ました」

ただ見とれていただけなのだが、端《はた》から見たらおかしく見えた事だろう。

本日のエンゲルブレクトは、貴族としての礼装姿である。普段は軍服かもっと軽い装《よそお》いなので、アンネゲルトが初めて見ると言ったのは嘘ではない。

「普段は、軍服でいる事が多いですからね」

エンゲルブレクトは苦笑しつつそう言った。軍服は正装でもあるから失礼には当たらないが、今夜は軍人として出席している訳ではないので不向きなのだそうだ。

「お気に召していただけましたか？」

おどけた様子で聞くエンゲルブレクトに、アンネゲルトは何度も頷いた。頬が熱いのが自分でもわかるので、きっと顔が真っ赤になっているだろう。化粧が濃い目でよかった。

「ええ、とても似合っています！」

実際に、エンゲルブレクトもヨーンも上背があり鍛えているおかげか、礼装が映えている。

エンゲルブレクトが黒を、ヨーンが薄い青を基調にした礼装だ。エンゲルブレクトは自身の髪の色から選んだのだろうと推測出来るが、ヨーンの礼装を見た途端、アンネゲルトとティルラの脳裏にはザンドラの姿が浮かんでいた。

普段は前髪で見えにくいけれど、彼女の瞳の色は、今ヨーンが着ている服の色と同じだ。おそらく、この色を選んで仕立てたのだろう。

小柄な側仕えの未来を危惧《きぐ》したくなる。ヨーンが悪い人物だからという事ではなく、彼の尋常ならざる執着が怖い。

「ありがとうございます」

アンネゲルト達の懸念《けねん》には気付かず、エンゲルブレクトは笑みを深くして礼を述べた。

「そういえば、話し合いはいかがでしたか？」

彼に続けて聞かれ、今度はアンネゲルトが苦笑する。

「いい方向で終わったのではないかしら。少なくとも言いたい事は言えました」

王太子は好きにすればいいと言っていたから、こちらの要求は通ったと思っていいだろう。

離宮の改造は順調に進んでいるし、今後は特区設立に向けて動く事になる。これまで以上に忙しくなるはずだ。

ただし、それらは明日以降にやる事であって、今は目の前の舞踏会に集中するべきだった。

――といっても、私が踊れる曲があるかどうかが怪しいけどさ……

もういっそ、今日は踊らない宣言でもしたい気分だ。

ふと、側にいるエンゲルブレクトに目を向ける。彼は、今日は誰かと踊るのだろうか。

「隊長さんは、踊らないの？」

そう聞いた声が、震えた気がする。アレリード侯爵の話では、エンゲルブレクトは社交界でも人気があるらしいし、今日の会場にも彼と踊りたいと思っているご婦人方は多いはずだ。

問題は、彼が女性と踊る姿を見て、自分が冷静でいられるかどうかだった。

心が狭いと言われそうだが、やはり好きな人が自分以外の異性の側にいる状況は見たくない。

ここで自分が他の人と踊らないでと言えば、彼は叶えてくれるかもしれない。しかしそれは、アンネゲルトの立場を利用する事になるし、決して言ってはいけない言葉だった。

いつの間にか曲が終わったらしく、周囲が少しざわついている。中央で踊っていた人達の入れ替えがあるようだ。

アンネゲルトの問いに驚いた様子を見せていたエンゲルブレクトが、すっと手を差し出してきた。

「そうですね……では」

「え？」

「一曲、オ相手願エマスカ？」

たどたどしい発音ではあったが、エンゲルブレクトは確かに日本語でそう言った。

思わず彼の手と顔を交互に見ていたアンネゲルトは、ティルラに小声で名を呼ばれ、はっと我に返る。いつまでも返事をしないのは失礼だ。

でも、胸が一杯で声が出そうにない。アンネゲルトは、落ち着く為に一度深呼吸をした。

「……あの、この国で流行《はや》っている曲を知らないの。踊り方がおかしいかもしれないのだけど、いいかしら？」

やっと口にした言葉は、何とも情けない内容になってしまった。だが、エンゲルブレクトは笑顔で答える。

「構いません。私も上手ではありませんが、妃殿下を煩《わずら》わせる事だけはしないとお約束します」

「じゃあ」

差し出された大きな手に自分の手を重ねて、アンネゲルトは微笑んだ。

「喜んで」

そう日本語で伝えると、二人は連れだって広間の中央に向かった。折しも次の曲は帝

国でも流行《はや》っていた曲のようだ。

これで恥をかかずに済む、と安心したアンネゲルトは、緊張しなかったせいか普段より上手に踊る事が出来たのだった。

二　帰ってきた男

社交シーズンが無事終了し、スイーオネースは本格的な冬支度へと入る。

多くの貴族は自分の領地に戻り、留守にしていた間の執務をこなす。また、領地が近い者同士で親交を深めたり、領地間の小競《こぜ》り合《あ》いを解消するべく動いたりする事もある。

アンネゲルトは相変わらずカールシュテイン島に停泊させた自分の船、「アンネゲルト・リーゼロッテ号」で過ごしていた。

その日、ティルラと部屋でくつろいでいたところ、女性建築士のイェシカとリリーが入ってきた。

「そろそろ決まったか？」

いきなりイェシカに聞かれて、アンネゲルトは目をぱちくりとさせる。

「何が？」

「地下道の王都側の出口の場所です。それが決まらない事には、王都と島を結ぶ地下道の掘削《くっさく》を進められません」

「このままだと、工事を中断するしかないんだが」

リリーとイェシカの訴えに、アンネゲルトはようやく地下道の存在を思い出した。そんな話を聞いてはいたものの、先の事だからいいかと忘れていたのだ。

「そう……ね。まだ決めていなかったわ。こういう場合、どうすればいいのかしら？」

後半は隣にいるティルラに向けて言った。勝手に王都側の出入り口を決める訳にもいかないが、誰にどう相談すればいいのか、アンネゲルトには見当もつかない。

「陛下にご相談なさるのはいかがですか？」

「国王陛下に？　地下道を掘るからどこかに出入り口を作ってもいいですか、って正直に聞くの？」

「ええ」

直球勝負という事か。だが、そう簡単に国王に会えるのだろうか。

「こういう時は頼れる方を頼りましょう」

ティルラはそう言うと、すぐに手はずを整えてくれた。

翌日には、王宮の一室で今回頼る人物――アレリード侯爵と落ち合う。

「なるほど、そういう事でしたか。それにしても、海の下に道を作るとは……」

感心しているのか呆れているのか、侯爵の反応は判断しづらい。だが彼に頼んだおかげで、すぐに国王アルベルトに会えるようだ。

もっとも、シーズンが終わった今は一年で一番暇な時期で、王宮も閑散《かんさん》としているのだという。

——だからこんなにすぐに会えるって訳ね。

侍従によって案内された先は、謁見《えっけん》の間ではなく陶器《とうき》の間と呼ばれる部屋だった。ここは国王が個人的な客と会う時に使う部屋らしい。

「大舞踏会以来か、王太子妃。その後、息災か？」

「はい、おかげさまをもちまして」

大舞踏会が終わってまだ十日も経っていない。本来なら王宮で毎日顔を合わせる相手なのだろうが、アンネゲルトは今、内海を隔《へだ》てたカールシュテイン島の離宮にいる。

部屋には国王の他に侍従ともう一人、初老の貴族男性がいた。結婚祝賀の舞踏会の場で紹介された覚えがある。名前は確か……

「ヘーグリンド侯爵もいらっしゃったのですか」

アレリード侯爵の言葉で、アンネゲルトは男性の名前を思い出した。それと同時に、お妃教育の場でされた忠告も思い出す。厳しい相手なのでヘーグリンド侯爵には近づくな、というものだったが、この場合も近づいた事になるのだろうか。

「陛下より依頼された事があったのでな」

ヘーグリンド侯爵は、不機嫌そうにそう答えた。

「して、本日はどういった用向きか？」

「実は……」

アルベルトに聞かれたアンネゲルトは、正直に地下道の話をする。海の下を通す道を作っているが、それを完成させる為にも王都側に出入り口を設《もう》けたいと訴えたのだ。

「地下の道……か」

国王はそう言うと、顎《あご》に手を当てて考え込む。

「船で行き来するより早く王都へ来る事が出来ます。また、天候に左右されないのも利点です」

なんだか地下道のプレゼンでもやっている気分だ。後はどんな点を売り込めばいいのかと思案していると、国王がヘーグリンド侯爵に声をかけた。

「侯、丁度いいのではないか？」

「はい」

はて、何が丁度いいのだろうか。内心首を傾げるアンネゲルトの前で、ヘーグリンド侯爵がアルベルトに許可を得て話し出した。

「妃殿下はカールシュテイン島にお住まいでいらっしゃるが、先々を考えて王都にも館を構える必要があるでしょう。これは陛下も常々気にかけていらっしゃった事です。その館の敷地内に出入り口を作れば、誰にとってもいい形で収められると存じます」

淡々と出される提案に、アルベルトは頷きつつ尋ねる。

「それで、館のあては見つかったか？」

「貴族街区にいくつか見繕《みつくろ》いました。お許しいただければ、早速手配させますが」

「よし。王太子妃、異存はないな？」

確認しているようでいて、既に決定した事を伝えている状態だ。異存があったところで、この場で正直に口にする訳にはいかない。

押しつけられたみたいにも感じるが、ここはありがたく頂戴《ちょうだい》しておこう。どのみち王都に出入り口を作るのは必要不可欠なのだ。

「ありがとうございます。その館はこちらで手を入れてもよろしいのでしょうか？」

今改造している離宮同様、あれこれ手を加えてもいいのかどうか、念の為確認しておく。王都の館ならば、所有権が王宮にあるままでも特に問題はない。それを前提に手を入れればいいだけだ。

「構わん。好きにせよ。ではヘーグリンド侯爵、館の件は任せた。王太子妃も、以降は侯爵に聞くがよい」

「はい」

話が思わぬ方向に動き、島と離宮に続いて、王都にも屋敷を構える事になってしまった。

国王の前から退出した後。王宮内に用意されている控え室で待っていたティルラに館の件について報告していると、訪問者があった。ヘーグリンド侯爵の使いの者だという。

年の頃は三十半ばくらいの、主《あるじ》よりさらに無表情な男性だ。彼は一枚の地図を持っていた。

「侯爵閣下より言付かって参りました」

そう言うと、使いの者はテーブルの上に王都の貴族街区の地図を広げる。

「いくつか押さえてあるのですが、立地から見ますと、こちらかこちらがよろしいかと存じます」

貴族街区は王宮を囲むように広がる地区である。その外側に商業区、工業区、住居区などが広がっていた。王宮の正門方向の物件はどの地区でも人気で、特に港から伸びる大通り沿いは入手困難といわれているそうだ。

使いの者が示した場所は、その大通りから一歩裏手に入った位置にある。表の喧噪《けんそう》が届かない閑静《かんせい》な邸宅街なのだとか。

「元はさる伯爵家の方が所有していらっしゃいましたが、様々な理由から手放された際に、主《あるじ》が手に入れたものです」

使者からそう聞いたアンネゲルトは、ヘーグリンド侯爵は不動産業も営《いとな》んでいるのだろうか、と真剣に考えてしまった。貴族自身が商売に手を出していなくても、配下の者に経営を任せている家は多いと聞く。

「こちらでしたら王宮からもさほど遠くなく、かつお静かにお過ごしいただけるかと存じます。またこちらですと王宮からは少々遠くなりますが、その分、王都でも一番の賑《にぎ》わいを見せる十二区に近く、何かと便がよろしいかと」

王都は番号で区分けがなされていて、一から九までが貴族街区で十以降が庶民の区画とされていた。大まかだが、十から二十二までが商業・工業区、二十三から四十一までが住居区に分かれていて、沿岸部にいくつかある港はひとくくりに四十二区となっている。

商業・工業区の中でも、十二区は貴族向けの商品を扱う店が多い事で知られていた。

「ちなみに、こちらが物件の詳しい間取り図と敷地の様子です」

使者は、それぞれの物件の間取り図と、敷地の形や建物の配置が書き込まれた図面を取り出す。

「用意がいいのね」

「恐れ入ります。なお、これらの物件にご不満がおありの場合、もう四軒ほど押さえてある物件がございますので、お申し付けください。その他にもご希望があれば、可能な限り配慮させていただきます」

いたれりつくせりとはこの事か。アンネゲルトはティルラと顔を見合わせてしまった。

「これ、貸してもらってもいいかしら？　少し検討したいのだけど」

リリーやフィリップ、イェシカの意見も聞きたいので、一度持ち帰りたい。そう言うと、使いの者は快《こころよ》く応じてくれた。

「ご自由にどうぞ」

細かい事をいくつか伝えてから、使いの者は部屋を辞した。彼を見送ったアンネゲルトは、ぼそりと呟く。

「すんごい気を遣われているって感じ」

「アンナ様は王族ですから、当然なんですよ。いい加減慣れてください」

もう何度目になるかわからないティルラの小言に、アンネゲルトは「はーい」と気の抜けた返事をした。

船に戻ったアンネゲルト達は、リリー、フィリップ、イェシカに事情を説明し、作業が増えた事を伝えた。

アンネゲルトの執務室で、借り受けた地図をティルラがテーブルに広げる。

「候補地はここと、ここ。他にも四軒ほど候補があって、希望があれば最大限考慮してもらえそうなの」

地図を覗き込んだイェシカとフィリップは、それぞれの感想を口にした。

「ああ、大通りから中に入るのか。その方がうるさくなくていいだろうな」

「貴族街区の中でも一等地じゃないか……隣のここは軍務大臣をやってる伯爵の屋敷じゃなかったか？　裏は……財務大臣の家か」

地図に書き込まれた名前から判断したのか、フィリップはぶつぶつと呟いている。アンネゲルトはさらにもう二枚の図面をテーブルに広げた。

「こちらは間取り図と敷地の平面図よ。敷地内のどこに出入り口を作るかにもよるけど、工事の騒音が周囲に漏れないようにしないとならないわね」

「それに関しては問題ありません。離宮で使っている遮音装置を使えば、一切外に漏れませんわ」

リリーの言葉に、そういえば狩猟館が炎上した時にもそんな話を聞いたな、と思い出す。あの時はそれどころではなかったから、詳しくは聞かなかったが。

「出入り口なんだけど、この館の中に作る事は可能かしら？」

アンネゲルトの質問に答えたのはリリーだ。

「もちろん出来ますよ。その方がよろしいですか？」

「ええ。いちいち外に出るよりは、建物から建物へ直接繋げた方が便利だと思うのよ」

地下道も、ビルからビルへそのまま移動出来るものは楽だ。天候が悪いと特にそれを実感するが、果たしてスイーオネースは雨や嵐は多いのだろうか。そう考えているアンネゲルトの前で、イェシカとリリーが具体的な工事内容について検討し始めた。

「そうなると、王都の館も一度移動させて地下を掘った方がいいのか？」

離宮は現在、上の建屋を曳家《ひきや》工法で移動させて地下と基礎部分の工事をしているそうだ。王都の館にも同じ工法を使うつもりらしい。

「そうですね……ついでに地下室も作成しましょうか。何かと入り用になるでしょうし」

彼女達の中で、既に館の場所は決定した様子だ。

アンネゲルトはティルラに耳打ちした。

「何だかもう場所が決まった雰囲気なんだけど……他の場所の検討はしなくてもいいの

かしら？」

「アンナ様はご不満なんですか？」

そう返されて、言葉に詰まる。特に希望はないので、本音を言えばどこでもいいのだ。

「いいえ、不満はないわ」

「では、このまま決定という事で」

結局、あっさりと場所が確定した。後はヘーグリンド侯爵に伝えるだけだが、それはティルラが手配してくれるという。

リリーとの相談が一段落したのか、イェシカがアンネゲルトに向き直った。

「一度この館に行く必要があるんだが」

工事をする関係で、現在の状態を確認しておきたいのだろう。離宮ほどの改造が必要とも思えないが、図面で見るのと実物を見るのとでは違う事も多い。

「侯爵から許可が出たら、みんなで見に行きましょうか」

アンネゲルトにとっては、みんなでお出かけ程度の認識だ。

その後もリリー達三人があれこれと話し合っているのを眺めながら、アンネゲルトは思い出した内容を口にした。

「リリー、地下道の事なんだけど、移動手段をどうするかの話し合いってまだしていなかったわよね？」

「そういえばそうでしたわね。普通に馬車で移動なさいますか？」

距離が距離だから、歩いて移動するのは時間がかかりすぎる。それを見越して、地下道の直径は馬車を通しても問題ないものに設定されているそうだ。

「馬車でもいいのかもしれないけど、いっその事、鉄道を敷《し》いてはどうかと思ったの」

「鉄道ですか？」

帝国内では、近々帝都とフォルクヴァルツ公爵領を結ぶ鉄道が開通する予定で、今はその為の各種工事が最終段階に入っている。

この計画にはリリーの実家であるリリエンタール男爵家も絡んでおり、リリーも鉄道がどういうものかは知っているようだ。

動力源は魔力で、線路を敷《し》いてその上に車両を走らせるスタイルにしたいと考えている。単純な移動には鉄道が向いているだろう。

「日本にも、地下鉄っていう地下を走る鉄道があるのよ」

「なるほど……わかりました。鉄道に関する事でしたら、帝国に問い合わせれば技術が手に入りやすいはずです」

「お願いね」

距離が短く単線での往復だから、鉄道というよりは坑道を走るトロッコ列車になりそうだが、希望は伝えたのでよしとしておく。アンネゲルトは基本的に希望を伝えるだけで、それを実現するのはリリーであったりイェシカであったり、ティルラだった。

アンネゲルト本人としては、ただ言ってるだけというのはどうかと思ったが、以前ティルラに諭《さと》されて納得済みである。

『アイデアを出す人がアンナ様だというだけですよ。会社でも、企画を出す人が現場で物作りまで全てこなさなくてはならないという事はないでしょう?』

つまり、企画担当がアンネゲルトの役割という話らしい。

そう聞いて開き直ったアンネゲルトが、とんでもない仕掛けをあれこれ思いつき、それをこっそりリリーに依頼していたりするのだが、これはまた別の話だ。

クロジンデがカールシュテイン島を訪れたのは、王都の館の話が出てすぐの事だった。

「ごきげんよう、アンナ様」

「お待ちしておりましたわ、お姉様」

クロジンデが案内されたのは、船の中程の階層にあるティールームだ。大きな窓からは島がよく見渡せる。ただし船の停泊角度を変えたので、修繕中の離宮は見えない。

「今日はこの時期にしては暖かいですわね」

「本当に。でもアンナ様、スイーオネースの冬は本当に厳しいですから、お気をつけあそばせ」

話には聞いているが、どれだけ厳しいものなのか。もっとも、今年の冬は船で過ごす事になっているので問題はなさそうだ。

そういえば、離宮にはあれこれ断熱装備を施《ほどこ》しているけれど、王都の館はどうなっているのだろう。視察の際に確認しておかなくては。

視察については既に侯爵に話を通していて、近々訪れる予定になっている。イェシカとリリー、フィリップの三人も同行者リストに入っていたはずだ。

「それはそうと、王都に館を構えられるんですってね」

ふいに、クロジンデが何でもない事のように口にした。相変わらず耳の早い人だと内心舌を巻きながら、アンネゲルトは苦笑する。

「どなたにお聞きになったんですの？　お姉様」

「ヘーグリンド侯爵からですよ、もちろん」

どうやら今回の話の中心人物から直接聞いたらしい。もっとも、秘密にしておくような事柄でもないので問題ないが。

ちなみに、館は借りるのではなく、侯爵からアンネゲルトに贈るという形をとるそうだ。貴族間では館さえ贈り物になるのだと知り、アンネゲルトはスケールの違いにひどく驚いた。

「これで来年の社交シーズンには、アンナ様をあちこちに引っ張り出せますわね。やはり島に居続けるのでは何かと差し障《さわ》りがありますもの」

それを聞いて、アンネゲルトは思わず顔を引きつらせそうになる。公務の為には王都に出向かなくてはならないので、それならばと王都との行き来が楽になる地下道を提案したが、その先に社交の場がある事にまで気が回らなかったのだ。

——私のばかばかばかー！　あのまま島に引きこもる方針でいれば、社交も最低限で済んだかもしれないのにー!!

地下道の話がなくとも、天候が余程悪くならない限り、ティルラ達の手によって社交の場に出されただろうという事には、気付いていなかった。

固まるアンネゲルトに、クロジンデが首を傾げる。

「どうかなさいまして？　アンナ様」

「え!?　い、いえ——」

まさか正直に「社交が嫌いです」とも言えない。アンネゲルトの立場上、社交界に出て味方を一人でも多く作らなくては、この国で生き残っていけないのだ。それはわかっている。

でも、苦手なものは苦手なのだ。アンネゲルトはクロジンデに見えないよう、小さな溜息を吐いた。

さて、本日クロジンデが「アンネゲルト・リーゼロッテ号」を訪れたのには訳がある。

「まあ！　本当に肌がつるつるだわ！」

「気に入っていただけまして？　お姉様」

「もちろんですわ」

二人は船の中のエステルームに移動していた。カールシュテイン島に湧いている温泉から取った、温泉成分をたっぷり含んだ泥でパックをしていたのだ。アンネゲルトは離宮の改造費用捻出《ねんしゅつ》の為、温泉を最大限に活かす方法を検討している。

そこで、まずはクロジンデに試してもらい、その感想を親しい夫人方に伝えてもらおうと思ったのだ。いわゆる口コミである。

「アンナ様、早くクアハウスとやらを作ってくださいまし。私、お友達と一緒に通いたいですわ！」

「あ、ありがとうございます、お姉様」

クロジンデのあまりの熱意に、アンネゲルトは引き気味になった。それにも気付かず、クロジンデは誰を最初に誘おうかと無邪気に喜んでいる。

彼女の様子に、アンネゲルトは苦笑を漏らした。相変わらず、年上なのに可愛らしい人だ。

「お姉様、お腹が空《す》いていませんこと？」

「そうですわね。そろそろ昼食の時間かしら」

エステルームであれこれと施術を受けていたので、そこそこ時間が経過しているし、普通に会話する時よりも空腹感を感じている。

「今日はぜひ、お姉様に味わっていただきたい料理がありますの」

そう言ったアンネゲルトはクロジンデを伴《ともな》い、船の上階層にあるメインダイニングへ向かった。

アンネゲルト・リーゼロッテ号のメインダイニングにはレーア・コリドーアという名称がついている。ここは一度に一千人の食事を賄《まかな》う事が出来る、広々とした開放的なダイニングだ。

二人は落ち着いた雰囲気を醸《かも》し出すシックな店内の、窓際の席に案内された。

「どんなお料理が出てくるのか、楽しみですわ」

「ふふ、楽しみになさっていて」

他愛もない会話を楽しんでいる間に、一品また一品と料理が出てくる。それらは盛りつけに工夫が凝《こ》らされており、見た目にも美しかった。

手の込んだ皿の数々に、クロジンデは手放しで喜んでいる。

「まあ、なんて素敵なんでしょう」

「実は、この料理はスイーオネースの食材を使った、綺麗になれる料理なんです」

「綺麗になれる料理？」

「ええ」

一回食べるだけでは大した効果はないが、続けて摂取《せっしゅ》する事により体の中から綺麗にしていく。そんなコンセプトで作られたメニューなのだ。

デトックス効果や美肌効果、髪にいい成分の入った食材を多く使用し、それらをバランスよく配合している。

「これらの料理も、クアハウスにいらしたお客様に提供しようと思っています」

カールシュテイン島を魔導特区にするだけでなく、美と健康の中心地にもしようという訳だ。後者には金銭が目的に含まれているのだが。

「おいしくて見た目も綺麗だし、何より食べて美しくなれるなんて、これ以上はありませんわ」

クロジンデは上機嫌だ。この様子なら、彼女の社交界における人脈を使った宣伝が期待出来るだろう。

——ごめんなさい、お姉様。宣伝の為に使うような真似をしてしまって。

せめてもの罪滅ぼしに、彼女の分は毎回無料でサービスを提供すると心に決めている。当然ながら、クロジンデに紹介されてやってくる他の客からは利用料を取るつもりだ。

「お姉様、正直な話、これらでご婦人方からお金をもらう事は出来ますかしら？」

「そうですわねえ。可能かとは思いますが、アンナ様ご自身が表に出られるよりは、誰かそうした仕事に精通した人物を置くといいですわ。ティルラもそう言っていませんでしたか？」

「ええ、王太子妃が商売をするのはよくない、と……」

その言葉通り、ティルラも今のクロジンデと似たような事を言っていた。

「修繕費用を自分で賄《まかな》いたいというアンナ様のお志《こころざし》はご立派です。今日体験させていただいたあれこれも、十分商売としてやっていけると思いますわ。ただ、王太子妃が商人に経営を任せているというよりは、商人から頼まれたので意見を出して工夫させた、とした方がよろしいかと。そうでないとアンナ様によくない噂《うわさ》が立ちかねませんもの」

クロジンデが言うには、王太子妃の客として島に招くのであれば、料金を取れないだろうという事だ。下手に要求すると、金に汚い印象を与えてしまうからだとか。

「言葉は悪いですが、王太子妃ともあろう方が意地汚いと思われてしまいます」

「な、なるほど」

「ですから、きちんと商人を入れた方がいいのですわ。後は誰に任せるか、ですわね」

確かにそれが問題だ。わざわざ帝国から腕のいい商人を連れてくる訳にもいかないし、スイーオネースの商人には伝手《つて》がない。

信用が出来てかつ才能もある。そんな人物が見つかるだろうか。

「まあ、それはさておき」

クロジンデは考え込むアンネゲルトに、にっこりと微笑んだ。

「私、今日はアンナ様に聞きたい事がありましたのよ」

「何ですか？」

食後のお茶を飲みながら、リラックスした雰囲気の中での会話だった。だが、続くクロジンデの言葉は、まさしく爆弾のようにその空気を吹き飛ばす。

「サムエルソン伯爵とは、その後どうなっているのかしら？」

アンネゲルトは口に含んでいたお茶でむせた。咳き込む彼女を、クロジンデは驚いて介抱する。

「大丈夫ですの？　アンナ様」

「だ、大丈夫……です、げほ」

アンネゲルトは涙目になりつつも、クロジンデを安心させる為に答えた。それにしても、何故ここでエンゲルブレクトの名前が出てくるのか。

「その、隊長さ……サムエルソン伯爵がどうかなさいまして？」

あやうく、いつもの呼び名が出るところだ。焦るアンネゲルトは、クロジンデは自分の想いを知るはずがないと思い直し、何とか誤魔化そうとした。

そんなアンネゲルトに焦《じ》れたのか、クロジンデは語気を強める。

「ですから！　伯爵とは大舞踏会の後、何かございましたか？」

「え……何かって……何が？」

「んもう！」

クロジンデは業《ごう》を煮やしたらしく、直接的な言葉に切り替えた。

「大舞踏会で伯爵と踊られたでしょう？　アンナ様はお気付きではなかったでしょうけど、あの直後、会場に矢のような早さで噂《うわさ》が走りましたのよ。王太子妃殿下はサムエルソン伯爵がお好みのご様子だって」

アンネゲルトはクロジンデの言葉を頭の中で反芻《はんすう》し、ようやく意味を理解する。その途端、顔どころか耳まで真っ赤になった。

「お、お好みって！　わ、私は別に隊長さんの事は何とも！　だ、大体、舞踏会ではダンスを申し込まれたから踊っただけで――」

「アンナ様、アンナ様」

捲《まく》し立てるアンネゲルトを制して、クロジンデは苦笑する。

「落ち着いてくださいな。私は残念ながら奈々様のお国の言葉を理解しませんの」

そう言われて、ようやくアンネゲルトは自分が日本語で話していた事に気が付いた。未だに慌てたり、感情が大きく動いたりした時には日本語が出てきてしまうのだ。

アンネゲルトは何度か深呼吸をして、気持ちを落ち着かせてからクロジンデに謝罪した。

「……申し訳ありません、お姉様」

「いいえ。その様子ですと、やはり伯爵とは何もないようですわね」

軽い溜息交じりのクロジンデの言葉に、アンネゲルトは勢いよく頷く。

「あ、当たり前です！　隊ちょ……伯爵はお役目で私の側にいるだけで、その……」

しかし、最後は小声になった。彼がアンネゲルトの側にいるのは護衛隊の仕事があるからで、大舞踏会での件もその延長線上に過ぎない。わかっていた事ではあるが、改めて思い至ると少し落ち込む。

アンネゲルトは軽く頭を振って、余計な考えを追い出した。

「お姉様、どなたがそんな無責任な噂《うわさ》を流しているのか、ご存じ？」

「噂《うわさ》ですもの。誰が発信源かなんてわかりませんわ」

それもそうか、とアンネゲルトはがっくり肩を落とす。大舞踏会の時は浮かれて誘われるまま踊ってしまったが、まさかそれがこんな結果を生み出すとは。

考えてみれば、名ばかりの王太子妃であるアンネゲルトも、出自に不穏な話があるエンゲルブレクトも、よくない噂《うわさ》を流されやすい立場だ。その二人が手に手を取って踊っては、憶測してくれと言っているようなものだったのだろう。

読みが甘かった自分のせいだ。社交界という場所は、本当に恐ろしい。

「以後気をつけます……」

自分だけではなく、エンゲルブレクトにも迷惑をかけてしまった。彼の立場上、護衛対象とそんな噂《うわさ》が立つのは困るはずだ。

――しかも、相手とされる私は一応既婚者だしなー……

しゅんとするアンネゲルトに、クロジンデは優しい声で語りかけてきた。

「アンナ様、酷《こく》な事を言うようですけど、おそらく気をつけても無駄ですわ」

「どういう意味ですか？」

「サムエルソン伯爵は、アンナ様の護衛隊をまとめる隊長でしょう？　常に側にいる方だからこそ、普通に接していても他の方々の邪推を招きますのよ。ましてアンナ様は夫と別居中の王太子妃ですし、伯爵は先代と血の繋がりがないと言われてますでしょう？　お二人とも、格好の餌食《えじき》ですわ」

実は、これまでにもそれらしき噂《うわさ》はちらほらあったのだそうだ。アンネゲルトが社交界に出始めた辺りから下火になっていたものが、今回の舞踏会で再燃したのだという。

「じゃあどうすれば……」

「一番いいのは、王宮に戻られて王太子殿下のお側で過ごされる事でしょうけど……」

「それは嫌です」

王太子と一緒に暮らすのも嫌だが、何より王宮で生活したくない。この船に比べるとものすごく不便なのだ。

アンネゲルトは弱気になってぽつりと漏らす。

「いっそ、王太子との婚姻無効をすぐに申し立ててしまった方がいいのかしら……」

まだ結婚から半年経っていないが、無効申請が通れば王族から外れるので、噂《うわさ》を立てられても問題は少なくなる。ただし護衛対象ではなくなる為、エンゲルブレクトの側にいられなくなるが。

「それは時期尚早だと思いますわ」

クロジンデのはっきりした物言いに、アンネゲルトは首を傾げた。クロジンデも、アンネゲルトの結婚事情は知っているはずである。

「どうしてですの?」

「アンナ様はカールシュテイン島に魔導特区をお作りになりたいのでしょう? でしたら今、王太子妃というお立場をなくすのは賢明とは言えませんわ。特区設立には、そのお立場が何よりも重要です」

そう言われてはっとした。アレリード侯爵が魔導特区設立に賛同してくれたのも、アンネゲルトに王太子妃という立場があればこそだ。王太子と離婚すれば、アンネゲルトは他国の貴族令嬢というだけの存在になる。

何の実績も持たない小娘の言葉に、誰が耳を傾けるだろうか。いらないと思っていた地位だが、今はそれがアンネゲルトの武器にも防具にもなっている。

――災いの元にもなっているけどね。

王太子妃という立場だからこそ、命を狙われる事態になったし、厄介な噂《うわさ》も立てられた。

不機嫌になったアンネゲルトを宥《なだ》めるように、クロジンデは言葉を続ける。

「噂《うわさ》の件は、シーズンが終わったのがいい方向に作用する事を祈りましょう。まあ、私としては噂《うわさ》通りになってもいいかと思いますけど」

「お姉様！」

何という事を言うのだ、この人は。確かに貴族の社会では、既婚者の浮気は暗黙の了解として認められている。女性も、後継ぎさえ産んでしまえば夫側から文句を言われる事もない。

ただし王族となるとそうはいかず、下手をすれば国際問題に発展する。もっとも、夫である王太子ルードヴィグがあれこれやらかしているので、たとえアンネゲルトが火遊びをしても、スイーオネース側は強く言えないかもしれないが。

アンネゲルトの非難に、クロジンデはにっこりと微笑んだ。

「冗談ではありませんわよ？　アンナ様だって幸せになる権利がありますもの」

「だからといって……」

「ねえ、アンナ様」

不意に、クロジンデがテーブルの上でアンネゲルトの手を両手で握った。

「アンナ様が帝国に帰りたいと思っていらっしゃるのは知っておりますわ。ですが、その為にご自分の心を偽る事だけはなさらないでほしいんです」

「お姉様……」

どうしよう、今更このままこの国に、エンゲルブレクトの側にいたいと思っているなど言えない雰囲気だ。

――言うつもりもないけどさ……後でティルラにも口止めしておかなきゃ。

アンネゲルトの本心を知らないクロジンデは、言葉を続けた。

「別に伯爵との事だけを言っている訳ではありませんわよ？　この先、伯爵以外にも素敵な殿方との出会いがあるかもしれませんでしょ？　その時に、どうせ帰るのだからと想いを諦めてしまわないでほしいんです」

アンネゲルトに、恋する心を止めようとするなと言ってくれているのだ。

クロジンデ自身の結婚は、皇帝のお声がかりだったと聞いている。だが、現在の夫妻の様子を見る限り、お互いに愛情があるのがよくわかった。

アンネゲルトは今まで、恋をするなら日本でと無意識に思っていた節がある。こちらでは父の身分のせいで、恋愛結婚は出来ないと決めつけていたのかもしれない。

「まあ、無理に誰かを好きになる必要もありませんけどね」

そう言って小首を傾げながら笑うクロジンデは、やはりとても魅力的な人だ。自分も彼女のような存在でいたい。
——その為にも、努力しなくちゃね。
ぼんやり過ごしていても、魅力的になどなれない。さしあたっては、離宮の改造と王都の館の改修、それに魔導特区の設立に尽力しなくては。
クロジンデを見送った後、アンネゲルトは私室には戻らずデッキに上がった。すると、
何人かの護衛隊員がデッキを走っているのが見える。
彼らには船の一部を訓練用に開放していて、デッキもその中に含まれていた。訓練中
はアンネゲルトの姿を見ても挨拶《あいさつ》の必要はないと通達済みである。
アンネゲルトは手すりにもたれて、シートに覆われた離宮を眺める。
改造中の建物の向こうにある森には、ついこの間まで狩猟館があった。爆発炎上した
際に一部は残っていたけれど、危険だからと取り壊したそうだ。離宮の改造が終了した
ら、狩猟館も再建する予定になっている。
そろそろ、イェシカからクアハウスの完成予想図も出来上がってくるはずだ。
——まずはやるべき事をやらなきゃ。恋愛はその後！
一人意気込んでいると、背後から声がかかった。

「妃殿下？　お一人ですか？」

ああ、決意したばかりだというのに、幻聴が聞こえるほどエンゲルブレクトに会いたいらしい。これまでにも付き合った相手はいたが、ここまで好きになった人はいなかった。

「侍女殿はお側にいないようですが」

はて。この幻聴はどうしてこんなにはっきり聞こえるのだろうか。そう思ったアンネゲルトが振り返ると、エンゲルブレクトが立っていた。

「ほへ⁉」

驚きのあまり、アンネゲルトは奇声を発して手すりから飛び退《の》いた。

彼女の様子に、エンゲルブレクトも驚いている。それはそうだろう、声をかけただけでこの反応だ。挙動不審にもほどがある。

「あ、あら、隊長さん、ごきげんよう」

アンネゲルトは愛想笑いを浮かべたが、どうにもぎこちなくなってしまった。視線を合わせられず目が泳ぐ。これでは何かあると言っているようなものだ。

「船内でも、お一人でいらっしゃるのは感心しません。ここには我が隊の者も多く来ていますが、だからこそ貴婦人である妃殿下はお一人で行動されませんよう」

眉根を寄せるエンゲルブレクトに、アンネゲルトは段々と俯《うつむ》いてしまう。心配して言ってくれているのはわかるのだが、自分は彼にとって護衛対象でしかないのだと改めて思い知らされた。

俯《うつむ》いたまま、小さく「はい」と返事したアンネゲルトの様子が心配になったのか、エンゲルブレクトが顔を覗き込んできた。

「妃殿下、大丈夫ですか？　どこかお加減でも——」

「な、何でもないです！」

あまりの近さに、アンネゲルトの頬が瞬時に赤く染まる。慌ててエンゲルブレクトから離れたせいで、いらない誤解を生みそうだ。怖くて彼の顔が見られない。

もういい大人だというのに、こんな事でいちいちどぎまぎする自分が恨めしかった。

この気まずさをどうするべきかと思っていると、エンゲルブレクトから声がかけられる。

「……それならばいいのですが。そろそろお部屋に戻られた方がよろしいでしょう。お送りします」

その日のデッキから部屋までの距離は、随分長く感じられた。

◆◆◆◆

山間部でその年初の雪が降った日、執務室にいたエンゲルブレクトに一通の手紙が届いた。

「隊長に手紙です」

そう言って持ってきたのは、エンゲルブレクトの副官であるヨーンだ。

「誰からだ？」

ヨーンは無言で手紙を差し出した。エンゲルブレクトはそれを受け取って差出人の名前を見る。

「エリクじゃないか。あいつがわざわざ手紙を？」

エリクはエンゲルブレクトの軍学校時代の同期で、現在は第一師団第二連隊長を務めている男だ。

用があるなら直《じか》にここに乗り込んできそうな相手の顔を思い浮かべつつ、エンゲルブレクトは封を切った。

中身を読み進めるうちに、彼の表情がこわばっていく。それを不審に思ったのか、ヨーンが問いかけた。

「何が書いてあるか、聞いてもよろしいですか？」

「ああ、お前にも関わりがある事だ」

そう言うと、エンゲルブレクトは手紙をヨーンに差し出す。それを読んでいたヨーンが、目を見開いた。

「いつの間に……」

「まったくだ。奴らしいと言えばこの上なくらしいがな」

手紙には、エンゲルブレクトとエリクの軍学校時代の同期が、外国から帰ってきたと書いてある。ついでに、久しぶりだからヨーンを含めた四人で食事でも、というお誘いだった。

「何故私の名前も入っているのでしょうか？」

「お前、一時期奴の下にいた事があっただろうが」

エンゲルブレクトとエリクの同期は、名をエドガー・オスキャル・ユーンという。侯爵家の嫡男に当たる彼は軍学校を卒業した後、軍には入らず外交官になった変わり種だった。現在の身分は伯爵で、ヨーンはその護衛武官として彼についていた事がある。

手紙をエンゲルブレクトに返しながら、珍しく青い顔のヨーンは断りの言葉を口にしようとした。

「私は遠慮させて――」

「一人で逃げられると思うなよ」

犠牲者が多い方が、一人当たりの痛手が少なくなる。第一名指しされている以上、行かなかったらその後が面倒だ。

「……わかりました」

がっくりと肩を落として、ヨーンはエンゲルブレクトの執務室より退室した。

「厄介なのが帰ってきたな……」

大きな窓からカールシュテイン島を眺めながら、エンゲルブレクトは重い溜息を吐いた。


エンゲルブレクトがエリクの手紙を受け取った翌日、彼はアンネゲルトの予定を確認する話し合いの場に参加した。

護衛隊員にも休暇はある。交代制なのだが、アンネゲルトの予定が全てにおいて優先される為、彼女が島を出て公務や社交に向かう時は、原則休暇は取れない。これは隊長のエンゲルブレクトも同様である。

なので、予定の摺《す》り合わせの為に定期的に話し合いの場を持っているのだ。

その場で、王都の館の話が出た。

「王都に館を？」

聞き返したエンゲルブレクトに、アンネゲルトはぎこちなく頷く。

「え、ええ、ヘーグリンド侯爵が用意してくださったの。いくつかある候補の中から、一番王宮に近い物件にしたのよ」

侯爵へは既に連絡をしていて、日を改めて現地へ確認しに行く予定だとか。

その際には護衛隊を連れていくので、人選をエンゲルブレクトに一任するという事だった。

「わかりました。いつ王都へ行かれるご予定ですか？」

普段通りに聞いたはずなのだが、アンネゲルトは微妙に視線を逸らしている。いつもなら答えるついでにあれこれと雑談をこちらに振って、ティルラに窘《たしな》められるところなのに。

今日の彼女は、先日デッキで声をかけた時と同じ様子だ。あれ以前は普通だったので、何かあったとすればあの頃か。自分は一体何をしたのだろう。

エンゲルブレクトが内心で首を傾げていると、アンネゲルトの側仕えであるティルラが口を開いた。

「近いうちに、と思っています。二、三日前には伝えますので、それまでは通常通りでお願いしますね」

「承知した」

アンネゲルトの予定を全て把握しているのはティルラだ。予定の摺《す》り合わせには、彼女の存在が不可欠になる。

部屋を退室する時も、アンネゲルトはエンゲルブレクトを見なかった。これまでなら気安く手を振って見送っていたというのに。

――知らない間に、何か気に障《さわ》るような事でもしたのだろうか……

エンゲルブレクトはここ最近の出来事を思い返してみるが、やはり心当たりはない。そういえば、大舞踏会からエンゲルブレクトとヨーンの日本語習得の場にも来ていなかった。いつもは時間があれば雑談交じりに会話練習の相手を務めてくれるのだが。

「やはり、何かしたんだろうか？」

独りごちた声は、誰にも聞かれる事なく廊下に吸い込まれていった。

◆◆◆◆

私室に戻ったアンネゲルトは、ソファに座るなり盛大な溜息を吐いた。

「一体どうなさったんです？　先程も何だか様子が変でしたし」

彼女に温かい飲み物を出しながら、ティルラが問いかける。

「……やっぱり、変よね？」

「ええ、ものすごく」

ティルラにあっさり返されて、アンネゲルトはがっくりと肩を落とす。きっと、エンゲルブレクトにもおかしいと思われている。このまま妙な対応ばかりしていたら、護衛対象としても見放されてしまうのではないだろうか。

落ち込むアンネゲルトに、ティルラは何気ない風で聞いた。

「本当に、何かあったんですか？　ついこの間まで普通に接してらっしゃいましたよね？」

アンネゲルトは逡巡《しゅんじゅん》したが、こういった情報は共有しておいた方がいいと判断して、ぽつぽつと話し始める。

「その……この間お姉様がいらっしゃったじゃない？」

クロジンデが温泉の泥パックとエステ、食事を試しに来たというのは、ティルラも知っている事だった。その場に同席しなかったが、準備万端整えたのは彼女である。

「ああ、はい。いらっしゃいましたね。クロジンデ様が何か？」

「その時に、ある噂《うわさ》について教えてくれたの」

「噂《うわさ》……」

ティルラは言い淀《よど》むアンネゲルトに先を催促せず待っていた。アンネゲルトは何度か言いかけてやめる事を繰り返してから、ようやく噂《うわさ》の内容を口にする。

「その……た、隊長さんと私が、噂《うわさ》になってるって……」

それだけ言うと、アンネゲルトは顔を真っ赤にして俯《うつむ》いてしまった。ただこれだけの事が、どうしてこんなに恥ずかしく感じるのか、自分でも不思議で仕方ない。

一方、ティルラはえらく冷静だ。

「ああ、そういえば舞踏会で踊ってらっしゃいましたね。それでですか」

そんなティルラを見て、アンネゲルトはふと考えた。

大舞踏会でエンゲルブレクトと踊った後、帝国の曲が何曲か流れたので他にも何人かと踊っている。その中で、確かに独身者はエンゲルブレクトのみだったが、それだけであんな噂《うわさ》が流れるものなのだろうか。ここにきて、ようやくアンネゲルトは冷静になれた。

「それで、クロジンデ様は何と仰《おっしゃ》っていましたか?」

ティルラに聞かれて、アンネゲルトは溜息交じりに答える。

「シーズンが終わったのが、いい方向に向かう事を祈りましょう、って。噂《うわさ》自体を消すのは難しいそうよ。護衛の為とはいえ、ただでさえ隊長さんは私の側にいる事が多いし」

さすがに、その後言われた恋を諦めるなという言葉は割愛《かつあい》した。考えてみたら、あの言葉が今の挙動不審の原因ではないのか。自分でも理不尽だと思いつつも、少しクロジンデを恨んでしまいそうになる。

クロジンデの意見を聞いたティルラは、頷いた。

「確かにそうですね。これから次のシーズンまでは大々的に人が集まる機会はありませんし、対策はそれまでに練《ね》っておけば問題ないでしょう」

「そう……なの？」

「人の噂《うわさ》も七十五日というではありませんか。次のシーズンまでは、それ以上の日数がありますよ」

ここで日本のことわざが出てくるのがティルラらしい。彼女は日本滞在が長かったせいか、ことわざや格言を好んで使っていた。

それにしても、クロジンデとティルラの双方から言われるのなら、社交界で流れている噂《うわさ》を恐れる必要はないのだろうか。

その辺りの感覚が今ひとつわからないアンネゲルトは、よく知っている二人の助言通りにする事にした。

これで一件落着かと思ったら、最後にティルラから小言が飛んでくる。

「ですが、伯爵への態度は改めた方がよろしいかと」

「う……」

アンネゲルトにも自覚はあった。だが、だからといってすぐに態度を元に戻せるものではない。

特に自分の想いを自覚して以来、彼を前にするとどうにも恥ずかしくて普通の態度を取れないのだ。相手の目を見られなくなったし、いちいち過敏に反応するようになってしまった。何か解決策があるのなら、アンネゲルトの方が知りたい。

「どうしよう、ティルラ」

「どうしようと言われましても……」

「中学生でもないわよ、こんなの」

ままならない自分自身に、アンネゲルトはついぼやいてしまう。

そんな彼女の耳に、ティルラの苦笑が届いた。

「まあ、今までのお相手には本気じゃなかったという事でしょうね」

「……それなりに好きだったわよ。ただ話せない事情があったから、ちょっと遠慮しちゃってたけど」

自分に秘密があるせいで誰にも深入り出来なかったものの、付き合うだけの好意はあった。あくまで好意どまりだったのだと、今ならわかるが。

「そういう意味では、伯爵には話せない事はありませんねえ」

アンネゲルトの母が異世界出身だというのは、帝国のみならず、スイーオネースでも有名な話である。

ちらりと見たティルラの目は、三日月の形をしていた。

◆◆◆◆

アンネゲルトが王都に構える館を見に行くまでは外出の予定がないので、必然的に護衛隊は暇が出来る。そんな中、エンゲルブレクトは執務室で短い手紙をしたためて従卒に渡した。

「これを至急、第一師団第二連隊長へ届けてくれ」

通常、手紙や書類は決まった日にまとめて王都へ送るのだが、急を要する場合はその都度、手の空《あ》いた隊員が王都まで運んでいる。エンゲルブレクトは、今回その方法を使う事にした。

手紙の内容は例のお誘いへの返事で、今日明日ならば空《あ》いているが、その後は予定が立たない、というものだ。

急な話だから、これで角を立てずに断れるだろうと見込んでの返事だったのだが、事態は彼の予想を越える事になる。

昼過ぎに手紙を送ったところ、その日の夕方には王都からの使者が到着した。

「エリクが来ただと？」

まさかの事態に、エンゲルブレクトは開いた口が塞がらない。エリクはそこまでして自分達を引っ張り出したいのか。いや、何か火急の用事があるのかもしれない。

「それで？　奴は今どこに？」

混乱しつつも尋ねると、従卒が答えた。

「はい、第二連隊長殿は船の甲板《かんぱん》にいらっしゃいます」

甲板《かんぱん》という事は、表の帆船の方にいるのだろう。そういえばエリクはこの船の実情を知らない。彼を中に入れるのはティルラの許可を取ってからがいいと判断したエンゲルブレクトは、従卒に彼女への連絡を頼んだ。

「ティルラのところまで使いを頼まれてくれ。エリクを中に入れていいかどうか、確認してほしい」

従卒が執務室を出ていくのを見送ったエンゲルブレクトは、返事を待つ間に副官を呼び寄せておいた。

ティルラの許可はあっさり出た。護衛隊員が船に乗る時に行った手続きをエリクにもさせるのが条件だったが、箱の上に手を置くだけのものなので、特に支障はない。

『船内の案内はそちらでしていただいた方がいいでしょう。終わりましたら上の店までいらしてください。アンナ様がお会いになるそうです』

ティルラは、このような伝言も従卒に託していた。案内する途中で混乱するだろうエリクを思い浮かべ、エンゲルブレクトは遠い目になってしまう。

ヨーンを伴《ともな》って甲板《かんぱん》に上がると、仏頂面のエリクが待ち構えていた。彼は開口一番に恨み言を発する。

「自分達だけ逃げようなんて思うなよ」

いつぞやのエンゲルブレクトと同じ事を言ったものだから、苦い顔をしたエンゲルブレクトの後ろで、ヨーンが噴き出した。

「職務とあれば、仕方ないだろう」

エンゲルブレクトの言葉に、エリクはにやりと笑って返す。

「そう言うと思ったよ。だから奴にすぐ連絡を取ったんだ。今は暇だそうで、いつでもいいという返事だったんでな、ならば今夜でいいかと」

「……いつになく手際がいいな」

普段なら、面倒くさがって自分からは動かないくせに。余程、奴――エドガーと二人だけになるのが嫌らしい。

その心境は理解出来るので、エンゲルブレクトは何も言う気はなかった。所詮は逃げられない運命だったのだと諦めればいい。

不意に、エリクは辺りを見回して素直な感想を述べた。

「いい船だな」

彼も海洋国家スイーオネースの軍人であるので、船には目が利く。軍艦ではないが、「アンネゲルト・リーゼロッテ号」は優美な外観を持つ巨大帆船だ。見た目だけでも、エリクの言う通り「いい船」だった。

「中を見たら驚くぞ」

「どういう事だ？」

エンゲルブレクトの言葉に、エリクは首を傾げる。

「見ればわかる」

エンゲルブレクトは、エリクを連れて船の内部へ戻っていった。

「……どこだ？　ここは」

「船の中に決まってるだろうが」

入ってすぐのアトリウムで、エリクの口から予想通りの言葉が発せられた。

「いや、いやいやいや、これがあの船の中の訳がないだろう」

「じゃあどこだと言うんだよ」

逆に問われてエリクは押し黙ってしまう。王国内にこれだけの規模の建物は存在しない。ここと比べると王宮でさえこぢんまりした印象を持つほどだ。

エリクは青い顔で「いや、まさか」とぶつぶつと呟いている。ティルラから護衛隊員が使っているフロアなら案内して構わないと言われているので、エンゲルブレクトはエリクを連れて行動出来る範囲全てを案内して回った。


「少しは落ち着いたか?」

しばらく案内した後、隊員が食事を取る場所として指定されている、中階層のレストランにて休憩する事にした。エンゲルブレクトとエリク、ヨーンの三人の前には温かいお茶が出されている。

エリクは顔を手で覆って俯《うつむ》いていた。船内の光景に頭が追いついていないのだろう。

この様子では、隊員が使っている部屋の設備を見たら腰を抜かすかもしれないな、とエンゲルブレクトは内心で苦笑した。隊員達も慣れるまでは大騒ぎしたものだ。かくいうエンゲルブレクト自身も経験がある事だった。

「……これが、帝国の力なのか」

俯《うつむ》いていたエリクがぽつりと呟く。

「そうなるな」

「保守派に先はないと見ていいんだな？」

「それはお前自身で判断しろ」

エリク自身が革新派と保守派のどちらなのかは聞いた事がないが、彼の実家は中立派寄りの保守派だ。もっともエンゲルブレクト同様、軍に在籍するエリクは、宮廷での権力闘争とは関わらない場所にいる。そのせいか、派閥に属するのを避けているきらいがあった。

「妃殿下に目通りは出来るか？」

「お前が落ち着いたのならな」

見たところ、エリクは平静に戻っているので、これならば大丈夫だろう。エンゲルブレクトは側にいた従卒を、アンネゲルトへ面会を申し込む使いに出した。元々その予定ではあったが、念の為である。

「それにしても、本当にどうなってるんだ？　この船は」

「あまり深く考えない方がいいぞ」

「……そうだな」

教えを請えば、リリーが嬉々として原理から何から教授してくれるはずだが、魔導についての基礎がない身で聞いても理解は出来まい。

程なく戻った従卒から面会許可が下りたと告げられ、ヨーンを含めた三人で向かう。

アンネゲルトとの面会は、彼女がいる高層階のラウンジで行われた。開放感のある場所に、ティルラ、エーレ団長と共に王太子妃アンネゲルトが座している。

「お初にお目にかかります。第一師団第二連隊長エリク・アダム・エクステットにございます。以後よしなにお願い申し上げます」

「狩猟館の事、聞いています。ありがとう」

狩猟館爆発炎上に関わる誘拐・教唆《きょうさ》の犯人を検挙するのに、第二連隊の力を借りた事は報告済みだ。

「もったいないお言葉、恐れ入ります」
二、三の言葉を交わして、面会は終了となった。その後、エリクはすぐにでも王都に戻ると言う。

帰りしなに、彼はエンゲルブレクトとヨーンにだめ押しをしてきた。

「今夜は逃げずに来いよ。いつもの店だからな」

「わかったわかった」

「逃げた場合は、奴自身がここに乗り込んでくるからな」

「わかったと言ってるだろうが！」

エドガーとは長い付き合いであるが、三人が三人とも彼を苦手としている。それでよく付き合いが続くものだと自分でも思うが、質《たち》が悪い事に、エドガーは全てがだめな人間ではないのだ。だから見切りをつけられず、今に至る。

エリクを見送ってから、エンゲルブレクトは書類整理に少しの時間を割《さ》き、着替えて宿直の隊員に行き先を告げ、ヨーンと共に船を下りた。島から王都までは小型の船を使う。

道中、ヨーンが心底嫌そうに呟く。

「不謹慎な話ですが、今すぐにでも問題が起きないかと願ってやみません」

「無駄だから諦めろ。逃げると後々厄介だ」

エンゲルブレクトも諦めの境地だが、その一方で、他国を回ってきたエドガーの話を聞くのを楽しみにしている面もあった。人間とは複雑である。

王都の繁華街の外れに「ホーカンの店」という大衆食堂がある。その名の通り、ホーカンという男が切り盛りする食堂で、遅くまで開いている事と、食事と酒の旨《うま》さで人気の店だ。ここがエリクの言う「いつもの店」だった。

扉を開けて入ると、店の中は賑《にぎ》わっていた。エンゲルブレクトが少し早く来すぎたか？と思い店内を見回したところ、端の方で手を上げている人物が目に入る。

「いたか……」

その男こそ、エンゲルブレクトとエリク、ヨーンが渋面を作る人物だ。

「やあやあやあ、久しぶりだね、二人とも！」

男、エドガーはにこやかに二人を出迎えた。金髪碧眼で、女性の目を引く事うけあいの容姿を持つ彼は、人のよさそうな笑みを浮かべている。こういう時の彼は要注意だと、骨身に染みているエンゲルブレクト達だった。

「随分とご無沙汰だったたな。どうだった？　外は」

「まあまあ、その話は全員揃ってからにしようよ。まだエリクが来ないからねえ」

そう言うと、エドガーは既に注文していた麦酒をがぶりと飲んだ。

「ああ、そうそうグルブランソン、残念だったねえ。意中の彼女と大舞踏会に出られなくて」

エドガーの言葉に、一瞬ヨーンの動きが止まった。

「……何の話ですか？」

「とぼけても無駄無駄。妃殿下の侍女さんなんだって？　ちっちゃい子に見えるけど、妃殿下と同い年なんだってね。いやー、君の好みが背の低さにあったとは！　さすがの僕も気付かなかったよ」

自分の想い人をエドガーに知られたと悟ったヨーンは、目に見えて落ち込んでいる。これでしばらくは、彼にこのネタでからかわれるだろう。エンゲルブレクトはヨーンを哀れと思うが、下手にかばい立てするとこちらに飛び火しかねないので黙っている事にした。

その代わり、ここにいない人物の話題を振っておく。

「エリクの奴は遅いな。人には逃げるなとか言っておいて、自分は逃げたか？」

冗談交じりにエンゲルブレクトが言うと、エドガーはけらけらと笑って否定した。

「まさかあ。あのエリクにそんな度胸、ある訳ないじゃない」

鬼の連隊長を捕まえて、度胸がある訳ないとは……。エンゲルブレクトは何とも言えない表情でエドガーを見た。

「まあ、待っていればそのうち……ああ、やっと来たよ」

エドガーの言葉で店の入り口を見れば、そこにはエリクが仏頂面で立っていた。あんな場所に突っ立っていたら、営業の邪魔になるだろうに。

「何をボーッとしてるんだろうね？　おおい、エリク、こっちこっち」

エドガーは上機嫌で入り口にいるエリクを手招きした。こちらを見るエリクの顔が渋い。彼の気持ちがわかるエンゲルブレクトは、苦笑するしかなかった。

「やっと揃ったな。お前達、揃いも揃ってこの僕を待たせるなんて、世の女性陣が聞いたら怒り出すよ？」

片目を瞑《つぶ》りそう言ってのけるエドガーを、エンゲルブレクトとエリク、ヨーンはあっさりとあしらう。

「お前なぞいくらでも待たせておくさ」

「そうだな。女性陣の怒りを買ったところで別に痛みはない」

「同感です」

「こらこらこら、ノリが悪いな君らは」

こういう時のエドガーは恐ろしくも何ともない。彼の本領発揮はこれからだ。さて、今夜は何が飛び出すのやら。

酒と食事で皆が大分出来上がってきた頃に、エドガーは爆弾を落とした。

「そういえばエンゲルブレクト、君、王太子妃殿下といい仲なんだって？」

エンゲルブレクトは、危うく口に含んだ麦酒を噴き出すところだった。エリクは呆然としているし、特に表情に変化はないヨーンも、驚いている気配だけは漂《ただよ》っている。

「……何だと？」

「いやあ、大舞踏会で妃殿下と踊ったそうじゃないか。それも最初のダンスを。ああいう場では、普通配偶者と最初に踊るよね？」

含みのある物言いを聞き、エドガーは今のアンネゲルトの状況を知って言っているのだと確信した。王太子の愛人偏愛はつとに有名だから、耳聡《みみざと》いエドガーならば国内にいなくとも知っていておかしくはない。

我に返ったエリクは、エンゲルブレクトの襟元を締め上げんばかりに詰め寄った。

「お前……いつの間にそんな事になってたんだ!?」

「落ち着け。そんな訳ないだろう。あの方は王族で、私がお守りする相手だ」

内容が内容だ。いくら賑《にぎ》やかな店内とはいえ大声を張り上げる訳にもいかず、エンゲルブレクトは押し殺した声でエリクを宥《なだ》めた。

エドガーはそんな二人を眺めながら、相変わらずの笑顔で混ぜっ返す。

「えー？　でも殿下は妃殿下をほったらかしにしてるんだろう？　いーんじゃなーい？」

「いい加減にしないか。大舞踏会の時は、殿下はあの通りだし、あのままでは妃殿下がいつまでたっても参加出来ないから申し込んだだけだ。他意はない」

大舞踏会の主な目的は、踊りながらの会話や、誰と踊ったかを周囲に知らしめる事だ。その舞踏会で、王太子妃がルードヴィグと踊れないばかりに社交が出来ないというのはよろしくない。そう思ってアンネゲルトにダンスを申し込んだだけというのが、エンゲルブレクトの言い分だった。

「妃殿下の護衛は我々の任務だ。その役目は何も、危険からお守りする事だけではない」

どのような「窮地《きゅうち》」からも守るのが役目だと付け加える。大舞踏会のあの場で、アンネゲルトは確実に窮地《きゅうち》に立っていた。

「本当にそれだけかい？」

エドガーはにやにやと笑いながら問いかけてくる。黙らせる為にどれだけ睨みつけようと、彼には通用しないという事をここにいる全員が知っていた。

エドガーの問いに、エンゲルブレクトの雰囲気が少しだけ変化する。彼は険のある表情で尋ね返す。

「何故、そんな事を聞く？」

「いやあ、僕はてっきり国王陛下辺りから唆《そそのか》されて踊ったんじゃないかなーと思ったからさ」

エドガーの返答に、エンゲルブレクトは詰めていた息を吐き出した。他の人間相手ならいくらでも誤魔化せるが、エドガーだけはどうにも出来ない。これは昔からだった。

——だからこいつは苦手なんだ……。

エドガーの推測は真実だ。大舞踏会の数日前、王宮に呼び出されたエンゲルブレクトは国王アルベルトの私室で示唆《しさ》された。

『ルードヴィグが何をどうしようと勝手だが、それに王太子妃が巻き込まれるのは不憫《ふびん》だ。そうは思わんか?』

結果、大舞踏会では大方の予想通りルードヴィグはアンネゲルトと踊らず、エンゲルブレクトが代理で最初のダンスの相手を務める事になったのだ。

アルベルトの私室には、アルベルトとエンゲルブレクト以外に人はいなかったのに、何故エドガーはその事を知っているのか。ただの憶測か、それとも……。

内心舌打ちをしたエンゲルブレクトを余所《よそ》に、エリクがエドガーに疑問をぶつけている。

「何で陛下がそんな事をこいつに頼むんだ?」

「頼んだんじゃないよ。唆《そそのか》したの。多分さっきエンゲルブレクトが言ったみたいな、妃殿下の為にーとか何とかいう台詞《せりふ》を言われちゃったんじゃないのかなー？」

エンゲルブレクトは無言を貫《つらぬ》いたが、それは肯定を意味するようなものだった。エリクの顔に、信じられないと書いてある。

ヨーンは静かにエンゲルブレクトに問いかけた。

「本当なんですか？　隊長」

「エドガーの戯《ざ》れ言《ごと》を真に受けるな」

エンゲルブレクトの返答に、エドガーが不満の声を上げる。

「ひどいなー。せっかく今夜はとっておきの情報を教えてあげようと思っていたのに、そんな風に言われると教えたくなくなるなー」

大の男が頬を膨《ふく》らませ、唇を尖らせてむくれる姿を見て、こんな奴がどうして社交界で人気なのか理解出来ない三人だった。

「どうせ言いたくてうずうずしているんだろうが。今日俺らを呼んだのも、それがあるからだろう？　もったいぶらずにとっとと話せ」

エリクが凄《すご》んでみせるものの、エドガーにはまるで通用しない。

エドガーがもたらす情報を自分達が共有する重要性は、エンゲルブレクト達もわかっている。だからこそ、不満を言いながらも集まったのだ。

にやりと笑ったエドガーは、杯に残っていた麦酒を飲み干してから口を開く。

「今回の王太子の結婚、裏があるよ」

エドガーは、先程までの笑みを消して至極真剣な表情をしている。普段の笑顔は人の目を欺《あざむ》く仮面であり、こちらが彼の素の姿だと知っている人間は少ない。

エドガーがこの姿を見せたという事は、ここから先の会話の内容は要注意という事だ。

その場に緊張が走る。

最初に口を開いたのはエリクだった。

「裏があるのは当然だろう？　政略結婚だぞ？」

「違う違う、そうじゃない。考えてもみなよ。今回の結婚、おかしな点だらけだと思わないかい？」

エドガーに言われて、彼以外の三人は顔を見合わせる。それぞれ心当たりはあるようだ。

「皆ちゃんとわかっているね。ここでわからなかったら、職を辞しろと怒鳴りつけるところだよ」

「ほざけ。お前に言われる筋合いはないわ」

エリクが嫌そうに顔を歪《ゆが》めて吐き出した。その様子を横目で見ながら、エンゲルブレクトはこれまでの経緯を思い出す。

「確かに異例続きだな。花嫁の為とはいえ、内海にまで他国の軍艦を入れているし、そのまま停泊させてもいる」

エンゲルブレクトの言葉に、エリクが反論を唱えた。

「それは殿下がやらかしたからで――」

「いや、異例続きはもっと前からだ」

エリクの言葉の途中で、エンゲルブレクトがさらに続ける。

おかしいと言えば、最初からおかしかったのだ。通常、他国から王族に花嫁を迎える場合、国境付近で花嫁の受け渡しが行われる。スイーオネースは周囲を海に囲まれているので、他国との中間地点の島がその受け渡しの場に選ばれるはずだった。

だがアンネゲルトの場合は、スイーオネースから帝国まで迎えが出向き、さらに帝国の軍艦を引き連れて花嫁の船が内海に入っている。普通で考えたらあり得ない話だった。

スイーオネースと帝国の国力の差故《ゆえ》かと思っていたが、エドガーの口ぶりだとそれだけではないらしい。

「殿下のやらかしと言えば、その対応もあり得ないものだったんじゃない？」

エドガーの言葉に、エンゲルブレクトは無言で頷いた。これは彼も常々感じていた疑問である。

「今もそうだよ。帝国からいただいた姫君を住めもしない離宮に放置しっぱなしなんて、正気の沙汰じゃない。いくらご本人が望んでおられようともね」

こいつは本当についこの間まで国外にいたのだろうか。そんな疑問がエンゲルブレクトの脳裏をよぎった。いつもの事とはいえ、いない間の国内事情にも精通しているのには驚かされる。

「それに、おかしいと言えばそれに関する帝国の動きもおかしいんだよね。即姫君を連れ戻して開戦していても不思議はないのに、帝国は動こうとさえしなかったんだよ。それは何故か」

どうやらこれから話す内容が、今日のメインのようだ。エドガーは声を潜《ひそ》めて言葉を続ける。

「僕の読みでは、今回の件に関して、陛下とあちらの皇帝との間に密約があるんだと思う」

「密約？」

エドガー以外の三人の声が綺麗に重なった。

「密約って、一体どんな……」

エリクの疑問に、エドガーはひょうひょうと答える。

「さすがにそこまではわからないよ。でも、そうとでも考えなくちゃ帝国の動きがおかしい。アンネゲルト姫の事は、皇帝も父親のフォルクヴァルツ公爵も目に入れても痛くないほど可愛がっているっていうよ。その姫君が貶《おとし》められているのに、二人が動かないというのはあり得ない。なら、その裏には動かない理由があると考えるのが筋じゃないかな?」

さすがのエドガーでも、密約とやらの中身までは調べられなかったらしい。それにしても——

「陛下と皇帝との間の密約と言っても、あの二人にそんな伝手《つて》があるのか? 普通に考えれば、外交筋だが……」

スイーオネースと帝国は、今まで国交らしい国交もなかったはずだ。それなのに国主同士が、いつどこで密約を交わしたというのか。ぶつぶつと呟いていたエリクが、じろりとエドガーを睨みつけた。

「まさかエドガー、お前それに関わっているというんじゃ——」

「それこそまさか。だったらここで君達に話す訳ないよ。職務上の機密事項に当たるじゃないか」

確かにそうだ。エドガーも守秘義務を負う身である。いくら気の置けない仲だからといって、機密事項を話したりするほど愚かではない。いい加減に見える彼だが、職務に関しては真面目なのだ。

エドガーは残った料理をつまんで口に放り込む。

「多分、両国の外交筋は本当の意味では知らないんじゃないかな？」

「どういう意味だ？」

「そのままの意味。政略の裏に何かがあるのは気付いていても、その内容までは知らされていない――そんなところだと思う。ただ帝国側の大使は鋭い人だからね。知らないまでも、おおよその推測はしているんじゃないかな」

帝国の大使といえば、アンネゲルトが親しくしている皇帝の従姉妹《いとこ》クロジンデの夫、エーベルハルト伯爵だ。

エンゲルブレクトも何度か会った事があるが、柔和そうな外見とは裏腹に鋭い目を持った人物だった。それくらいでなければ、帝国皇帝の意を受けて大使を務めるなど出来ないのだろう。

「じゃあ、密約があったとして、陛下と皇帝はどうやってそれを交わしたんだ？　誰か仲介者がいたのか？」

「お互いに個人的な繋がりがあるんじゃないかな？」

エリクの問いに、エドガーは律儀に答える。だが、それはエリクを納得させるものではなかったようだ。

「個人的な繋がり？　陛下と皇帝とでか？　一体いつどこでそんなものが出来上がったっていうんだよ？」

エリクの反論に、エドガーはにやりと笑う。その瞬間三人は、ああ、これも今日言いたかった事なんだな、と気が付いた。

「そこなんだよね。帝国とはこれまでろくな国交がなかったじゃないか。今回の王太子の結婚で、ようやく国同士のお付き合いが出てきたくらいだからね」

王太子ルードヴィグと王太子妃アンネゲルトが結婚してまだ日が浅いが、その為の準備期間は実に三年以上だ。当然、国交も三年以上前に結ばれ、帝国大使であるエーベルハルト伯爵はその頃にスイーオネースに来ている。

エドガーは店の天井を仰《あお》ぎ見ながら、苦労話をするように続けた。

「密約があると考えると、二人の親交はその前からあったと推測出来る。でも接点が見つからなかったんだよねー。ついこの間までは」

「どこにあったんだ？　その接点とやらは」

エンゲルブレクトの言葉に仰《あお》のいていた顔を戻したエドガーは、まったく関係のない内容を口にする。

「陛下が王太子時代に留学していたのは知っているかい？」

「留学？　いや、知らないが……」

「俺も知らん」

「私も知りません」

　エンゲルブレクト、エリク、ヨーンの返答に、エドガーは頷く。三人とも、それがどうしたと言わんばかりの顔をしていたのだろう、エドガーは三人を制するように両の掌《てのひら》を押し出す。

「落ち着いて。ちゃんと話は繋がるから。君達が知らないのは当然なんだよ、ぎりぎり僕らが生まれるか生まれないかという頃の話だしね。ちなみに留学先はロンゴバルド王国だよ。さて、陛下が留学なさっているのと同じ時期に、他国からも世継ぎの君がロンゴバルドに留学あそばされていた。それが現在の帝国皇帝ライナー陛下なんだ」

　接点が見つかった。つまり、王太子という国主よりは気安い時代に、留学先で二人が出会っていた可能性がある。

「その時に、知己《ちき》を得たと？」

「推測でしかないけどね。一国の王太子とはいえ、留学先ではばかやったりするものらしいから、うちの陛下も羽目を外していたかもしれない。もちろん、それは帝国皇帝にも言える事だ。留学先で一緒に羽目を外した『友』ならば、他の人間には気付かれない連絡方法くらい持っていてもおかしくはないと思わないかい？」

その頃の二人の間に何があったかは知りようもないが、現在も友として繋がりがあるとすれば、色々と辻褄《つじつま》が合う。

教会を押しのけてまで魔導技術を取り入れようとした国王、王太子の結婚相手として帝国の姫を選んだその理由。また、嫁《とつ》いできた王太子妃の願いを極力聞き入れようとする割には、王太子については放置気味な事にも全て。

「帝国側は、密約で何を得るんだ……？」

ぽつりと漏れたエンゲルブレクトの言葉に、エドガーは律儀に返答する。

「それはまだわからない。でもアンネゲルト姫をコマとして出してきている以上、彼女に関わる内容じゃないかな？」

エドガーによれば、帝国国内でも今回の縁組みに疑問を持つ者達がいるそうだ。彼らはアンネゲルトを国外に出した事に対して、首を傾げているのだという。

「とにかくあの姫は、それまで帝国の社交界にすら出されなかった、秘中の秘の姫君だそうだよ。そのまま秘されて、表には出てこないのではないかとまで噂《うわさ》されていたんだって」

あまり口にしたくないけど、と前置きをしたエドガー曰《いわ》く、帝国内ではアンネゲルトの母親である公爵夫人の出自に関して、悪《あ》し様《ざま》に言う者も多いのだと告げた。

「異世界出身というやつか……」

「どちらかというと、庶民だっていう方が大きいみたい」

エンゲルブレクトの呟きに、エドガーが肩をすくめる。どこにでも血筋にこだわる連中というのはいるものだ。

ともかく、そんな姫君をこれまでろくに国交のなかった、言ってみれば付き合う国としては重要でもなんでもないスイーオネースに嫁に出したのだ。文句を言う貴族がいても不思議はない。

「帝国の思惑まではわからないけど、陛下の思惑は何となく見えているよ」

「何だと!?」

エドガーの言葉に驚いた声を出したのはエリクだけだった。だが、エドガーは彼には構わず、まっすぐにエンゲルブレクトを見ている。

「エンゲルブレクト、君ももう気付いているんだろう？　陛下は殿下を試している」

エドガーの言う通り、エンゲルブレクトもそう予想していた。国王は唯一の跡取り息子であるルードヴィグを、真実王に相応《ふさわ》しいかどうか試している。

結婚祝賀の舞踏会での言動、アンネゲルトが初めて参加した夜会、そして先日の大舞踏会。その全てで、ルードヴィグが自分の感情を優先させず、王太子として振る舞えるかどうかを見ていたのだ。それなら国王が動かないのも納得出来る。

自分が気付くくらいだ、宮廷では既にその思惑に勘づいている貴族は多いだろう。そう考えながら、エンゲルブレクトは思わず呟いた。

「陛下は……継承戦争を起こすおつもりか？」

「そこまでは考えていないんじゃないかな。多くの見方では試すといってもぎりぎりまでであって、最終的には諭《さと》して終了だろうというものだ」

エンゲルブレクトはエドガーの言い方に違和感を覚えたが、すぐに理解した。彼の言った「多くの見方」とは、革新派の総意という意味だ。

エドガーは革新派を率いるアレリード侯爵の、外務相時代からの腹心の部下である。ともかく、今回の政略結婚に関するごたごたは王太子教育の一環という事らしい。だが、スイーオネースはそれでいいとして、帝国側の益は何だ。

溺愛している姪《めい》を、スイーオネースの王太子教育の為だけに嫁《とつ》がせたというのだろうか。

――まだ何か秘密があるのか？

だが、エンゲルブレクトにはそれを知る術《すべ》がない。エドガーは知っているのかもしれないが、ここで口にしないという事は、自分達に教えるつもりはないようだ。

アンネゲルトは、この密約を知っているのか。そんな思いが浮かんだものの、エンゲルブレクトはすぐに自分の考えを否定した。素直すぎる性格の彼女は、知っている事を隠せないはずだ。

政略で嫁《とつ》いできたとはいえ、その裏に別の意図が隠されていたなどと彼女が知ったら、どれだけ傷つくのだろう。

考え込むエンゲルブレクトに、エドガーが脇から声をかけた。

「エンゲルブレクト、顔が怖いよ」

「余計なお世話だ」

じろりと睨むが、相手はどこ吹く風だ。

グラスの酒を呷《あお》ったエリクが、疑問を口にする。

「今の継承順位って、どうなっていた？」

「一位は当然王太子、二位は陛下の甥《おい》のヨルゲン・グスタフ、三位はあのハルハーゲン公爵だよ」

すぐに答えたのはエドガーだった。

質問したエリクはといえば、苦いものを口にしたような顔をしている。彼の気持ちはわからないでもない。

正直、ヨルゲン・グスタフにしろハルハーゲン公爵にしろ、次期国王の器《うつわ》にはとても思えなかった。ヨルゲン・グスタフはおとなしくて気の弱い性格で、ハルハーゲン公爵は先を見通す力がないといわれている。

どちらも優秀な臣下を置いて、彼らの言葉に耳を傾ける事が出来れば問題はないのかもしれない。だが、ヨルゲンには傀儡《かいらい》の危険性が、ハルハーゲン公爵には独裁の危険性があった。

決してルードヴィグが次期国王として勝っている訳ではないが、この三人の中では消去法で彼が一番有望だ。少なくともエンゲルブレクトはそう思っている。

――一軍人が考える事ではないな。おこがましい。

頭を振って、エンゲルブレクトは考えを散らした。その様子を、エドガーがテーブルに肘をつきながら見ているとも知らずに。

三　美姫の館

王都の大通りから一本入ったところに、その館はあった。瀟洒《しょうしゃ》な門構えといい、館自体の大きさや様式といい、美しい造りである。

「こちらでございます」

館を眺めるアンネゲルト達にそうぶっきらぼうに言ったのは、先日ヘーグリンド侯爵の使いとしてアンネゲルトのもとへ来た人物である。名はミーケル・バルブロ・フェルトといった。

彼の案内で敷地内に入る。前庭は石敷きの路と花壇で整えられていた。長く空き家だったという割には、手入れが行き届いている。

建物の外観はスイーオネース風だが、所々に異国風の様式が混ざっているようだ。こちらの様式は重くどっしりしたものが多いけれど、この建物はすっきりしていて女性好みと言える。

「綺麗な館ね」

アンネゲルトは、素直に感想を口にした。すると、フェルトは恐れ入ります、と軽く頭を下げる。

「本日は内覧もなさいますか？」

「ええ、そのつもりで来ているの」

本日の同行者は、リリー、フィリップ、イェシカといった離宮改造の中心人物に加え、帝国の技術将校ヴォルター・エトガル・キルヒホフと彼の配下が数人、それにいつも通り護衛隊隊長とその副官という顔ぶれだ。

キルヒホフは王都の館の修繕責任者に決定しているので、今日の内覧は下見の為でもあった。離宮改造と同時進行になる事で館専任の技術者が必要になり、彼が抜擢《ばってき》されたのだ。

案内役のフェルトは懐《ふところ》から飾り彫りの施《ほどこ》された大きな鍵を取り出すと、表玄関の扉に差し込み鍵を開けた。大きく頑丈そうな扉は、音一つ立てずになめらかに開いていく。

入ってすぐのホールは、天井から差し込む光でとても明るかった。仰《あお》ぎ見た天井は、ドーム状の硝子《ガラス》張りだ。

「綺麗な天井……」

「国内ではあまり見ない様式だな」

アンネゲルトと同じように天井を眺めていたイェシカが漏らすと、フェルトが答える。

「元は大聖堂の司教が建てさせた館だそうですから、余所《よそ》から建築士を呼び寄せたのかもしれません」

その司教は長く教皇庁にいた人物で、そちらから建築士やら職人を連れてきて建てさせたのではないか、という話だ。

館は持ち主の司教が亡くなった後、彼の実家である伯爵家の持ち物となり、その後ヘーグリンド侯爵の所有となったらしい。

ホールを抜け、各部屋を見て回る。小ぶりな館の為か部屋数が少なく、間取りに凝《こ》った部分はなかった。

「館に手を入れられると伺《うかが》っていますが、建築士は決まっておりますか？　まででしたらこちらで手配する事も可能ですが」

「ありがとう。改修を任せる人間は決まっているから大丈夫よ」

フェルトはあくまで確認としてアンネゲルトに聞いていたようで、すぐにさようでございますか、と引き下がる。

後方では、キルヒホフがイェシカ達と何やら話し込んでいた。

「内装はそのままでいいんじゃないのか？」

「離宮ほど傷《いた》んでいないのが幸いだな」

「こちらにもいくつか仕込みたい物がありますので、そこそこ手は入れてもらいます。フィリップにはさらなる改良のお手伝いを頼みたいのですが」

「改良に関しては、ほとんど俺だけでやっているだろうが」

ヒュランダル離宮と違って、こちらの館はずっと人の手が入っていたのか内装も荒れておらず、今すぐにでも住めそうだ。

「水回りとかは絶対に船と同様にしてね」

そこだけは譲《ゆず》れない、とアンネゲルトが口出しした。

「確かにな。あれは楽だ」

「衛生面から考えても、当然ですわね」

「今更元には戻れないよな……」

リリーやフィリップはもちろんの事、イェシカも船の居心地のよさを体験しているからか、すぐに賛同を得られた。離宮改造の間、彼女は船の一室を与えられてそこで寝起きしているのだ。

「お任せください、姫様。ご期待に添えるよう尽力いたします」

最後にキルヒホフが生真面目な様子で返した。一番のこだわりが通った事を喜ばしく感じつつ、アンネゲルトは改めて館を見回す。

――王都で過ごすのがちょっと楽しみになったなー。

ヒュランダル離宮とはまた違った美しさのある館を、アンネゲルトは既に気に入っていた。

◆◆◆◆

わいわいと騒ぐアンネゲルト達を離れたところから眺めるエンゲルブレクトは、先日のエドガーの言葉を思い返していた。

今回の政略結婚の裏、密約、国王による王太子を試す行動。一体この国は今どうなっているというのか。

そして、それに巻き込まれた形の王太子妃アンネゲルトの行く末も気になる。だが、どれだけ考えても、答えなど出てこなかった。

「……爵様？　……伯爵様！」

「え？」

思考の沼にうっかりはまっていたら、誰かに呼ばれていたようだ。エンゲルブレクトが声の方を見ると、リリーが不思議そうな顔でこちらを見ている。

「どうかなさいましたか？　珍しくぼんやりなさっているご様子でした」

「ああ、いや、何でもない」

ここにいたのがリリーでよかった。これがティルラだったら、叱責は免《まぬが》れまい。

――職務の真っ最中だというのに、何をやっているんだ、まったく……

エンゲルブレクトはリリーの後方にいるフィリップやイェシカ、アンネゲルトを見た。

だが、彼女はこちらをちらりと見た後、すぐに視線を逸らしてしまう。

その姿にわずかな寂しさを感じつつ、リリーに確認する。

「話は終わったのかな？」

「ええ、大体は。後は船に戻って詰めなくてはなりませんけど」

彼女達が話していた内容は、カールシュテイン島とこの館の地下を道で繋ぐ計画だったはずだ。それに加えて、離宮ほどではないにしろ、館にも少し改築を施《ほどこ》すというのは聞いている。

「妃殿下はもう船に戻られると？」

「あら、それはまだ確認していませんわ。アンネゲルト様ー！　船に戻られますか？」

アンネゲルトが船に戻るのなら、護衛隊員を配置しなくてはならない。王都の港からここに来るまで馬車の周囲を固めていた隊員は、馬と館の外で待機している。王太子妃と共に中に入ったのはエンゲルブレクトと副官のヨーンだけだ。

「もう少し待ってちょうだい、リリー。お庭は見られるかしら？」

やや離れた場所で、アンネゲルトはフェルトに庭園を見せてほしいと言っている。この館が王太子妃の王都での拠点になれば、離宮の修繕が終わるまで、客のもてなしはここで行う事になるだろう。今も、殺到している面会申し込みなどを捌《さば》くのに苦労していると聞く。

――館を手に入れる事で面会も予定に加わるのなら、細かい護衛計画を練《ね》り直さなくてはならなくなるな。一度ティルラと話しておくか。

そう考えていた間に、アンネゲルトはどうやら庭へ出る許可を取りつけたらしい。エンゲルブレクトは彼女の側を離れないよう、かつ一定の距離を取る配慮をしながら移動した。

◆◆◆◆

庭園は申し分のない広さと美しさを誇っていた。綺麗に手入れされているおかげで、今すぐにでも園遊会に使えそうだ。

いくつかに分かれた花壇や刈り込まれた庭木、点在する東屋《あずまや》は全てデザインが違っていて、館からそれぞれまでは石敷きの小道が伸びている。

「いかがでございましょう？　お気に召していただけましたでしょうか？」

ほぼ無表情でフェルトが確認すると、アンネゲルトは目をきらきらと輝かせて頷く。

「ええ、とっても！　素敵な館をありがとう、と侯爵に伝えてちょうだい」

「かしこまりました。妃殿下に気に入っていただけて、主《あるじ》も喜びますでしょう」

下見は全て終わり、一行は船に戻る事になった。フェルトは案内人の責務として、船までアンネゲルトを送っていくと言う。

それぞれ馬車に乗り込む際に、アンネゲルトが思い出したと言わんばかりの様子でフェルトに向き直った。

「ああ、そういえば」

「何でございましょうか？」

「この館に名前はついているのかしら？」

貴族の屋敷や城には、名前がついている事が多い。アンネゲルトの所有となった離宮にもヒュランダルという名がついている。また帝国でもアンネゲルトの実家、フォルクヴァルツ公爵の帝都の館にはアロイジアという名がつけられていた。

帝国では城や屋敷の名前には、女性名称を用いる。これは城を女性に見立て、騎士が淑女《しゅくじょ》を守るように城も守れという意味合いからだそうだ。それも近親者もしくは親しい人物から名をもらうのが慣習で、名をつけるのは城を建てさせた人間だ。大概は貴族の男性が、自分の母親か妻の名をつけ、それを子々孫々まで守り通す。

アンネゲルトの質問に、フェルトは淡々と答えた。

「はい。これまではラーション館と呼ばれておりました。建て主の名だそうです。ただ、これよりは妃殿下の持ち物となりますので、お好きに名付けてください」

「まあ、いいの？」

フェルトの申し出に、アンネゲルトは顎《あご》に指を当てて考え始める。どうやらここで名付けていくつもりのようだ。

いつまでも乗車しないアンネゲルトに、エンゲルブレクトが提案した。

「妃殿下、名前を考えるのは船に戻られてからでもよろしいのでは？」

あまり長く外にいるのは、警護の面でよろしくないという事らしい。だが、アンネゲルトはエンゲルブレクトの言葉にも耳を貸さず、ややあってから一つ頷いた。アンネゲルトは館の名付けに夢中なせいか、エンゲルブレクトが側にいてもここしばらくのような挙動不審に陥《おちい》っていない。

「決めたわ。イゾルデ。この館にはイゾルデという名前をつけます」

「イゾルデ……」

その場にいた皆の声が合わさった。ずっと事務的な態度だったフェルトまで、驚きで目を丸くしている。

スイーオネースでの建物への名付け方は、建てた人物もしくは持ち主に関係の深い人物の名字を使うのが一般的らしい。現に、王宮や離宮の名前もそれに従っているのだとか。そこに帝国風の名付けをしたから驚いたのだろう。

「アンネゲルト様、その名前はどなたから頂戴《ちょうだい》したんですの？」

誰もが疑問に思っていた事を口にしたのはリリーだ。聞かれたアンネゲルトは、一瞬きょとんとする。

「どなたって……どなたでもないわよ？　強《し》いて言えば物語のお姫様かしら」

「まあ。どのような物語ですの？」

「え？　ええと……」

日本にいる時に聞きかじった名前だった。悲恋のヒロインなのだが、詳しい事までは知らない。フィーリングでつけた名である。

「確か騎士と恋に落ちるお姫様だったと思うわ」

「そう、ですの……」

切れっぱしの記憶を繋いでようやくそう言うと、リリーは何やら複雑そうな表情だ。

「どうかした？　リリー」

「いいえ、何でもございませんわ。さあ、早く船へ戻りましょう」

誤魔化された気がするが、確かにここに長く留まる意味はない。アンネゲルトは馬車に乗り込んだ。

◆◆◆◆

「……と、いうような会話がありました」

船に戻ったリリーは、ティルラに彼女の私室へ呼び出されていた。アンネゲルトの外出時にティルラが同行出来ない場合は、リリーかザンドラが同行して起こった出来事を報告するよう義務づけているのだ。

「そう。それにしても、イゾルデ、ねえ……」

「ティルラ様はどのような物語なのか、ご存じなのですか？」

リリーに生真面目な表情で聞かれ、ティルラは苦笑で返した。

「聞きかじった程度にはね。向こうの古い物語だそうよ。悲恋物語として有名なはずなのだけど」

まさかそのヒロインの名をつけるとは。アンネゲルトはこういった情報に関して、正しく覚えていない事がままある。今回も、ぼんやりとしか記憶していなかったものを直感で引っ張り出してきたのだろう。

ティルラがそう説明すると、リリーは意外そうな顔をしてみせた。

「そうなのですか？　てっきり私は……」

リリーは何かを言いかけて途中で止める。物事の白黒をはっきりさせたがる性格なのに、珍しい事もあるものだ。

「どうかしたの？」

「いえ……あの……」

「ここには他に聞いている者はいませんよ。遠慮はいりません」

言いあぐねているリリーに、ティルラはそう促《うなが》してみる。今彼女の私室にいるのはリリーとザンドラのみだ。

また、この部屋は特に頑丈に盗聴の類《たぐい》への防衛システムが組み込まれているので、話した内容が外に漏れる危険性はない。

「……アンネゲルト様は、イゾルデという名は騎士と恋に落ちた姫の名だと仰《おっしゃ》っていました」

「そう。それで？」

「もしかしたら、アンネゲルト様ご自身がそれを望んでいらっしゃるのかと……」

「それって、もしかして騎士と恋に落ちたがっている、という事？」

確認するティルラに、リリーはこっくりと頷く。ティルラはつい意外なものを見る目でリリーを見てしまった。彼女からこんな内容の話を聞くとは思わなかったのだ。

「ティルラ様も気付いていらっしゃるのでしょう？　アンネゲルト様がサムエルソン伯爵の事を意識していらっしゃるのを」

「ええ、まあ。というか、あなた、よく気が付いたわね」

「簡単です。感情の波は魔力の波動に似ていますから。強い感情であればあるほど、見えやすいんですよ」

さも当たり前のように言うリリーに、ティルラは言葉をなくす。まさかリリーが人の感情まで見る事が出来るなど、予想もしていなかった。

確かに、魔導においては比類なき才能の持ち主と聞いていたし、優秀な魔導の使い手は他者の魔力の波動を感じ取れるというのも知っている。だが、感情を魔力と同様に見られるなんて、今まで聞いた事もない。

改めて、リリーという人材の希有《けう》さに驚かされる。皇帝陛下は姪姫の為によくよく人を選んだものだ。ティルラはその溺愛ぶりに一瞬呆れの感情を抱いたものの、表には出さなかった。

一方、リリーは眉間に皺《しわ》を寄せている。そんな彼女に、ティルラは短く尋ねた。

「まだ何かあるの？」

「このままでよろしいのですか？」

「いいのか……とは？」

「アンネゲルト様の想いをお認めになるのですか？　アンネゲルト様はスイーオネースにお嫁にいらした王太子妃殿下でいらっしゃいます」

これまた意外な思いだ。リリーがこういった政治向きの話をしてくるとは。

目を丸くするティルラに、リリーは言葉を続けた。

「もし、アンネゲルト様の想いが周囲にばれてしまったら、アンネゲルト様はどうなるのですか？　私達も含めて帝国に戻されるのではありませんか？」

「構わないでしょう？　それはアンナ様のお望みそのものですよ？」

もっとも、今ではその望みも大分変わっているだろうが、ティルラはそこまでは言わなかった。

今のままなら、おそらく帝国への帰国を言い出す事はない。言い出す可能性があるとすれば、エンゲルブレクトに振られた時だ。

冷静なティルラに、珍しく焦った様子のリリーが声を荒らげた。

「それでは困ります！」

「何が？」

「離宮はどうなるのです!?」

ここに来て、ティルラはリリーが何を言いたいのか、やっと思い至る。

「ああ、離宮を放っていくのが心残りという事？」

だが、その読みは間違っていた。

「違います！　離宮の地下には魔導研究所を作るんですよ？　それを放棄するなんてもったいないですわ！　せっかくあれこれと機能を盛り込んでおりますのに」

どうやら、リリーにとっては離宮そのものが新機能の実験場のようなものらしい。そこから離れるのが惜しくなったというところか。ティルラは額《ひたい》に手を当てて少し俯《うつむ》く。リリーの常人とは違う価値観を理解していたつもりでいたが、とんだ思い上がりだった。

しかし、彼女を納得させせられないままでは仕事に支障が出る恐れがある。リリーは離宮の改造にも深く関わっているので、それは避けたかった。

「安心なさい、リリー。アンナ様が伯爵を想っているとしても、すぐに帝国に戻される事はありません。その前に王太子殿下との結婚を無効にする申し立てをしなくてはなりませんからね」

婚姻無効の申し立ては、婚姻をした国でするものだ。アンネゲルトの場合、結婚式を執《と》り行ったのはスイーオネースなので、スイーオネースの教会に申し立てる必要があった。

今回は夫婦生活がなかったと証言出来る者が多いし、何より婚礼当日から別居しているのが知れ渡っている。なので、審査にそこまで日数はかからないだろうが、さすがに一日二日で無効に出来るものでもない。

そう言ったティルラは、さらに説明を続ける。

「それに、この国から離れたくないのならアンナ様と伯爵の仲を応援する方が得策よ」

「どうしてですか？」

「伯爵と恋愛してそのまま結婚となれば、アンナ様はこの国にずっといる事になります。カールシュテイン島とヒュランダル離宮はアンナ様個人の所有となっているから、王太子妃でなくなったとしても取り上げられないのよ」

果たして、そううまくいくかどうかは謎だが。そこまではリリーに話す必要はあるまい。

すると、リリーの表情は見る見るうちに喜色《いろど》に彩られていく。

「わかりました！　離宮から離れなくて済むのなら、私、頑張ります！」

「頑張るのはいいけど、根を詰めすぎないようにね」

以前も不眠不休で研究を行って、四日目に倒れたとフィリップから報告を受けている。

ティルラに釘を刺されて、リリーは不満顔だ。

「いいですね？　リリー」

「はい、ティルラ様」

だめ押しをされて観念したのか、リリーは一礼して退室する。ティルラはその後ろ姿を見送りながら、内線でフィリップに連絡を入れ、いつも以上に見張りの目を厳しくしておくよう伝えておいた。

◆◆◆◆

冬支度に入った王宮は、シーズン中の賑《にぎ》やかさとはまた違う騒がしさに満ちていた。

廊下を行き交う貴族はどこか余裕がなく、裏道を通る使用人達の足も普段よりやや早めになっている。誰もがじきに到来する厳しい冬へ向けて、出来る事をやってしまおうと急いでいるのだ。

そんな慌ただしさの中でも、口さがない連中の口はよく動く。両腕一杯の洗濯物を抱えて歩きながら、下働きの娘達はおしゃべりに花を咲かせていた。

「ねえねえ、聞いた？　王子様のお妃様は他に好きな男がいるんだって」

「知ってるわよ。あの方でしょ？　ほら、軍の――」

「今はお妃様の護衛についているのよ」

「そうそう。あの伯爵様も色々と言われてる人よねえ」

「ああ、先代の伯爵様の本当の子じゃないってやつ？」

「それだけじゃないわよ。お兄様に当たる方が亡くなった時の事も」

「えー!?　何々？」

「そりが湖に落ちて亡くなったんだけど、一緒に乗っていた今の伯爵様は助かったんですって」

「そりに乗る時期に氷が張らない湖なんてあるの？」

「あるのよ。サムエルソン伯爵領にね、大きくて深いアルヴィン湖ってのがあるんだけど、真冬でも凍らないんですって」

「じゃあ、そこで？」

そうだ、と誰かが言いかけたところに叱責が飛んだ。

「お前達！　おしゃべりしてる暇があったらきびきびと働きな!!」

下働きの若い娘達を統括する年増女の大声に、娘達は飛び上がらんばかりに驚いて駆け出す。

その様子を柱の陰から見ていた人影がある。人影——男はそっとその場を離れると、王宮の表へ急いだ。

男が向かったのは、王宮の一室である。頑丈だがあまり装飾のない扉の前まで来ると、慎重に扉を叩いた。誰何《すいか》の声に名乗ってすぐ、入室の許可が与えられる。

その部屋は執務室だった。大きな書棚と机、それにいくつかの調度品が置かれているが、どれも実用性のみを考えた無骨《ぶこつ》な代物で、王宮には相応《ふさわ》しくないように思える。

「何事か」

机の前に座る部屋の主《あるじ》は、書類から顔を上げる事なく男に尋ねた。

「少し、気になる噂《うわさ》を耳にしました」

「申せ」

そう命じた主《あるじ》は、決裁済みの書類を脇に置き、次の書類にかかる。手と目を動かしつつ、耳だけは部屋に入ってきた配下の男に向けていた。

「下働きの女達が話していたのですが、王太子妃殿下に想う相手がいる、と」

「サムエルソンの事か？」

「ご存じでしたか……」

男の主《あるじ》に当たるこの部屋の持ち主は、男より余程耳聡《みみざと》い。そんな彼をもってしてもこぼれ落ちる噂《うわさ》話などを集めるのが、男の主な仕事だった。

部屋の主《あるじ》は相変わらず書類の決裁を続けている。彼の口から、さらに意外な言葉が飛び出した。

「大舞踏会の最中には既に出ていた話だ。事実無根であろうがな」

「そうでしょうか？」

主《あるじ》の言葉に、配下の男は懐疑的《かいぎてき》だ。結婚したばかりの夫は愛人に夢中で妃をないがしろにするばかりだった。そんな夫に愛想を尽かして他の手近な存在に目がいったところで、誰が王太子妃を責められよう。

だが部屋の主《あるじ》は、首を横に振って言葉を続ける。

「妃殿下はまだ殿下との婚姻無効の申請を出していない。王族が夫のある身で他の男に懸想《けそう》するなど、どのような結末を迎えるかくらいは帝国でも教育していよう」

王族として生まれた以上、義務からは逃《のが》れられない。王族に限らず、それはある程度の家に生まれた者全てに言える話だった。貴族には貴族の、富豪には富豪の責務がある。その家に生まれるという事は、その責務と一生を共にするという事でもあるのだ。

主《あるじ》は、面白くもなさそうに配下の男に尋ねる。

「それよりも、その噂《うわさ》とやらは殿下のお耳に入っているのか？」

「それらしき様子は見当たりません」

主《あるじ》は書類から顔を上げ、男の顔を見た。

「お前がそう言うのなら、そうなのだろうな」

主《あるじ》は再び書類に目を落とす。部屋にはしばし静寂が下りた。

「もっとも」

視線を上げずに、部屋の主《あるじ》は独り言のように続ける。

「殿下が知ったとしても、何もしないかもしれん……」

その言葉は、男に聞かせているとも、自分自身に言い聞かせているともとれた。こういった場合、反応する必要はないという事を、配下の男は心得ている。

部屋の主《あるじ》は淡々と言うだけ言うと、これ以上の会話は無用とばかりに書類に集中し始めた。それを気配で察した配下の男は、無言で一礼して部屋を去る。

男が部屋を出ていってから少しして、部屋の主《あるじ》の手が止まった。

「だが、万が一という事がある。手を打っておいて損はあるまい」

彼は静まりかえった部屋の中で独りごちると、急ぎの案件のみ決裁を済ませて席を立った。

◆◆◆◆

社交シーズンの終わった王都では、王族の公務も基本的に休みとなる。書類仕事はなくならないが、慰問《いもん》や訪問などの予定は来年のシーズン幕開けまで組まれない。

王太子ルードヴィグは、執務室でおとなしく執務を行っていた。元々能力はあるので、山と積まれていた書類も見る見るうちに決裁されていく。

午前中の書類仕事を終えた彼は、時間を作って私的な手紙をしたためていた。王宮を追い出され実家に帰された愛人、ホーカンソン男爵令嬢ダグニーへのものだ。

謹慎中もその後も、何通か送っているのに彼女からの返信は一度もない。使者を使って直接ホーカンソン男爵の屋敷に届けているので、受け取っているはずだ。

ルードヴィグの立場を配慮して返事をよこさないのか、それとも、何か返事を出せない理由でもあるのか。

彼女は大舞踏会にも欠席していた。会場で父親のホーカンソン男爵は見つけたので彼にダグニーの事を問いただしたところ、具合を悪くして家で伏せっているという。

心配して見舞いに行くと言ったのだが、男爵にはその場で断られた。

『大した病状ではございません、殿下のお心を騒がせました事、心よりお詫び申し上げます』

そんな形式的な謝罪だけ述べて、すぐに逃げてしまったのだ。ルードヴィグも周囲を別の貴族達に囲まれて動けなくなり、その後、男爵が会場に居続けたかどうかもわからない。

具合はよくなったのだろうか。もしかして、返事を書けないほど弱っているのでは。体調は男爵の言う通り大した事はなく、他の理由で返事を出せないでいるのかもしれない。

心配は尽きず、手紙には彼女が窮地《きゅうち》にいるのなら救い出してやりたい、少しでもいいので頼ってほしいという旨《むね》も書いた。

考えてみれば、彼女はルードヴィグに何かを頼ったりねだったりした事は一度もない。

部屋もドレスも宝飾類も、ルードヴィグが勝手に贈ったものばかりだ。

それに、贈り物への礼は口にするが、心から嬉しそうにしている顔を見た事がなかった。いつもと変わらない薄い笑みを浮かべるだけだ。

一度でいい、ダグニーの満面の笑みを見てみたい。

そう思い至った時、ルードヴィグの脳裏に、先日の大舞踏会の前に見たアンネゲルトの笑顔がよぎる。

自分の妃である彼女の笑顔を見たのも、あの時が初めてだ。

結婚式の時も、祝賀舞踏会の時も、謁見《えっけん》の間での謝罪騒動の時も、彼女は感情らしい感情を見せずにルードヴィグを見つめているだけだった。そんな彼女が無邪気に喜ぶ姿を、何故か正視出来なかったのを憶えている。

「あの女も、私にねだる事はしなかったな……」

あの場は、魔導特区とやらを作る為の助力を請われたというよりは、邪魔だけはするなと釘を刺されたようなものだ。それに対して勝手にしろと言ったらあの笑顔なのだから、本当にあの女はよくわからない。

そういえば、ヘーグリンド侯爵が世話をして王都に屋敷を構える運びになったと聞いた。わざわざそのような真似をしなくとも、王宮に部屋を用意させればいいだろうに。

そこまで考えて、その権利を取り上げたのは他ならぬ自分だったと思い出す。

「……」

ルードヴィグも、今ではあの行為が軽率なものだったとさすがに理解している。祝賀舞踏会の場でも、アンネゲルトは話があると言っていた。おそらく、大舞踏会の前に話したのと同じ内容を言うつもりだったのだろう。

あの時、時間を割《さ》いて彼女ときちんと話し合っていれば、今の状況はなかった。謹慎させられる事も、ダグニーが王宮から追い出される事もなかっただろう。

ルードヴィグは、溜息を吐きながら手紙に封をした。シーズンも終わり、人の目が王宮から遠ざかっている今なら返事が来るかもしれない。何なら書類仕事の合間を縫《ぬ》って、男爵邸に自ら出向くのも手だ。男爵は毎年シーズンオフも領地に帰らず、王都に残ると聞いた覚えがある。

ルードヴィグは執務室に侍従を呼び、手紙を預けた。今日中に男爵邸に届けるよう指示を出し、残りの書類に向かう。まだ未決裁の書類が残っているのだ。

窓から覗く空は、そろそろ冬の色に染まりつつあった。

◆◆◆◆

イゾルデ館の修繕は、離宮の改造と並行して行われている。離宮と比べると規模が小さいので、関わる人数も少ないそうだ。

「人手は足りているの？」

昼下がりのお茶の時間、イゾルデ館の修繕が話題に上った際にアンネゲルトが質問した。

「大丈夫ですよ。何とかします」

答えたのはティルラだ。彼女はアンネゲルトの警備全般に加え、離宮と館の修繕の管理も行っている。

離宮改造の現場では、五チームが交代制で二十四時間稼働しているらしい。工兵達は八時間労働の後、四十時間の待機時間が設《もう》けられている。一日働いた後に丸二日休むようなものだ。

何でも、追加の工兵がスイーオネースに到着していて、今の体制で十分回せるだけの人数が確保出来たのだとか。

「……一体何人連れてきたの？」

「聞かない方が精神的によろしいかと」

工兵全員の食費を賄《まかな》うだけでも相当な予算を使う。それらは離宮にかかった費用として一度は王宮に請求され、そのままアンネゲルトの借金になるのだ。

クアハウスや温室が正式に稼働すれば、そこからの収入で少しずつ返済していく手はずになっているものの、それまでは無収入で借金ばかりがかさんでいく事になる。

顔をしかめるアンネゲルトに、ティルラが館の警備について話し始めた。

「イゾルデ館にも警備装置はつけますが、離宮や船ほどには設置しないので、人力での警備がより必要になりますね。護衛隊からも館専属の人員を選出してもらいましょうか」

船や離宮ならば、島に入る時点である程度は危険人物をはじく事が出来る。以前、島に襲撃者の侵入を許してしまっているので、警備は厳重なものになっていた。

だが、王都のど真ん中にあるイゾルデ館ではそうはいかない。ただでさえ来客が多くなるのが見込まれるし、人が多く出入りすればそれだけ隙も出来るというものだ。

無論、島同様に魔導による警備システムを導入するが、やはり人の目による警護も重要になってくる。

「護衛隊の人達の負担にならないかしら？」

「それが彼らの仕事ですよ。暇をもてあますのは不名誉な事です」

アンネゲルトの疑問に、ティルラは即答した。彼女も元軍人だから、彼らの任務にかける思いを理解出来るのだろう。

――私は暇な方が楽でいいんだけどなー。

そう思っているが、次のシーズンは最初から参加する事になる。しかも王都に足場の館を構えるのだ、社交場に引っ張り出される回数が増えるのは目に見えていた。

とはいえ、それがアンネゲルトの仕事の大半なので、嫌だと言って逃げ回る訳にもいかない。

加えて王太子妃としての公務も出てくるから、シーズン中はそれこそ目の回るような忙しさになるはずだ。何だか癒《い》やしが欲しくなってきてしまう。

「クアハウスの建設は、先にやってもらおうかしら……」

「どうなさったんです？　急に」

心の声が駄々漏れになっていたみたいだ。怪訝《けげん》な表情をするティルラに何でもないと誤魔化して、アンネゲルトは窓から島の方を見る。今は船の角度が以前と変わっている為、シートで覆われた離宮は一部しか見えない。

離宮の基礎工事と共に、クアハウスと温室の基礎工事も始まったと聞いている。建物はまだ影も形もないが、着実に計画は進行しているのだ。

温室には南国の色鮮やかな花を多く栽培する予定なので、その美しさで疲れを癒《い》やしてくれるだろう。

「癒《い》やしがテーマというのもいいかもしれないわね……」

「アンナ様、独り言でしたらもう少し小さいお声でお願いしますね」

全部聞こえていますよ、と続けられて、アンネゲルトの頬が赤くなった。またしても駄々漏れになっていたらしい。ティルラが苦笑している。

「大体、いきなりクアハウスやら癒《い》やしやらって……どこから出てきたんですか？」

淹《い》れ立てのお茶をテーブルに出しながら聞いてくるティルラに、アンネゲルトはどう答えるべきか悩む。結局、考えの切れっ端を繋げるようにぽつぽつと口にした。

「王都に館を構えると、次の社交シーズンは目一杯社交に出かける事になるじゃない？　疲れるだろうなあと思ったら、癒《い》やしが欲しいと感じたの。で、島にクアハウスを作るでしょ？　温泉はいい癒《い》やしになるし、クアハウスを先に作れないかなーって。クアハウスに上流階級の夫人方を客として呼び込もうって計画に、綺麗になるだけでなく、癒《い》やしもテーマに含められないかなとね」

上流階級の女性にそこまで癒《い》やしが必要かどうかは謎だが、中にはアンネゲルトのように社交が苦手で、ストレスに感じている人もいるかもしれない。そんな人達に癒《い》やしの場を提供するのも、売りの一つになるのではないか。

全部聞き終わったティルラは、軽い溜息を吐いている。やはり呆れられたのだろうか。

——こっちで癒《い》やしだのなんだのが商売になる事はないのかなあ……

そう思ってアンネゲルトが落ち込みそうになった時、ティルラはやれやれという雰囲気で言う。

「本当に、どうして内定が取れなかったんでしょうねえ……」

それだけの着眼点があるのに、と笑うティルラに、今更そんな事を言うか、と傷をえぐられたアンネゲルトは拗《す》ねてしまった。


その数日後、アンネゲルトはキルヒホフから館の修繕に関する報告を受けていた。

イゾルデ館の修繕は改装程度で終わらせる予定だったのだが、そうもいかなくなったとの事だ。

「水回りだけでも、大幅に手を入れなくてはならないようです」

それを聞いた途端、次の社交シーズンまでに間に合わないのではないだろうかとアンネゲルトは期待した。

「……アンナ様、お顔がにやけていますよ」

「え!? や、やだわ、そんな事は」

ティルラに指摘されて、アンネゲルトは慌てて頬に手を当てる。シーズンに間に合わなければ、社交で出歩く回数を減らせるのではと思っていたのだ。よく考えれば、そんな事はあり得ないとわかるのに。

つい楽な方に流されそうになる癖が出てくるが、頑張ると決めたのだから、意識を変えていかなくては。

一人で反省するアンネゲルトの隣では、ティルラとキルヒホフのやりとりが続いていた。

「キルヒホフ、春の社交シーズン開始までに終わらせる事は出来る?」

「それまでには必ず仕上げると約束しよう」

今はまだ冬に入りかけの時期だ。これから急ピッチで作業を進めれば完了するとキルヒホフは請け負った。

地下道に割《さ》いている工兵の大部分をイゾルデ館改修に回すので、人員は十分足りるとの事だ。

「地下道は後回しなの?」

「イゾルデ館が王都側の出入り口になるのですから、先にそちらを整えませんと」

そういうものなのだろうか。今ひとつ納得出来ないでいるアンネゲルトに、ティルラが説明を続けた。

「それに、イゾルデ館が使えるようになれば、地下道の必要性は低くなりますから」

「え？　何で？」

「元々、地下道は何の為に作るんでしたっけ？」

「王都と島の行き来を楽にする為……あ」

素でわからなかったアンネゲルトだが、ティルラに説明されてやっと理解する。

イゾルデ館に滞在している間は、島との往復の回数が激減するのだから、地下道の優先順位は低くなるのだ。

「……地下道を作る意味、あるのかしら？」

「ありますよ。冬の間に王都に出向く用事がないとは言い切れません。イゾルデ館は、基本的にシーズンの間だけの使用を予定していますから」

使用頻度が上がるのは、シーズンオフの時ぐらいらしい。それでも無用の長物になるよりは大分ましだった。

◆◆◆◆

エンゲルブレクトの執務室には、厄介な手紙が舞い込んでいた。差出人はエドガーである。

「……」

執務机に置いた手紙を睨みつけるばかりのエンゲルブレクトに、副官のヨーンが声をかけた。

「開封しないんですか？　隊長」

エンゲルブレクトとしても、中身が知りたいような知りたくないような複雑な思いである。差出人がエドガーである以上、重要な内容が書かれているのだろうが、どんな無理難題を押しつけられるかと思うと、胃の辺りが重く感じるのだ。

エンゲルブレクトはちらりとヨーンを睨み上げると、また視線を手紙に戻す。かれこれ小一時間はそうしているので、そろそろ執務に差し支える。彼が決裁しなくてはならない書類は、山となっているのだ。

「あまり言いたくはありませんが、その手紙を開封して執務に戻っていただかないと、色々と滞《とどこお》ります」

ヨーンの苦言に、エンゲルブレクトは深い溜息を吐いてやっと覚悟を決めた。どのみち受け取ってしまった以上、開けて読む以外の道はない。読まずに廃棄したなどとエドガーに知られれば、どんな騒動に発展するかわかったものではないのだ。

嫌々ながらに開封すると、中身は便せん一枚のみだった。そこには「妃殿下に取り次いでほしい」という内容が簡潔に書かれている。

何故、自分に言ってくるのか。エドガーの伝手《つて》を使えばいくらでも紹介者はいるはずだ。

「何を考えているんだ？」

エンゲルブレクトが思わず呟くと、ヨーンが反応した。

「エドガー様の事でしたら、考えをこちらが把握するのは難しいと思われます」

「だろうな」

仕事柄、腹の底で何を考えているかを相手に悟らせない術《すべ》を学んでいる男だ。というより、あれは天性の才だと思っている。

エドガーの手紙の内容をヨーンにも教えたところ、彼が問いかけてきた。

「取り次がれるんですか？」

「致し方あるまい。ここで突っぱねたところで、どこかしらから手を回してくるのは目に見えている」

この場合、第一師団長辺りにねじ込む可能性が一番高い。既に離れた部隊とはいえ、第一師団はエンゲルブレクトとヨーンの古巣だ。その師団をまとめる師団長からの頼みとあれば、断る訳にはいかなくなる。

そして、どうしてエドガーからの取り次ぎを断ったのか、と詮索《せんさく》されるのは目に見えていた。

「仕方ない、ティルラに妃殿下への面会申し込みを出してこよう」

実際にエドガーを招き入れるかどうかを決めるのは、エンゲルブレクト達ではない。嫌な事はとっとと終わらせるに限るとばかりに立ち上がったエンゲルブレクトを制して、ヨーンが口早に告げる。

「申し込みには私が行きます。隊長は仕事を続けていてください」

ヨーンはそう言うが早いか執務室を出ていった。呆然としつつその背中を見送ったエンゲルブレクトは、彼の目当てがあの小柄な侍女にあると気付く。

——妃殿下のもとへ行ったところで、彼女に会えるとは限らないだろうに。

ヨーンからは、最近すれ違う事すらないという愚痴《ぐち》を聞いていた。明らかに避けられているのだが、本人は気付いていないのか、それとも気付いていて気にしていないのか。

どうにも後者の気がしてならない。それはともかく――

「あいつがこの船に来るのか……」

いつかあるだろうと予測はしていた。とはいえ、もっと遠い日の事だと思っていたのに、これほど近い未来だったとは。相変わらず侮《あなど》れない相手だ。

「さすがのエドガーも、初対面の妃殿下には手加減してくれるだろう」

そう信じたい。だが、どうにも悪い未来しか思い浮かばなかった。

エンゲルブレクトは休憩を取る事にして窓の側に近寄る。彼の部屋からはシートに囲まれた離宮がしっかり見えた。

まだ基礎工事の最中だという建物が今どうなっているかはわからないが、修繕が終わればアンネゲルトはあちらに移る。当然、護衛隊も離宮もしくはその近くに作られるだろう専用の建物に移る手はずになっていた。

「春か……その先か」

いつ出来上がるかはまだ知らないが、離宮の修繕が完了すれば、まず間違いなく国内一の建物になるだろう。

それを所有するのが帝国から嫁《とつ》いできた王太子妃であるという事の意味を、誰がどれだけ理解しているのか。

エンゲルブレクトは、船の中で見かけるアンネゲルトの表情を思い出していた。

彼女と最初に出会ったのは、帝国の港町だった。お互いに素性を知らないまま、エンゲルブレクトは彼女とその側にいた侍女の二人を助けたのだ。

次に顔を合わせたのは島で、この時も素性を知らぬまま暴漢に追われているところを助けた。知らなかった事とはいえ、最初から助ける者と助けられる者という図式が成立していたのには笑える。

これから先も、それが変わる事はないだろう。アンネゲルトが、スイーオネースに牙をむかない限り。

——そういえば、何もなかったな……

エンゲルブレクトが日本語習得を建前にして船に通った一番の理由は、以前、アンネゲルトが行った島内視察の裏を調べる事だった。結果、視察以外の目的は見つからなかったのだ。

もっとも、今はアンネゲルトが何かを企《たくら》むような人ではないと理解している。あれは、本当に島を見たり護衛隊員と顔を合わせたりする為に行っていたのだろう。

エンゲルブレクトの視界に、エドガーからの手紙が入る。彼はその内容と、ここ最近のアンネゲルトの様子を思い返した。

避けられている、と感じたのはいつからだったか。頻繁《ひんぱん》に訪れていた日本語授業の場にも来なくなり、船内で会ってもすぐに目を逸らされてしまう。

やはり、自分が何かしでかしたのかもしれない。気に障《さわ》ったのなら、それとなくでいいから教えてほしいものだが、その気持ちを伝える事も出来そうになかった。

いっそ、ティルラに直接聞いてみようか。しかし、その結果、二度と顔を見たくないほどに嫌われているのだと判明したら……。とはいえ、現状のままというのも、ひどく居心地が悪い。

「どうしたものか」

エンゲルブレクトは一人、執務室で悩み続けた。

◆◆◆◆

「じゃあ、イゾルデ館に地下室は作らないの？」

船の執務室にて、ティルラと共にイェシカ、リリー、フィリップの報告を聞いていたアンネゲルトは、そう確認した。

今日は、イゾルデ館の修繕後の完成予想図を披露する為に集まっていて、ザンドラも呼ばれている。

予想図はイゾルデ館の外観と内装、どのように配水管などを通すかが描き込まれていた。

「正確には増築しない、だな。館には既に地下室が存在する」

腕組みをしたままそう答えるのはイェシカだ。当初は彼女もイゾルデ館の修繕の計画に関わっていたが、建築士である自分が口を出すほどの修繕は必要なしと見て、すぐにキルヒホフに譲《ゆず》った。予想図は彼の指示の下で作成されている。

「検討の結果、離宮から延ばす地下道の出入り口は、イゾルデ館のすぐ側に設《もう》ける事になったんです」

リリーが穏やかにそう告げた。確かに完成予想図には、館の脇に東屋《あずまや》のような小さい建物が描き込まれている。これが出入り口なのだろう。

当初、イゾルデ館の地下に出入り口を作る計画だったのだが、それでは修繕に時間がかかるので、別に設置する事にしたのだそうだ。

出入り口の東屋《あずまや》はイゾルデ館の北翼側にあり、そこから館までは渡り廊下で結んであった。

「随分しっかりした渡り廊下なのね」

渡り廊下と聞いて、アンネゲルトは学生時代に校舎で見たものを思い浮かべていたけれど、この渡り廊下は屋根だけでなく、壁と窓でしっかり囲まれていた。

「スイーオネースの冬を想定してあるんだ。横殴りの風が吹く時もあるからな」

そう説明したイェシカ曰《いわ》く、冬は王都も雪に埋もれるのだとか。積雪を考慮してこの形になったらしい。

「でも、イゾルデ館は、冬場は使わない予定よ？」

「使わない時にも管理は必要ですよ、アンナ様」

ティルラの言葉に、アンネゲルトも納得する。使わない間は管理人を常駐させる予定なのだそうだ。

「管理人の選定はまた後ほど行うとして、キルヒホフからアンナ様が使う部屋を決めてほしいと連絡がきました」

元々主《あるじ》の部屋として使用されていた部屋はあるのだが、アンネゲルト本人が選ぶのがいいだろうと気を利かせたキルヒホフが問い合わせてきたとの事である。

「イゾルデ館は三階建てだったわよね？　一階に私の部屋を置くのは、ダメかしら？」

アンネゲルトの予想通り、ティルラはあまりいい顔をしない。防犯上、二階以上の部屋を使うのが望ましいのだ。

だが、日本ではずっとアパートやマンションで生活してきたアンネゲルトは、庭というものに妙な思い入れがある。一階の部屋なら、テラスを通ってすぐ庭園に出られるのが魅力的だ。

しかし、外に出やすいという事は、侵入されやすいという事でもある。ティルラが難色を示すのはそのせいだった。

「ティルラ様、ちょっと」

ティルラに、リリーが耳元で何やら囁《ささや》く。二人のやりとりはアンネゲルトには聞こえない。

「確かなのね？」

「はい」

ティルラに確認され、リリーは満面の笑みで返した。彼女がこんな笑顔を見せるのは、自分の開発した魔導に関する事だけだ。

ティルラはしばし考え込み、やがて結論を下した。

「アンナ様、では一階のこの部屋はどうでしょう？」

そう言ってティルラが指し示したのは、一階の庭園に面した一角だ。角部屋で、二方向の景色を楽しめる。

普通なら、館の主《あるじ》の部屋は中央付近に持ってくるもので、一階の角部屋に持ってくる事はない。

だが日本の住宅事情を知っているティルラは、採光、通風の関係から二方向に窓を設《もう》けられる部屋の価値を理解している。だからこの部屋を薦めたのだろう。

でも、部屋にいる他の人間はそうではない。

「ここか？　館の端だぞ？」

「王太子妃の部屋を端に持っていくのはどうかと俺も思う」

真っ先に難色を示したのはイェシカとフィリップだった。フィリップはここのところ離宮改造に関わる事が多かったせいか、建築に関する勉強もしていたようだ。

そんな二人を、ティルラは片手で制してアンネゲルトに確認してくる。

「いかがですか？　アンナ様」

「私はいいと思うわ。でね、こう、外側を回るようにテラスをつけてほしいのだけど、出来るかしら？」

「館の修繕担当であるキルヒホフに注文しておきます。ついでに窓も掃き出し窓に取り替えさせましょう」

アンネゲルトの私室になる予定の部屋の窓は、現在は腰高窓である。これではせっかくテラスを作っても外に出られない。どうせ建物に手を入れるのだ、ついでに窓の形を変えるくらい朝飯前だろう。

アンネゲルトは自分の意見が通ったので喜んだが、すぐに防犯上の問題に思い当たった。

「でもいいの？　掃き出し窓にすると、侵入されやすくなるんじゃ……」

「大丈夫ですよ。防犯用の装置をリリーが開発いたしましたから」

ティルラはちらりとリリーの方に視線を送る。満面の笑みのリリーは軽く頷いてみせた。

なんでも、島中に配置したセンサーの強力版が出来上がっているそうで、それを館に設置するのだとか。センサー機能のみならず、他の機能も搭載しているらしい。

「最新の代物です！　ああ、早く試してみたいですわ。そして捕まえた人達はぜひ私に払い下げてくださいな。殺さずに捕まえられるよう、工夫してありますので」

リリーの言葉に、部屋の温度が二、三度下がった気がした。彼女は本人を前にして堂々と、アンネゲルトを新型装置の実験台の囮《おとり》にすると宣言したようなものだ。

リリーの喜びに薄ら寒いものを感じたアンネゲルトは、思わず隣に立つティルラに聞く。

「……本当に、大丈夫なのよね？」

「機械警備だけには頼りませんよ。人の手も使いますから、ご安心を」

にっこりと微笑むティルラを少し怖いと思いつつ、アンネゲルトは問題から目を逸らす事にした。

話し合いが終わり、イェシカ達が執務室から退室する時に、ティルラが思い出したようにアンネゲルトに告げる。

「そうそう、サムエルソン伯爵から面会の申し込みがありました」

アンネゲルトの肩がびくりと動いた。エンゲルブレクトがわざわざ面会を求めるなど、何か理由があるはずだし、今のアンネゲルトにはその理由に心当たりがある。

彼女は恐る恐る、ティルラに確認してみた。

「め、面会って、隊長さんが？」

「いえ、何でも伯爵のお知り合いで外交官を務めている方だとか」

ティルラの返答に、アンネゲルトは大きく息を吐き出す。思っていた理由とは違うらしい。

だが、今のような不審な態度を取り続けたら、本当に先程想像した事態になりかねない。

――護衛隊長をやめる、って言われたらどうしよう……

「それで、どうなさいますか？」

「え？」

ティルラの言葉に、アンネゲルトは我に返った。言われた意味がわからず首を傾げていると、ティルラはもう一度聞いてくる。

「面会の申し込みですよ。外交官の方にお会いしますか？」

そういえば、まだ答えていなかった。エンゲルブレクトからの紹介であれば、安心して会える相手だろう。

「会いましょう。外交官というのなら、外の国の話も聞けるかもしれないし」

ただでさえ最近の態度でエンゲルブレクトに悪い印象を与えているのだ、少しは挽回《ばんかい》しておきたいという下心もある。

それに、アンネゲルトはエンゲルブレクトの交友関係をほとんど知らないので、その外交官をきっかけに知る事が出来るかもと期待していた。

――何だろう……下心だらけな気がする……

悩むアンネゲルトを余所《よそ》に、ティルラは必要な事項を手持ちの端末に打ち込むと退室していく。

「どうにかしたいけど、どうすればいいんだろう」

呟きに答える存在はいない。やがてアンネゲルトも席を立って私室へ戻った。

◆◆◆◆

エドガーのアンネゲルトへの謁見《えっけん》は、あっさりと許可が下りた。

「シーズンオフの今は、アンナ様もお暇ですからね」

エンゲルブレクトの執務室まで許可を伝えに来たのはティルラだ。今は、そのついでにヨーンも交えて雑談をしている。

「わざわざすまなかった。手の空《あ》いている者に伝言してくれればよかったのに」

「今は私も暇ですよ」

何せ主《あるじ》が暇ですからね、と言ってティルラはころころと笑う。普段男ばかりでむさ苦しいフロアだが、彼女の登場で華やいだ感じに見えた。

――女性の存在とは大きいものだな。

従卒や配下の者達も、普段より機敏に動いているように見えるのは気のせいではあるまい。

護衛隊員が使っているフロアには、通常、女性は立ち入らない。掃除や洗濯、食事の給仕なども全て男性が行っている。

「それで？　このユーン伯とはどういう人物なんですか？」

ティルラの問いに、エンゲルブレクトとヨーンは一瞬言葉に詰まった。果たして、そのままの人物評を彼女に教えていいものかどうか。

二人の動揺を、ティルラは見逃さなかった。

「お二人が話したがらないという事は、厄介な人物と思っていいという事でしょうか？」

「いや……ああ、厄介は厄介なんだが……」

「気の抜けない相手であるのは確かです」

歯に物が挟まったような二人の言い方に、ティルラはくすくすと笑い出す。

「なかなかの方なんでしょうね」

「無駄に顔の広い奴でね。その人脈を使って人が知られたくない事まで探り出す癖があるんだ」

「それを使って我々をからかわなければ、ここまで苦手意識を持たなかったでしょうね……」

エンゲルブレクトもヨーンも遠い目をしている。ティルラはあらあら、と言いながら苦笑を漏らした。

「では、ユーン伯への伝言はそちらにお願いします。当日の案内はリリーが担当いたしますので」

「……いいのか？」

以前エリクが船に来た時の案内はエンゲルブレクトとヨーンだった。彼とエドガーとで扱いが違うのは、軍人と外交官の違いだろう。それはわかっているのだが、案内役がリリーとは。

「外の国を回ってきた方なら、魔導に関しても多少の知識はあるでしょう。質問された時に正確に答えられるのはリリーだけですから」

魔導の専門的な話になると、やはりリリーに頼まざるを得ないそうだ。もっとも、エドガーがそこまで突っ込んだ事を聞いてくるかどうかは謎だが。


エドガーの来訪予定はすぐに決まった。許可の件を伝えてすぐにエドガー側が候補日を挙げてきたのだ。

「あいつは仕事をしていないのか？」

エドガーの来訪予定のその日。彼を待つエンゲルブレクトは、思わずそんな呟きをこぼしてしまう。

「帰国されてからは何の仕事をされているか、聞いていません」

彼の少し後ろに控えるヨーンは、さして面白くなさそうに答えた。もっとも、彼はこれがいつも通りだ。

「私も聞いていないが……どの部署だろうな」

エンゲルブレクトとヨーンは、表の帆船の甲板《かんぱん》にいる。エリクの時と違うのは、案内役のリリーもいる事だ。

本日のカールシュテイン島の天気は晴天だが、強めの風が体感温度を下げている。これからこの国の気温は下がる一方だ。厳しい冬は目前で、もうじき平地でも初雪が見られるだろう。

「そろそろお約束の時間ですわね」

自前の時計を眺めて、リリーが呟いた。エドガーとの約束は十一時。アンネゲルトに謁見《えっけん》した後、ささやかな昼食会を予定している。

参加するのはアンネゲルト、ティルラ、リリー、エンゲルブレクト、ヨーン、それに客として来るエドガーと、何故か彼と一緒に来る事になったエリクである。

最初にその報を聞いた時、本気で首を傾げたエンゲルブレクトだった。

『エリクがあいつと一緒に来る？　正気か？』

エリクが個人でアンネゲルトに謁見《えっけん》するというのならおかしな話ではない。とうとう革新派につくと腹を決めたのかと思うだけだ。

だが、これがエドガーと一緒となると話は変わる。王都からカールシュテイン島までの短い間とはいえ、エリクが望んであのエドガーと共に来るとは思えない。エドガーは一体何を脅迫材料に使ったのか。

エリクの不機嫌さを予想し、エンゲルブレクトの口から軽い溜息が漏れる。その直後、船の下に立つ歩哨《ほしょう》が、馬車が到着した事を告げに来た。

「……とうとう来たか」

甲板《かんぱん》の端に寄って見下ろすと、確かに一台の馬車が停まっている。

「相変わらず時間に正確ですね」

ヨーンもエンゲルブレクトと同じく、馬車から降りて船に乗ろうとしている二人を見ていた。

エドガーは昔から時間に正確だ。その割には、相手にはそこまでの正確さを求めない。以前その理由を聞いた時の答えは、「待たされるのは構わないけど、人を待たせるのは嫌いなんだ」というものだった。

「やあやあやあ、待たせたかな？」

甲板《かんぱん》に上がってきたエドガーは、ひどく上機嫌だ。それとは対照的に、エリクは眉間に深い皺《しわ》を刻んでいる。

彼の不機嫌顔は見ないふりをして、エンゲルブレクトはエドガーに答えた。

「いや、それほどでもない」

「で？　そちらの美しいご婦人は？」

エドガーはエンゲルブレクトの後方に控えていたリリーを目敏く見つけている。エンゲルブレクトは苦笑を抑えつつ紹介した。

「こちらは本日船の案内をしてくださるリリー嬢だ」

「初めまして、ユーン伯爵」

エドガーは貴族の娘として礼を執《と》るリリーの手を両手で取って、大げさなほど感激した様子を見せた。

「ああ！　あなたがリリエンタール男爵令嬢でしたか！　こんな美しい方とは思いませんでしたよ」

「まあ、よくご存じで」

リリーは容姿を褒《ほ》められた事よりも、エドガーが自分をリリエンタール男爵の娘だと知っている方に反応したようだ。

スイーオネース国内の人間は、リリエンタール男爵家が魔導の専門家として名高い事実を知らない。そもそもこの国では、魔導は一種のタブー扱いだ。

「妃殿下のお付きにリリエンタール男爵のご令嬢がなったと、帝国内では持ちきりでしたから」

エドガーの言葉に、エンゲルブレクトはそういえば彼が回った国の中に帝国もあったな、と思い出していた。

外交官という職務上、エドガーは一度国外に出るとなかなか戻らない上に、どの国を回るかは事前に知らせていかない。帰ってきてから、あちらを回った、こちらを回ったと話すのだ。

その彼は、得意の人好きのする笑顔を振りまいている。

「その令嬢に案内していただけるとは、この上ない喜びです」

相変わらず大仰《おおぎょう》な奴だ、と思ったが口には出さなかった。確認はしないものの、ヨーンもエリクも似たような感想を持った事だろう。

その後はアンネゲルトのもとへ行くかと思われたが、船内案内が先だった。いつも通りの手順で中に入り最初のアトリウムを見ると、エドガーの表情が輝き出す。

「まずは護衛隊の方々が使っている階をご案内します」

リリーの言葉に、エドガーは額《ひたい》に手を当てて仰《あお》のいた。

「おお、そのようなむさ苦しいところなど行かずともよいでしょうに」

「悪かったな、むさ苦しくて」

さすがに自分が所属する隊をどうこう言われるのは癇《かん》に障《さわ》る。事実とはいえど、言い方があるだろうに。エンゲルブレクトはそう思いながら、エドガーを軽く睨んだ。

だが、それで悪びれるエドガーではない。

「男ばかりの軍隊などむさ苦しいに決まっているじゃないか。知っているかい？　帝国の軍には女性兵士もいるんだよ」

「知っている。それがどうした」

「わかっていないなあ。どのような職場であろうとも、女性の存在というのは潤《うるお》いになるんだよ？　その事を我々は忘れてはいけないいな」

エンゲルブレクトは小ばかにしたような物言いに反論しかけ、ある事に思い至って口をつぐんだ。つい先日、自分も似た事を考えなかったか。

先を行くエドガーは、リリーと何やら楽しそうに話している。その後ろ姿を見ながら、エンゲルブレクトはエリクに囁《ささや》いた。

「あの発言、どう思う？」

「どうって……女性云々《うんぬん》の話か？」

「ああ」

軽い口調だったが、先程の発言はエドガーらしくない。他の人間ならいざ知らず、彼に限っては口が滑ったという訳はなかった。

エンゲルブレクトと同じくらいにはエドガーを知っているエリクは、しばし考え込む。

「何を考えているかまではわからないが、先程の言葉は聞きようによっては我が国より帝国の方が勝っているという発言に取られかねん」

エンゲルブレクトも同じ事を考えていた。エドガーの発言は、女性が社会に進出している帝国が王国より先に行っているとも取れたのだ。

わざわざそんな物言いをする辺り、今回のアンネゲルトへの面会は、自分が思っている以上の何かがあるのかもしれない。

エンゲルブレクトはふと、先日エドガーから聞いた話を思い出す。彼は、今回の王太子の結婚には裏があると言っていた。その裏が関係しているのだろうか。

歩きながら考え込むエンゲルブレクトとエリクに、ヨーンが耳打ちした。

「リリー殿から何か情報を引き出そうとする駆け引きの一端でしょうか？」

ちゃっかり上官達の会話を聞いていたらしい。エンゲルブレクトは声を抑えて副官の言を否定した。

「いや、それはない」

「どうしてそう断言出来る？」

疑問を口にしたのはエリクだ。同じ思いでいるらしいヨーンの目に、不満の色が見える。

自身の考えをここで話していいものか、一瞬迷ったエンゲルブレクトの耳に、先を歩くエドガーの声が入った。

「君達、何をのろのろと歩いているんだい？　早くしたまえ」

――誰のせいでそうなっていると思っているんだ。

後ろを歩く三人の心が一致した瞬間だった。

船内の施設を見たエドガーの反応は、エリクの時とはまったく違っていた。

嬉々として観察するエドガーとは対照的に、エリクは前回同様、口を開いて呆然としている。

前回は回らなかった部分――船の中に店や公園、劇場まであるのを見せられて、さらに混乱しているようだ。普通の船にこんな設備はあり得ないのだから、当然かもしれないが。

「本当に、ここは船の中なのか？」

「前にも言っただろう？」

「それはそうなんだが……」

後ろでエンゲルブレクトとエリクがそんな会話を交わしていると知ってか知らずでか、エドガーはあれこれとリリーに質問をしている。

「空間干渉を使っているのはわかるんですが、あの空や海はどんな技術によるものなんですか？」

「同じ技術の応用ですよ。それに投影の技術を加えているんです」

「では、あれらは全て映したものだと？」

「ええ、詳しくは――」

エンゲルブレクト達はエドガーとリリーの会話についていけない。エリクに至っては、頭を抱える始末だ。

「あいつらは一体何を話しているんだ？」

「私に説明出来ると思うのか？」

「いや……」

かなり突っ込んだ技術の話をしているようで、聞いた事のない言葉が頻繁《ひんぱん》に出て、さっぱりわからない。

やがて、リリーが皆に向かって声をかけた。

「そろそろアンネゲルト様のところへ参りましょうか」

デッキから移動の為に乗ったエレベーターでも、エリクは目を回していたが、エドガーは目立った反応を示さない。これが何の役割を果たすか知っているようだった。

――どこかで見た事があるのか？

エンゲルブレクトは心の中で独りごちてすぐ、帝国に滞在した経験から、エドガーが見知っていてもおかしくはないかと思い至る。

目的階に到着したエレベーターが軽い音を立てて扉を開けると、その向こうには長く伸びる廊下が見えた。エンゲルブレクトやエリクが、船でアンネゲルトに初めて会った時に使った店に行くのだろう。

予想通り、アンネゲルトは店の奥の窓際に座っていた。エリクの時もそうだったが、今日もきちんとドレスを着用している。

エンゲルブレクトや護衛隊員達だけの時はもっと軽い服装をしているものの、「余所《よそ》の人間」が来る際はこうして装《よそお》うようだ。とはいえ、日中なのでドレスの中でも軽いものである。

「アンネゲルト様、ユーン伯爵をお連れしました」

リリーの言葉に鷹揚《おうよう》に頷くアンネゲルトは、いつも通り黒髪を一部だけ結い上げて残りは後ろに流している。

そういえば、大舞踏会の時に帝国風のドレスを身につけていた令嬢達も、こんな髪型をしていなかっただろうか。エンゲルブレクトが少し前の大舞踏会を振り返っている間に、エドガーはアンネゲルトの前で礼を執《と》った。

「お初にお目にかかります、妃殿下。ユーン伯爵エドガー・オスキャルにございます。以後お見知りおきを」

優雅に挨拶《あいさつ》をするエドガーの様《さま》になりようはさすがだ。宮廷でも、彼は王太子やハルハーゲン公爵とはまた別の人気がある。

「ようこそ、伯爵。船はどうだったかしら?」

にこやかに尋ねるアンネゲルトに、姿勢を正したエドガーも人のいい笑顔を見せる。

「いや、すばらしいの一言です。基本は帝国皇帝陛下の御座船《ござぶね》であるライヒアルト号と同じですが、内装がまったく違うのですね。アンネゲルト・リーゼロッテ号は大変美しい船だと存じます」

しい船旅を満喫いたしましたよ」

「まあ、ライヒアルト号をご存じなの？」

「はい、帝国に参りました折に内覧会に参加させていただきました。川でしたがすばらしい船旅を満喫いたしましたよ」

「そうだったの。あれに参加出来るのはとても貴重なのだそうよ」

「はい、身に余る光栄と存じております」

エンゲルブレクトとエリク、ヨーンは完全に置いてけぼり状態だ。もっとも今回はエドガーがアンネゲルトに謁見《えっけん》するのであって、彼らはおまけに過ぎなかった。

「さあ、そろそろ場を移しましょう。あちらに昼食をご用意してあります」

ティルラの言葉に、全員で席を移動する。移った先も窓際で、大きな窓からは外の景色がよく見えた。

前回のエリクは、この窓にも驚いていたものだ。ここまで大きくて透明度の高い硝子《ガラス》は初めて見たのだという。

エンゲルブレクトも、最初に見た時には我が目を疑った。硝子《ガラス》がはまっているとは思わず、外に手を出そうとして指を突いてしまったほどだ。ちなみに、隊員の中で同じ間違いをしなかった人間は少数である。

「いやあ、眺めも見事ですねえ。これが全て魔導で作り上げたものなのかと思うと、驚くばかりです」

「魔導で作り上げたと言っても、外の景色をそのまま映しているだけなのよ」

「ええ、リリー嬢から聞きました。ですがやはり見事な技術だと存じます」

食事の席でも、エドガーの独壇場だった。彼は船の事のみならず、回ってきた国々の事、戻ってから感じたスイーオネースの事などを硬軟取り交ぜて話している。

中でもエドガーが遭遇した危機一髪話には、アンネゲルトは前のめりになるほど興味を示した。

「それで、伯爵はその危機をどうやって乗り越えたの？」

「それはもう、知恵と勇気を振り絞りましたとも」

彼は帝国の隣国イヴレーアに赴《おもむ》いた際、よからぬ連中に襲われて川に落ちたのだそうだ。普通ならば恥と思う話を殊更《ことさら》面白おかしく語って聞かせる才能は、エドガーならではである。

「落ちたのなら、そのまま川に流されればよかったものを……」

「悪運だけは強いんですね」

「お前達……」

エリクとヨーンはぼそりと呟いている。

確実に聞こえているだろうに知らん振りのエドガーは、相変わらず本当か疑わしくなるような冒険譚《ぼうけんたん》をアンネゲルトに語って聞かせている。

この場で、エンゲルブレクト達はすっかり背景と化していた。

「……奴の話の何割が真実なんだ？」

うんざりした様子で囁《ささや》くエリクに、エンゲルブレクトは軽く肩をすくめる事で応える。確認のしようがないのだから、判断出来る訳がない。

ひとしきり冒険譚《ぼうけんたん》を聞かせたエドガーは、食後に出されたお茶を一口飲んで話題を変えた。

「そうそう、妃殿下のお父上とお母上にもお目にかかって参りました」

「まあ、本当に？」

帝国の宮廷に出入りしていたのなら、皇帝の弟であるフォルクヴァルツ公爵夫妻と顔を合わせる機会もあったのだろう。

――相変わらずうまい話し方だ。

エンゲルブレクトはつい感心してしまう。最初から公爵夫妻の名は出さず、まず皇帝の船の話題、その次に自分が体験した話を語って聞かせ、相手の心をほぐしたところで本題に入った訳だ。

では、続く内容は一体どういったものか。

「お二人とも妃殿下の身を案じていらっしゃいました。離宮に移られた話はあちらにも届いていましたから」

エドガーの話では、帝国の宮廷はその噂《うわさ》で持ちきりなのだそうだ。帝国の権威が失墜したと怒る貴族もいれば、アンネゲルトの母親の出自を持ち出して血筋の悪い姫と侮《あなど》られたのよ、と揶揄《やゆ》する者もいたという。エンゲルブレクトは、前回聞いた時にも腹立たしさを覚えたが、今回はアンネゲルト本人がその場にいる分、余計倍増した。

最初、エドガーは後者の話を口にしたがらなかったけれど、アンネゲルト自身が促《うなが》した為に白状したのだ。

「正直に申しますと、皇帝陛下があの貴族らに何の罰も下さない事に、私は疑問を禁じ得ません」

「きりがないからではないかしら？」

アンネゲルトは以前、母親から、陰口くらい笑って聞き流せるようになりなさいと言われたそうだ。事実、こんなひどい内容を聞いても、アンネゲルトは大した反応を見せていない。

彼女の返答に、エドガーは苦笑している。

「確かにそんな事を仰《おっしゃ》っていましたね。どちらかというと、皇太子殿下の方がお怒りになっていらっしゃるご様子でした」

「お兄様が？　あ、いえ、皇太子殿下が怒ったというの？」

「ええ、宮廷の舞踏会で先程のような内容を口にした某伯爵夫人を、刺し貫《つらぬ》くが如《ごと》き目線で見据えておられましたよ。当の伯爵夫人は青くなって震えておられましたねえ」

当時の様子を思い出して軽く首を振るエドガーに、アンネゲルトは扇《おうぎ》で隠した口元から軽い溜息をこぼした。先程の発言からして、どうやら彼女は帝国皇太子を兄と呼んでいるらしい。従兄弟《いとこ》なのだから、親しくしていてもおかしくはなかった。

エンゲルブレクトはふと、以前ティルラに聞いた話を思い出す。確か、皇太子は他人が呼ばない「ロッテ」という名でアンネゲルトを呼ぶのだとか。

胸中に黒いものが広がるエンゲルブレクトの前で、アンネゲルトは心配そうな様子だ。

「お兄様……いえ、嬉しいと喜ぶべきなのかもしれないのだけど、少し心配だわ。お立場もあるでしょうに」

「私的な意見ですが、皇太子殿下のお立場はあの程度では揺らがないでしょう」

「そう……ね。お兄様は優秀な方だから」

そう言って微笑むアンネゲルトに、エンゲルブレクトは何故か胃の辺りにむかつきを覚えた。

その後もアンネゲルトとエドガーの二人は帝国の話題でひとしきり盛り上がり、随分と打ち解けた雰囲気になっていた。

「さて、すっかり長居をしてしまいましたね」

エドガーの言葉に、エンゲルブレクトは店の壁にかけてある時計を確認する。確かに結構な時間だった。

エドガーは立ち上がってアンネゲルトの手の甲に口づける。

「楽しい時間をありがとう、伯爵」

「こちらこそ貴重なお時間をいただき、感謝いたします妃殿下」

そう言った直後、エドガーが座ったままのアンネゲルトの耳元に何かを囁《ささや》いた。驚いた様子を見せたアンネゲルトは、次の瞬間、頬を薔薇色《ばらいろ》に染めて慌て出す。

ぴしり、と胸のどこかが軋《きし》んだ。

「おい、妃殿下を睨むな」

小声でエリクに忠告され、エンゲルブレクトは視線を床に逸らす。幸い、エリク以外はエンゲルブレクトの様子に気付いていないようだ。

あわあわしているアンネゲルトに、エドガーは再び微笑みかけて別れの挨拶《あいさつ》を口に

する。

「では、またお目にかかれる事を願っております」

「え、ええ、ぜひ」

交わされているのは、ごく普通の挨拶《あいさつ》だ。だが、アンネゲルトの視線はしっかりエドガーに向けられていた。エンゲルブレクトとは、ここしばらくすれ違っても目線を合わせようとしないのに。

エドガーを連れて退出するエンゲルブレクト達を、ティルラが店の出入り口まで見送ってくれた。そこから離れて帰路に向かう道すがら、エリクが口火を切る。

「最後に何を妃殿下に囁《ささや》いていたんだ？」

「あれ？　何々、気になる訳？」

茶化すようなエドガーの返答に、エリクのこめかみに青筋が走る。爆発寸前なエリクを、エンゲルブレクトは肩を掴む事で制した。

「ここではやめておけ。妃殿下のお側だ。エドガーも、わかっていてはぐらかすんじゃない」

冷静を装《よそお》ったが、自分でも声に棘《とげ》があるのがわかる。同時に、そんな自分自身に愕然《がくぜん》とした。

妃殿下とエドガーが親しそうに見えたからといって、自分には何かを言う資格はない。むしろ、宮廷で味方が少ない妃殿下の側に、エドガーが立つのは喜ばしい話ではないのか。腹の立つ事の多い人物だが、宮廷での立ち回りがうまいのも事実だ。

「やだなあ、二人とも怖い顔して。どうって事ないよ。帝国でのご家族の様子をまたお話しに来ます、って言っただけなんだから」

軽く説明するエドガーだが、その言葉が真実かどうかは疑問である。長い付き合いの自分達でさえ、簡単に欺《あざむ》く男なのだから。

エリクも同じ事を考えたのか、エンゲルブレクトに押さえられた肩から彼の手を離し、低い声でエドガーを恫喝《どうかつ》した。

「俺達がそれを真実と思うとでも？　お前に今まで散々騙《だま》されたのを忘れた訳じゃないんだぞ」

「僕が君達を騙《だま》したとしても、それは必要があっての事だって君達も知っていると思っていたけど？　ちなみに、今僕が嘘をついているとしたら、それも必要があっての事だよ」

つまり、国の機密に関わる内容なのだ。女の耳に囁《ささや》く言葉が国家機密と聞くと鼻で笑われそうだが、その相手が帝国皇帝の姪《めい》で我が国の王太子妃となれば、話は別だ。

「どうあっても、話す気はないんだな？」

エンゲルブレクトの確認に、エドガーは苦笑を漏らした。

「本当に大した事は言っていないよ。前にも説明したと思うけど、妃殿下の父君である公爵は、妃殿下を溺愛している。母君も妃殿下を案じておられたし、弟君も口ではあれこれ言いながら、妃殿下を心配しておられた」

そんな彼らの心配事を少しでも減らすのも外交の近道の一つだよ、とエドガーは続ける。

「相手に恩を売る、とまではいかなくとも、感謝されればその後の交渉事は容易に進められるからね。……特に帝国との繋がりは、細くしてはいけないんだ」

そう言ったエドガーの表情は、滅多に見ないほど真剣だった。だが次の瞬間、それまでの空気は何だったのかと言いたくなるほど、人好きのする笑みを浮かべて毒を吐く。

「まあ、これで妃殿下のもとへ通う理由も出来たし、これからはせっせとやってくる事にするよ。よろしくね、エンゲルブレクト、グルブランソン。あ、エリクはもういいよ」

「もういいとは何事だ!!」

エドガーの言いぐさに食ってかかるエリクを窘《たしな》めつつ、よろしくはしたくないなと思うエンゲルブレクトだった。

「落ち着いてください、連隊長。エドガー様と離れていられるんですから、いいじゃないですか。我々のように逃げ場がない立場とは違うんですし」

「それはそうだが……いや、それでいいのか？」

ヨーンはエリクに話しかけながら、さりげなくエドガーと距離を取らせている。こういうところは抜け目のない副官だ。

「ああ、それと」

気を抜いていたエンゲルブレクトは、エドガーにぐいっと襟元を掴まれ引き寄せられるまま方向転換した。目の前にエドガーの秀麗な顔が迫る。

「妃殿下のもとに通って仲良くなりたいとは思うけど、それってあくまで国の為だから。そこに僕の個人的感情はないよ」

それだけ言うと、エドガーはにやりと笑って手を離した。

「君もそろそろ欲しいものは欲しいと、ちゃんと言えるようにならないとね」

そう囁《ささや》いたエドガーの言葉は、エンゲルブレクト以外には聞こえなかったようだ。今の発言の意図を問いただそうにも、エドガーはとっとと先に進んでしまって、もう背中しか見えなかった。

◆◆◆◆

エドガーとの会見が終わり、私室でくつろぐアンネゲルトに、ティルラはお茶を出しながら尋ねていた。

「アンナ様、ユーン伯爵が最後に囁《ささや》いたのは、一体どんな内容だったんですか？」

アンネゲルトは一瞬ぎくりとしたが、すぐに何でもない風を装《よそお》って答える。

「あ……ああ、あれ？　えーと、またここに来たいっていう事を言っていたわ」

本当はもっと違う内容だが、それを口にする気にはなれなかった。

「そうでしたか。サムエルソン伯爵からも、ユーン伯爵がまたこちらに伺《うかが》いたいと言っていた、と聞いていています」

ティルラの口からエンゲルブレクトの名が出た途端、アンネゲルトの表情が少し曇《くも》る。エドガーと話している時、エンゲルブレクトはこちらに鋭い視線を向けていた。

エドガーが帝国の話題を出してくるものだからつい盛り上がってしまったが、会話内容がまずかっただろうか。

考えてみれば、あの場で楽しかったのは自分だけかもしれない。アンネゲルトは周囲に対する気配りが足りなかったと反省した。

——そりゃあ、隊長さんも険《けわ》しい顔になるわよね……

想いを自覚してからの方が、エンゲルブレクトとうまくいっていない気がする。大舞踏会の夜が、今は遠い。

「……隊長さんと伯爵って、仲がいいのかしら？」

「軍学校の同期だそうです。エクステット連隊長もそうだとか」

「同期……」

「それがどうかなさいましたか？」

「え？　いいえ、何でもないの」

誤魔化すアンネゲルトに、ティルラはただ「そうですか」と返して退室していった。

アンネゲルトは私室で一人、少し前に聞いたエドガーの言葉を思い出す。

『今度お目にかかった時には、エンゲルブレクトの昔の話をお聞かせしますよ』

別れ際にエドガーが囁《ささや》いたのは、そんな言葉だった。

何故彼はあんな事を言ったのか。

まさか、あの短い間でアンネゲルトの想いを悟ったとでもいうのだろうか。もしそうなら問題だ。

とはいえ、どう対処していいのかわからない。しばらく悩んだアンネゲルトは、どうにも出来ないと判断して、考える事自体をやめた。

四　美姫の支度

イゾルデ館の改修が始まってすぐ、アンネゲルトは私室でイェシカから頼み事をされていた。

「工房をいくつか雇ってくれ」

「どういう事？」

いきなり言われた内容に、アンネゲルトは訳がわからないと首を傾げる。工房といっても、どんな仕事を依頼したいのかがわからなければ雇いようがない。

「実は……」

そう前置きをして、イェシカが説明し始めた。

離宮は基礎部分を工事中だが、それと並行して建物の傷《いた》んだ装飾類を修復していこうという話になったそうだ。具体的には外壁、内壁、床、天井、それに階段の手すりや柱などに施《ほどこ》された彫刻類の修復だった。

帝国の工兵は優秀だが、装飾類の修復は彼らの手に余ると判断されたらしい。

「画家や彫刻家を中心に集めてくれ。天井画、壁画、何なら床にも何らかの装飾を施《ほどこ》してもいいと思っている」

イェシカの訴えを聞いたアンネゲルトは、やや考えてから返答した。

「少し、待ってもらってていいかしら？」

「それは構わんが、出来るだけ早くしてもらえると助かる」

あまり時間をかけると、工期が延びるらしい。イェシカが退室してすぐ、アンネゲルトはティルラを呼び出した。

「……という訳なんだけど、スイーオネースでいい職人を雇えないかしら」

帝国に頼めばいくらでも職人を都合してくれるだろうが、スイーオネースの離宮の工事なのだから、この国の職人を雇うべきだろう。雇用創出は王族の義務でもある。

「そうですね。エーベルハルト伯爵にお願いして、職人を紹介してもらいますか？」

「そうね……」

ティルラの言葉に、アンネゲルトは考え込んだ。イェシカを紹介してくれたエーベルハルト伯爵を信用しているけれど、全て彼に頼るのもどうかと思う。だが、何の伝手《つて》もなく彫刻や絵画の工房を探すのは現実的に無理だ。

その時、アンネゲルトの脳裏にアイデアがひらめいた。

「コンペを開くのはどうかしら」

これなら職人から参加してくるので探す手間が省《はぶ》けるし、複数の職人にデザイン案などを出させれば選びやすい。

「ここでですか？」

ティルラに言われて気付く。コンペをやるなら会場が必要だし、離宮が工事中で使えない以上、船を使う他ない。だが、一般の人間を船の中に入れても大丈夫なのだろうか。

「……船に入れたらパニックになったり、しないよね？」

確認するアンネゲルトに、ティルラは考えつつ返答する。

「護衛隊の時ほど神経質になる必要はないと思いますが……」

でも、騒ぎになる可能性は高いらしい。いっそ王都のどこかに会場に出来そうな場所を借りるか、と考えていたアンネゲルトは、丁度いい場所がある事を思い出した。

「イゾルデ館を使うのはどうかな？」

「イゾルデ館ですか？」

「そう。最低限の補修だけ行って、ついでにあの館の修繕に参加する工房も選ぶの。どう？」

その提案に、ティルラは何やら思案している。アンネゲルトは試験の合否を待つ生徒のような面持ちで、ティルラの返答を待った。

「……大丈夫だと、思います。キルヒホフに連絡しましょう。いつぐらいまでに使えるようになるか、確かめます」

「やったー!!」

ティルラの言葉に、アンネゲルトは万歳《ばんざい》をして喜ぶ。後はコンペで採用する工房を選出すればいい。

「ところで、コンペに参加させる工房はどうやって募集するんですか?」

「……まだ考えてない」

肝心な部分が決まっていなかった。参加者に関してはエーベルハルト伯爵やイェシカに頼ろう。彼らに情報を流してもらって参加者を募《つの》ればいい。いずれにせよ、うまく集められるといいのだが。

実際にコンペが開催されたのは、アンネゲルトが言い出してから一月《ひとつき》後だった。驚異的な早さで開催出来たのは、ティルラの的確な差配と、エーベルハルト伯爵とイェシカの人脈によるものだ。

今回は募集期間が短かったので、参加者は王都及びその周辺都市に在住する者に限られた。それでも個人参加が四名、工房参加が十八と、なかなかの数が揃っている。

コンペの形式としては、まず既存の作品を提出してもらい、離宮やイゾルデ館の装飾として使える技術があるかどうかを見た。この辺りはキルヒホフやイェシカが中心となって審査している。

アンネゲルトは最初から審査に参加していたが、最終審査までは口を出さないようにしていた。

「だって、どれがどうかなんて、よくわからないから」

というのが、アンネゲルトの言い分だ。

コンペの間はイゾルデ館に滞在するアンネゲルトは、予備審査の終わったイェシカ達と夕食を囲んでいた。一時滞在中の今だけは、護衛隊のエンゲルブレクトとヨーンも食卓に同席している。

キルヒホフと工兵達の努力の甲斐《かい》あって、イゾルデ館は南北ある翼のうち北翼だけは使用に堪《た》えうる状態になっている。皆がいる食堂も、北翼にあった。

「せめて好みの方向性だけでも出せばいいだろうに」

イェシカにそう言われて、アンネゲルトは考え込む。統一性があって美しければ文句はないのだが、そう言っても通らないだろう。

「もういっそ、スイーオネースでは見た事がないほど壮麗な宮殿にするのはどうかしら？」

まったくの思いつきだった。帝国よりもスイーオネースの宮殿の方が美しい装飾が多いので、ならばそのさらに上をいくのはどうかと言ってみただけなのだ。

だが、この一言はイェシカの建築家魂に火をつけたらしい。

「なるほど……よし！　国内どころか諸外国でも類を見ないほど壮麗な宮殿にしてやる！」

「え？　ちょ、イェシカ⁉」

宣言したが早いか、イェシカはアンネゲルトが止めるのも聞かずに食堂を飛び出していった。残されたアンネゲルトは、ぽかんとしている。

「アンネゲルト様、冷めてしまいますわ」

何でもない事のようにそう言ったのは、コンペの間だけアンネゲルトの側仕えに復帰しているリリーだった。

本来なら離宮改造で忙しい彼女だが、肝心のイェシカがコンペにかかり切りになるので、自分もイゾルデ館に来る事にしたらしい。

それならば側仕えの仕事を期間限定でやってほしい、とティルラから頼み込まれたそうだ。ティルラは、この隙を使って溜まっている仕事をこなすのだという。

イェシカを追う訳にもいかないアンネゲルトは、食事を再開した。何とも言えない空気が食堂に漂《ただよ》っているものの、それに言及する者は誰もいない。

食事を終え、交代で入浴を済ませた後は、寝床で休む事になった。その寝床も変わっていて、なんと館の中に天幕を張り、その中で休むのだ。

「妃殿下が、天幕で過ごすのですか？」

信じられないと言わんばかりのエンゲルブレクトに、アンネゲルトは曖昧《あいまい》な返事をする。テントを使ったキャンプは、学校行事で何度か体験済みだ。さすがに建物の中にテントを張った事はないが。

天幕の設営は護衛隊員達が手際よくやってくれたので、アンネゲルトは何もする事がない。かえって申し訳ないくらいである。

まだ何か言いたげなエンゲルブレクトに、アンネゲルトは視線を微妙に逸らしつつ言った。

「イゾルデ館の改修はまだ完全に終わっていないから、家具は入れていないの。床や天井には一部はがしている部分があるし、天幕を使った方がいいってキルヒホフが――」

「それならば、妃殿下だけでも船にお戻りになった方がいいでしょう」

アンネゲルトは何も返せない。往復するのが面倒だから、と正直に言うのも気が引ける。

そこへ、意外な人物が助け船を出してくれた。

「そんなに過保護にする事もないのではありませんか？」

そう言ったのは、キルヒホフだ。彼はイゾルデ館の改修責任者なので、今回のコンペにも審査員として最初から参加している。

自身の天幕を張り終えたので、アンネゲルトの天幕の点検に来たらしい。ちなみに、工兵達は一階で寝泊まりするが、女性陣とエンゲルブレクト、ヨーンは北翼の二階を使用すると決まっていた。

いきなりのキルヒホフの登場に、一瞬言葉に詰まったエンゲルブレクトだが、すぐに反論する。

「過保護という訳では――」

「私の目には、十分過保護に見えます。館の周囲は伯の配下の方々が守ってらっしゃるし、館の中は伯がお守りになってらっしゃる。何か問題でも？」

エンゲルブレクトも、自分だけでなく配下の者達を引っ張り出されては何も言えないらしい。かくして、アンネゲルトのイゾルデ館滞在は続行となった。

――それはいいんだけど！

何故か、アンネゲルトの天幕が張られた部屋に、エンゲルブレクトも詰める事になったのだ。これはエンゲルブレクト本人が申し出て決まった話である。

天幕越しとはいえ、同じ部屋に男女がいるのはさすがにどうか、とアンネゲルトは反対したのだが、キルヒホフが今度はエンゲルブレクトに味方した。

「先程は伯が譲《ゆず》られたのですから、今度は姫様が譲《ゆず》られては？」

一体どっちの味方なのか、と問い詰めたい衝動に駆られたけれど、そんな事を言っても無駄というものだ。結局、アンネゲルトが折れる形で天幕越しの期間限定同居が決定した。

天幕が張られた部屋は、北翼の二階でも一番広い部屋である。アンネゲルトは設置された簡易寝台に横たわり、目を閉じた。天幕の布に、ランタンの明かりでエンゲルブレクトの姿が投影されている。

実際の姿を見ていないせいか、いつもの挙動不審も出てこない。投影された姿をぼんやり眺めていると、不意に声がかかった。

「妃殿下、こちらの明かりは消して大丈夫ですか？」

「え!?　ええ、大丈夫です」

エンゲルブレクトは天幕を使わず、簡易寝台のみで休むそうだ。毛布だけで過ごすと言っていた彼に、この部屋に詰めるのなら寝台で寝るのが条件だと、アンネゲルトが突きつけた結果である。

エンゲルブレクトの宣言通り明かりが落とされ、天幕に投影されていた彼の姿も消えた。胸に寂しさが広がったが、アンネゲルトは何も言わず目を閉じる。

「妃殿下、起きていらっしゃいますか？」

聞こえるか聞こえないか、ぎりぎりの小声だ。何かあったのだろうか。

「……起きてます」

「その……このような状況で聞く話ではないとは思うのですが……どうしても確かめておきたい事がありまして」

「ええと……何かしら」

心当たりがなくて怖かったが、聞かなければ後悔しそうだったので、そう促《うなが》す。

少し間があり、エンゲルブレクトの緊張した声が響いた。

「私は、何かしたのでしょうか？」

「はい？」

意外すぎる質問に、アンネゲルトは間の抜けた声を出す。何かしたとは、一体どういう事なのか。

しばらく待つと、エンゲルブレクトが今回の質問に至った経緯を語り出す。

「その……思い違いでなければ、最近、妃殿下は私を避けておられるように感じるのですが。理由があるのであれば、お教え願いたいのです」

アンネゲルトにとっては驚きの内容だった。だが、ティルラが似た事を言っていた気がする。自分がエンゲルブレクトを意識しすぎた結果、相手にいらぬ誤解をさせてしまったようだ。

「ち、違うの！　隊長さんが悪い訳じゃなくて……その……」

だからと言って、本当の事など口には出来ない。

――あなたが好きだから……なんて言えるかー!!

言われた方も困るだろう。婚姻無効の申請をしていないアンネゲルトは、まだ王太子妃という立場にあるのだ。

「妃殿下、お気を遣わせてしまい申し訳ありません。今後はなるべくお目にとまらぬようにいたしますので――」

「ちょっと待ってー!!」

エンゲルブレクトの言葉に、アンネゲルトは思わず絶叫してしまう。あっと気付いて口を手で押さえたが、遅かった。

「何事です!?」

飛んできたのは、隣の部屋で休んでいるリリーのようだ。珍しく慌てた様子の声が聞こえる。

「な、何でもないの。ごめんなさい、大声を出してしまって」

「そうですか？　ならばいいのですけど……」

不審がりながらも、リリーは自分の部屋に戻ったらしい。扉を閉める音が響くと、アンネゲルトとエンゲルブレクトは同時に溜息を吐いた。

それが妙におかしくて、アンネゲルトはくすくすと笑い出す。つられたのか、エンゲルブレクトの笑い声も聞こえてきた。

――おお！　もしかして、隊長さんの笑い声を聞いたのって、初めてじゃない？

こんな些細《ささい》な事が嬉しいなんて。やっぱり自分は彼が好きなのだなと、しみじみ思う。だったら、つまらない緊張など捨てなくては好きな人に誤解されたままだ。

「隊長さん、これまでの事は私が悪いの。ごめんなさい」

「妃殿下！　どうか、私に謝るなど、なさらないでください」

「いいえ。悪いと思ったら謝らなきゃ。ほら、私は異世界育ちだから、普通のお姫様やお嬢様とは違うのよ」

おどけた調子でそう言うと、再びエンゲルブレクトの笑い声が聞こえた。よかった、滑らなかったようだ。

アンネゲルトは言葉を続ける。

「これからは、悪い態度を取らないように気をつけます。隊長さんも、妙な誤解はしないでね。隊長さんは何も悪くないから」

「妃殿下……」

そう、悪いのは自分だけだ。自分が勝手に好きになって、勝手に意識しまくったあげく、不審な態度を取ってしまった。エンゲルブレクトにとってみたら、いい迷惑だろう。

――あ……自分の考えで傷ついた……

しくしくと痛む胸を抱えて、アンネゲルトはだめ押しで告げる。

「明日からは、ちゃんとします。だから、隊長さんもこれまで通りにしてほしいの」

「……わかりました」

アンネゲルトは、ほっと胸をなで下ろす。何とか危機は脱したようだ。

その後は、夜遅くなるまで天幕越しにエンゲルブレクトとあれこれ話し込んだ。姿が見えないからか、いつもの緊張もなく気楽に話せる。

「魔導特区……ですか？」

「ええ。フィリップみたいな人をこれ以上出さないように、魔導の研究をしている人達が弾圧されず、安心して暮らし、研究出来る場所を作りたいの。この国で開発された術式は、きっとこの国の為になるから」

他にも今回のコンペの話や、社交界での苦手な人物の話など、とりとめのない内容が続く。

結局、アンネゲルトのあくびで終了したその夜は、いつになくいい眠りを迎えられた。

翌日からもコンペは順調に進み、個人二名、工房四つが決定した。途中、参加者同士の小競《こぜ》り合《あ》いや、イェシカに対する暴言があったり、参加者の中に貴族の三男が交じっていたりなどのトラブルはあったが、概《おおむ》ね平穏に終わったと言えるだろう。

「これで改造も進むわね」

結果に大満足なアンネゲルトは、私室でコンペの為に制作された作品群の画像を眺めながら呟く。

コンペには、思わぬ副産物もあった。アンネゲルトのエンゲルブレクトに対する態度の改善である。

あれからも、イゾルデ館で滞在中は寝るまでの時間、二人でおしゃべりをして過ごしたのだ。

そのおかげか、彼を前にすると未だに緊張するものの、意識してその緊張をやり過ごせるようになっている。不審な態度を取る事もなくなった。

——それに、何となくだけどいい雰囲気になってきてない!?

彼と過ごした時間を思い出すと顔が熱くなる。護衛の為に気遣っているとわかっていても、エンゲルブレクトの紳士的な態度には胸が高鳴るのだ。

「うふふふふ」

気を抜くと妙な笑いがこみ上げる。アンネゲルトはすっかり恋する乙女になっていた。

◆◆◆◆

船では、夕食後に警備に関するミーティングが定期的に行われている。今日はその日だった。

参加者はエーレ団長、ティルラ、リリーなど、帝国側の人間のみである。護衛隊を加えた会議はまた別に行っていた。

ミーティングが始まってすぐ、リリーが先陣を切って意見を述べる。

「襲撃を待ち構えるより、こちらから情報を流して襲撃者を誘い込みましょう！　一網打尽にしてしまえば、その後の危険が一挙に減ります」

そう言ったリリーは、新たに構築した侵入者捕獲用システムを披露した。ティルラとしては、彼女の研究にかける情熱は買うが、安全性を無視した提案は通せない。

「却下。アンナ様の御身を危険にさらす訳にはいきません」

えー、と不満そうな声を上げるリリーを無視して、ティルラは話を続けた。

「ただし、捕獲用のシステムは採用します。万が一という事がありますからね」

「では、その時捕獲した者達はいただけるのですよね⁉」

「……約束ですからね」

確約をもらい喜ぶリリーを見ながら、ティルラは苦笑を漏らす。

「さあ、それはいいとして、イゾルデ館に採用する新しい警備システムの説明をお願い」

「あ、はい」

ティルラに促《うなが》され、リリーは手元の端末を操作する。ミーティング会場となっているのは船内にあるシアターで、その大きなスクリーンにあれこれと画像資料を投影しながら、リリーは説明を始めた。

「まず敷地を囲む塀ですが、石壁を撤去して鉄製のフェンスを張り巡らせます。等間隔で防犯カメラ、人感センサーを仕込み、侵入者対策とします。人感センサーには、現在カールシュテイン島で採用している非接触型個人認証システムの新型を導入する予定です」

リリーの説明に沿って、スクリーンにはイゾルデ館の敷地平面図に、カメラやセンサーの設置箇所が書き加えられたものが映し出される。

「という事は、登録されている人間は楽に通れるのか？」

「はい。カメラには映ってしまいますけど」

エーレ団長の疑問に簡潔に答え、リリーは説明を続けた。

「館の警備室は中央部分に設置する予定です。こちらは修繕組との打ち合わせが既に済んでいます。出入り口には仕掛け扉を採用して、決まった手順を踏まないと開かないようにしました」

「そこには認証システムを入れないのか？」

「はい。万一を考えて、魔導に頼り切らないシステムを、とティルラ様に言われましたので」

リリーの返答に、エーレ団長はティルラをちらりと見る。そこで、ティルラからも説明しておく事にした。

「狩猟館の事件の際、リリーが妙な魔力の痕跡《こんせき》を見つけたものですから。この国でも術式を扱う人間がいるとわかった以上、その対策も必要と思いました」

「確かにな」

術式同士がぶつかった場合、予期せぬ暴走を招く時がある。その多くは攻撃用の術式の場合に起こるものだが、相手の使う術式の出所がわからない以上、出来る限りの対策を取らざるを得なかった。

「それと同じ理由で、魔力供給のラインを三つに分割しています。館内全域とフェンス、警備室単体、それと庭園の一部で完全に切り離しました」

リリーの言葉と同時にスクリーンの映像が切り替わり、今度は魔力供給の概念図が映し出された。館全体とフェンスへの魔力供給源は北翼の端に作られた小屋の中にあり、警備室と庭園の一部はそれぞれ単独の供給源を持つ。

「館を襲撃された時に、魔力供給を断たれる事を想定して構築しています。警備室と庭園の一部は単独供給となりますので、館の供給システムを破壊されても影響を受けません」

このシステム構築には、ティルラが関わった。警備室は全ての制御を行う場所なので落とされる訳にはいかないし、庭園の一部は緊急避難場所としている為、こちらも供給を断たれる事がないようにしたものだ。

「最悪、館の防衛システムがダウンしても、庭園に逃げ込めば助かる可能性が高くなります」

「だが、館の中に入り込まれたら、庭園に逃げるのは難しいんじゃないのか？」

エーレ団長の危惧《きぐ》は妥当なものだが、ここには普通でないものを作り出すリリーがいるのを忘れてはならない。

「それについては、庭園への逃走経路を確保しています。こちらはアンネゲルト様専用になるかと」

そう言ってリリーが説明を始めた設備は、まさしくエーレ団長の度肝を抜くものだった。


イゾルデ館の警備システム設置は最優先で進められている。船内で行われた離宮改造およびイゾルデ館改修工事のミーティング席上で、キルヒホフとティルラが警備システムについて話をしていた。

「内装と一緒に工事を行うので、二度手間にならずに済む」

「そう言ってもらえると助かるわ」

キルヒホフの言葉に、ティルラは胸をなで下ろす。

当初から警備システムを設置する案はあったが、設置箇所とシステムの内容が大幅に変わったので、イゾルデ館改修チームの負担になるのでは、との懸念《けねん》が出ていたのだ。

コンペの関係で、イゾルデ館の改修スケジュールが遅れ気味なのもいい方向に影響した。コンペの間は内装工事を止めていたので、大幅な変更にも楽に対応出来ている。

イゾルデ館の改修は、元々春の社交シーズンまでに終わればよし、と言われていた。それを少しでも早く終わらせる方針に変わったのは、スイーオネースの天候に理由がある。

冬になれば、王都も帝国とは比較にならないほどの雪が降るそうだ。それが原因で改修工事に影響が出る可能性が高いらしい。

「離宮くらい大がかりなシートと術式が使えれば問題はないんだがな」

キルヒホフが呟いた通り、改造中の離宮を覆っているシートは、遮音と防水に優れている。シートをテント状に張れば、雪どころか嵐にも耐えられるという優れものだった。

「イゾルデ館でも必要なら使っていいけど……間に合いそうなんでしょう？」

「そうだな。シートを使うまでもなく仕上げるさ」

イゾルデ館は外観だけでなく、内観もほとんど残す方向で話が進められている。その分、工事自体が早く終わると見られていた。

「それで？　安全確認とやらはいつ行う予定なんだ？」

「いつも何も、そちらの改修が済んでからになるわ。だから早めにお願いねって言ってるんじゃないの」

ティルラは今更何を言っているんだと言わんばかりの様子だ。今日のミーティングのメインは、イゾルデ館の改修スケジュールの確認だった。

◆◆◆◆

遅れていたイゾルデ館の改修は最初の予定よりも早く、年内に終了した。工事に参加した工兵達に疲れが見えたのは、気のせいではあるまい。

既に雪の季節だが、今年は幸いな事に雪の量が少なく、工事期間中はほぼ降らなかった。

工事完了から十日後の今日、内覧と警備システムを確認する為のミニツアーの一行がイゾルデ館に来ている。

メンバーはアンネゲルト、ティルラ、リリー、フィリップ、イェシカ、エンゲルブレクト、ヨーン、キルヒホフ、エーレ団長以下、護衛艦の兵士達数名である。それに帝国軍情報部からポッサートという男性も同行した。

護衛隊員も来ているが、彼らは港の船からイゾルデ館までの警備が主なので、安全確認には立ち会わない。エンゲルブレクトとヨーンが参加しているのは、警備システムの使い方や解除方法を知っておく必要がある為だ。

「何故、情報部のあなたまでいるのかしら？」

ティルラの冷たい言葉を、ポッサートは軽くいなす。

「後学の為に見ておこうと思ってな」

「ただの野次馬でしょうに」

二人の間で交わされるやりとりに、アンネゲルトは目を丸くしていた。ティルラのこんな声を聞いたのは初めてだ。なので、彼女に小声で聞いてみる。

「あの人と仲悪いの？」

「いいえ、彼は私の元同僚です。気安い相手という方があっていますね」

あれが気安い相手への態度だったのか……アンネゲルトは側仕えの意外な一面を見た思いだった。

ツアーの案内役はフィリップが担当するらしい。全てを把握しているリリーが説明するという案もあったが、説明が専門的になりすぎる恐れがあるので、満場一致で却下されたのだとか。

「では、中のシステムから確認していきましょうか」

フィリップに促《うなが》され、一行は門へ進む。

門には門番用の小さな詰め所が設置されている。それだけでなく、ロートアイアンの門を新しく取りつけ、そこに非接触型の魔導錠を装着したそうだ。鍵穴がないのだから、ピッキングの被害には遭わない。

「門そのものの耐久性を向上させました。また、上部に監視カメラを設置し、死角がないようモニターしています」

説明につられ、皆の視線が上へ向く。すると、一目では防犯カメラとわからない代物が門の一部のように取りつけられていた。

「画像はどこで見られるんだ？」

「門の詰め所と、イゾルデ館の警備室です。使用者を限定して、端末でも見られる仕様にするか検討しています」

エーレ団長の質問に、フィリップはきびきびと答えていく。これがリリーだったら専門的な話が続いて、答えに辿り着くまでに時間がかかっただろう。この人選はやはり正しかったのだとアンネゲルトは一人頷いた。

監視カメラは他にも、館の周囲を囲むフェンスに沿って設置されている。また、庭園に置いてある彫刻群の台に仕込まれているものもあるそうだ。

「庭園に彫刻なんてあったかしら？」

　前回の内覧会で庭園を見た時にはなかったと記憶している。アンネゲルトは首を傾げた。

「いいえ、改修と同時に設置しました。コンペで選んだ彫刻家、グラーフストレームの作品です」

「ええ？」

　ティルラの返答に、アンネゲルトは驚きを隠せない。コンペが終わってそれなりの日数が経っているとはいえ、その間に何体も彫刻を作成出来るものなのだろうか。

「注文して作らせたのではありませんよ。さすがに今回は時間がありませんから、彼が手元に持っていたものを一括で買い上げたんです」

　何でも、注文を受けて作ったはいいが相手が気に入らなくて返品されたり、注文主が破産して代金を支払えなくなったりした作品が、職人の手元に残る事があるそうだ。

　今回はそうした作品を買い上げ、警備システムのカモフラージュとして庭園に置いたらしい。

「庭園にどれだけ彫刻を置いたのよ……」

思わず日本語で呟いたアンネゲルトだった。

イゾルデ館は前庭と庭園を含めた広大な敷地に建つ、こぢんまりした館だ。敷地に対して建物が小さいのは、この館を建てた人物の好みらしい。

前庭を通り、館に入る。玄関の鍵も非接触型であり、ここでもリリーの開発した個人認証システムが働いていた。

「あらかじめ登録をした人物以外ですと扉は開きません。客を迎える際には、登録をした人間が出迎えればいいので問題はないかと」

玄関を開けるとホールがあり、その奥の階段が二階へ続いている。

「前回来た時に、こちら側に壁なんてあったかしら？」

アンネゲルトの記憶では、ホールから南北どちらの翼にも行ける造りだったはずだ。しかし、今はホールの南側は壁になっていて、北翼にしか行けなさそうだった。

「改修するにあたり、間取りを一部変更しております。警備上の理由もありますが、必要に迫られまして」

そう答えたのはイゾルデ館改修の責任者であるキルヒホフだ。アンネゲルトは独り言のつもりで呟いていたので、返答が来たのに驚いた。

「アンナ様には後ほど間取り図をお見せします」

ティルラの手元には、既に最新の間取り図があるらしい。

「でも、イゾルデ館はそんなに大きくないから、一度中を歩けば間取り図を見る必要はないんじゃないかしら？」

「あれこれ仕掛けがありますので、最低でも一度は目を通しておいてください」

結局ティルラに押し切られ、船に戻ったら間取り図を見る予定が入った。面倒事が増えたらしい。

その後も、フィリップの案内は続く。

「イゾルデ館の一階北翼は公的空間となります。来客があった際の控え室、応接室、食堂、娯楽室、図書室などがあります」

館に来る客は、アンネゲルトとごく親しい人物を想定している。その為、一度に多人数の対応はしない事が前提になっていた。館自体が小さいのも、理由の一つだ。

一行はぞろぞろと連れだってそれぞれの部屋を見て回る。まだ家具は入っていないが、壁や床は新築同様になっていた。

一通り一階を見て回った後、次は二階かと思いきや違った。玄関ホールまで戻ると、フィリップは一同を見回す。

「さて、ではそろそろ警備装置の確認を始めましょうか」

そう言うと、フィリップは兵士の一人が持っていた箱を開けた。そこからシンプルなデザインのブレスレットを取り出して配っていく。

「これをつけてください。装置にはまだ個人特定の為の情報を入力していませんから、こちらで代用します。侵入者役の兵士の方達はつけません。つけている時とつけていない時の動作の違いを確認してください」

侵入者役の兵士は合計四人で、彼ら以外は全員ブレスレットを着用した。

「玄関扉の確認は省《はぶ》きます。ここから先は、館内に侵入されたと仮定した上での確認になります」

フィリップの先導で、まずはホールから一番近い控え室へ向かう。

「基本的にどの部屋の扉も同じ仕様と考えてください」

そう言い終えたフィリップは、閉まっている扉の取っ手に手をかけた。凝《こ》ったデザインの取っ手には、プッシュプル方式を採用したらしい。取っ手を押したり引いたりするだけで扉を開けられた。

フィリップは、部屋に入ってから扉を閉める。次にブレスレットをはめていない侵入者役の兵士が扉を開けようとするが、扉は開けられなかった。

「このように、登録をしていない人物が扉を開けようとしても開きません」

廊下側で補足説明を行ったのはリリーだ。今日だけはフィリップの助手に徹するよう、ティルラから申し渡されていたのだという。

「また、扉を閉める前に賊《ぞく》に押し入られた場合ですが――」

再び扉を開けて顔を見せたフィリップが、侵入者役の兵士と顔を見合わせる。今回の実演は全て事前に打ち合わせ済みだったらしい。

「このようにすぐ後ろに賊《ぞく》がいる状態で扉を開ける場合、なるべく扉を閉めるのが理想なんですが、そうもいかない事があります」

アンネゲルト達の目の前で、フィリップと兵士が扉を使って押し合う動きをした。

「こうした状況になったら、隙間を小さくしてから手を離してください」

扉の隙間が、人がすり抜けられない程度に狭まった時点で、廊下側の兵士の動きが止まる。扉は引けば開きそうなのに、兵士が開けようとしても微動だにしない。

「扉は登録した人間以外には、どのような状態でも動かせません。鍵は取っ手側ではなく蝶番《ちょうつがい》側にあり、そこで扉の動きの全てを制御しているんです」

そう言ったフィリップは、中途半端に開いていた扉をきちんと開けて廊下側に出てきた。

「扉はどんな開け方をされていても、登録した人間以外は動かせないという事でいいんだな？」

「はい。なので、追いかけられて急いでいる時には、扉さえあればある程度の時間稼ぎは出来ます」

「蝶番《ちょうつがい》の制御には魔力を使っているのかしら？」

「もちろんです。ああ、魔力の使用量は極力抑えてありますから、使いすぎによる魔力切れを起こす事はまずありません」

ポッサートとティルラからの質問に、フィリップが難なく答えている。リリーがうずうずしているが、厳命が下っているので口を挟めないのだろう。

アンネゲルトがそんな彼らをぼんやりと見ていたら、ティルラがお小言を飛ばしてきた。

「アンナ様、ちゃんと聞いていらっしゃいますか？」

「ええと……認証されていない人に対してドアは動かない、でいいのでしょう？」

要はマンションのオートロックのようなものだ。最新のセキュリティシステムの中には、生体認証を使うところもあるので、それと同じと考えれば納得がいく。

ティルラはきちんと聞いていたアンネゲルトに謝罪し、フィリップに続けるよう促《うなが》した。

「窓には警報装置が設置されています。先程の扉同様の仕掛けもありますが、侵入者が触れると――」

彼の説明の途中、外に回った兵士が窓に触れると同時に警報が鳴り響いた。二、三秒鳴った後、リリーが手元の端末で警報を切る。一応、周囲には事前に通達を出しているとはいえ、耳障《みみざわ》りな音を鳴らし続けるのは近所迷惑ではないのか。

「このように音で知らせます。また日が落ちてからは、建物に一定以上近づくと明かりが点灯するようになっています」

昼間ではわかりにくかったものの、これも兵士を使って確認した。いわゆるセンサーライトだが、目つぶしにも使えそうだ。先程の警報も、音の種類によってはそれだけで相手を萎縮《いしゅく》させる効果があるだろう。

――電子音なんて、こっちの人は聞いた事ないだろうからねー。

イゾルデ館の意外な攻撃力に、アンネゲルトはすっかり感じ入っていた。

「一階は以上です。次は二階へ行きましょう」

アンネゲルト達は外に回っていた兵士と合流し、玄関ホールの奥にある階段を上って二階へ向かう。

「まさしくツアーね」

「そうですね」

アンネゲルトはティルラにこそっと呟いた。ちょっとしたアトラクション気分で回っているのは内緒だ。

二階の踊り場からは、南北に廊下が伸びている。フィリップはまず北翼、食堂などの上階に当たる方へ足を進めた。

一階の廊下と違い、二階の廊下の両脇には彫刻が置かれている。女性の上半身を象《かたど》った彫刻は、同じ素材の台座に乗せられ、等間隔で対になるように設置されていた。これもグラーフストレームの作品なのだろうか。

「これらの彫刻そのものに装置が設置されていまして、登録されていない人間がここを通ると、こうなります」

フィリップの言葉に合わせて侵入者役の兵士が彫刻の前を通ると、何かに弾かれたみたいに歩みを止めた。

「目には見えませんが、壁があると思ってください。ただし、これは彫刻が倒されると用を為さなくなりますので、注意が必要です」

完全に敵を遮断するというよりは、足止めの意味が強いのだとか。台座そのものが床にしっかりと固定されているので容易な事では倒せないが、絶対という訳でもないらしい。それを理解した上で活用してほしい、との事だった。

さっきの警報同様、リリーの端末操作でシステムを解除し、侵入者役の兵士も通れるようにしておく。

「扉は一階と同じ仕掛けになっています。窓も同様です。この高さの窓に、足場のない外から触れられるのかという疑問はありますが」

イゾルデ館の外壁には、足場になるものは存在しない。侵入者がロープやはしごでも使えばまた話は変わるかもしれないが。

「では、次は南翼へ。こちらは全て妃殿下専用となっております」

ちなみに二階の北翼は客間となっていて、それぞれの部屋にトイレと風呂場が完備されているそうだ。

南翼の廊下は、基本的には客間側と変わらないが、一つ違う部分があった。

扉が三つあり、その真ん中の扉を開けると、さらに廊下が奥へ伸びている。突き当たりの壁の高い位置に窓があり、そこから差し込む光で廊下が照らし出されていた。

「この奥にらせん階段があります。下の部屋にはそこからしか下りる事が出来ません。移動が面倒でしょうが、堪《こら》えてください」

そう言いながらフィリップは奥へ歩み、丁度窓の下にあるらせん階段へ進んだ。

そこを下りると上と同様の廊下で、奥には扉があった。そこを開けたところ、南翼一階の廊下に出る。

南翼一階の廊下には、扉は二つしか存在しない。一つは今出てきた扉で、もう一つがアンネゲルトの私室への扉だ。

一階部分の廊下は、ホールとの境の壁とらせん階段のある扉との間が随分と空《あ》いていた。二階の一番手前の扉に相当する場所には、壁があるだけだ。

「この向こう側には、何があるの？」

本来なら、ここにも一部屋あるはずだった。

「あの場所には魔導機械と警備室が置いてあります。館の中からは入れませんので、今回は案内いたしません」

女主《おんなあるじ》の私室の隣にそんな場所を設置するのかと思わないでもないが、騒音被害がないのなら、特に何か言うつもりはなかった。

「ちなみに上の二部屋は妃殿下の衣装室になります」

フィリップの言葉に、一番驚いたのはアンネゲルト本人だ。

「え？　そんなに必要なの？」

「アンナ様……ドレスはかさばりますよ」

ティルラがこっそりアンネゲルトの耳に囁《ささや》いた。この館を使うのは社交シーズンだけだが、その間ここにずっと滞在するのであれば、必要なスペースだという。

催し物に一度着たドレスは、二度と着ないというのが社交界のマナーだそうだ。もったいない話だが、一度袖を通したドレスを何度も着るのは、懐《ふところ》事情を探られる元になるらしい。たかがドレス一枚でも気を遣うのが、社交界というものだった。

アンネゲルトの場合は、スイーオネースの王室のみならず帝国まで侮《あなど》られる事になる。そんな立場である彼女の衣装室だ、それ相応の広さを用意しておかなければ持ち込んだドレスを収納仕切れないというのがティルラの言である。

「ちなみに、廊下を挟んで北側がドレスを、南側が下着類や装飾品を置く部屋にしてあります」

そう朗《ほが》らかに補足したのはリリーだった。装飾品はまだしも、下着の置き場所までバラすのは勘弁願いたい。ツアーの男性陣も、微妙な表情だ。

場の空気を変えようとしたのか、フィリップは咳払いをして南側の扉を開けた。

「妃殿下の私室はご覧の通り二面に窓がありますので、そのどちらにも警報装置を設置してあります。また窓硝子《ガラス》は強化硝子《ガラス》で、離宮でも使う予定の三重構造のものを使用しています。壁に使われている断熱材は、離宮に比べると規模が小さいので別の方式の断熱材を使用しました」

イゾルデ館の使用期間は社交シーズン中のみを予定しているが、アンネゲルトの立場上、いつ何時王都に呼び出されるかわからないので、一年中使えるようになっている。

アンネゲルトの私室になる部屋はがらんとしていた。他の部屋もそうだが、家具類が一切入っていない部屋はどこか寒々しく感じる。

「もう館自体は使えるのよね？」

「はい。ですが、まだ調度品を入れておりませんので、滞在は難しいとお考えください」

アンネゲルトの問いに、キルヒホフがいつも通り生真面目に答える。イゾルデ館に入れる家具は、帝国から持ってきた嫁入り道具ではなく、先日のコンペで選出した家具工房に発注済みだ。

「家具を入れるのはいつ頃になりそうかしら？」

「おそらくは社交シーズンの直前辺りになるかと。これからこの国は厳しい冬に入りますし」

家具は、鋭意制作中だと連絡を受けている。出来上がり次第搬入となっているが、基本的に全てが手作業なので、出来上がるまでに時間がかかるらしい。

「館の中の案内はこのくらいでしょうか。では外の説明に移ります」

フィリップに促《うなが》され、ツアー一行は庭園へ下りた。アンネゲルトの私室はテラスから庭へ直接下りる事が出来るのだ。テラスは木製ではなく石材で作られていて、イゾルデ館の外壁に使っているのと同じ資材が使われていた。

館の周囲は芝生に囲まれ、その中を石敷きの細い道が通っている。小道は館のすぐ側に敷《し》かれていて、両端と中央から庭園へ伸びていた。その小道を通って庭園へ向かう。

庭園も、以前より美しく整えられていた。刈り込まれた植木は綺麗な模様を描き出し、季節になれば花壇に色とりどりの花が咲くだろう。

庭園のそこかしこに、人物を象《かたど》った彫刻が置かれていた。これらが例の、一括で買い上げたというグラーフストレームの作品らしい。

彫刻にはカメラの他に、カールシュテイン島にも設置されている警備装置が仕込まれているそうだ。ただし、島とは異なる動作をするという。その説明をするフィリップは、何故かひどく言いづらそうにしていた。

「この庭を侵入者が通ると――」

侵入者役の兵士が通った途端、彫刻から光のロープのようなものが出現して絡みつき、兵士を捕獲してしまう。

「こうやって、侵入者を生け捕りにします……」

フィリップの態度の理由がわかった。捕獲された侵入者のその後が予想出来るだけに、参加者の間にも気まずい沈黙が降りる。

そんな中、一人にこやかなのはこの装置を開発したリリーだ。

「相手を傷つけずに捕らえる事が出来ます。これと同じものを島にも設置しますので、警護が楽になりますよ」

そして捕らえた相手は私の研究室に！ と言いかけたところで、ティルラからストップがかかっていた。不満そうなリリーだったが、これ以上しゃべると後でティルラから叱責が来ると理解しているのか、おとなしく引き下がる。

「あ、あの、これらの彫刻群の魔力供給源は、館と一体化していて、魔力の省力化を実現しました。庭園の中程にいざという時の避難場所がありますので、そちらの説明もしておきます」

フィリップは気まずい空気を払拭《ふっしょく》せんと、参加者の意識を別の方へ向けさせた。

庭の奥には彫刻で囲った円形の広場のような場所があり、その中心に石造りの東屋《あずまや》がある。ドーム型の屋根を持つそれは、古い神殿に似た造りをしていた。

「この周囲に置かれた彫刻が壁の役割を果たします。館の彫刻同様、登録者以外を弾きますので、庭園で侵入者に出くわした時は東屋《あずまや》に避難してください。庭園のどの東屋《あずまや》でも同じですが、中央のここは特に堅固なので、妃殿下はこちらを避難場所とお考えください」

アンネゲルトの滞在中は、庭園にも警護の者が立つが、その目をかいくぐって侵入する者もいるかもしれない。そんな人の目だけでは足りない部分を機械で補うのが、警備システムの狙いだそうだ。

これで離宮より規模の小さい設備というなら、離宮の改造が終わった暁《あかつき》には一体どうなるのやら。

——まさか、要塞《ようさい》になる訳じゃないよね？

あれこれとアイデアを出した身としては、少し罪悪感を覚えるアンネゲルトだった。

一通り庭園の仕掛けを見て、館へ戻るついでに庭園の散策コースも確かめていく。庭園から眺める館は、前庭から眺めるのとはまた違う顔を見せていた。

「北翼や食堂にもテラスをつければよかったかしら……」

「その程度の工事でしたら、後でいくらでも出来ますよ」

アンネゲルトの呟きを拾ったのは、キルヒホフだ。

「本当に？」

「もちろんです」

キルヒホフの言葉に、アンネゲルトは満面の笑みを浮かべた。てっきりダメだと言われるかと思ったのだ。実現出来るなら、テラスで食事を楽しむ事が出来るかもしれない。

——いっそ、庭園にテーブルを出して朝食とか、いいな……

アンネゲルトの脳内では、優雅な食事風景が広がっていた。

やがて庭園の中央からまっすぐ館まで伸びる小道を通って戻ってきたところで、フィリップが説明を再開する。

「ああ、そうそう。最後にこの芝生の仕掛けを説明しておきます」

そして見せられた実演に、ツアー参加者はその日の中で一番驚いた顔を見せた。アンネゲルトは自分も体験してみたいと希望したが、ティルラに速攻で却下を食らってしまう。

その最後に見た仕掛けを有効活用する日が来ようとは、この時この場にいた誰もが思わなかった。

◆◆◆◆

イゾルデ館のツアーから数日後、ヨーンと共に訪れたエドガーの屋敷前で、エンゲルブレクトは軽い溜息を吐いた。非番の二人は、エドガーからの招待を受けてこの場にいる。今日は、エリクは欠席だ。彼の非番とエンゲルブレクトの非番はほぼ重ならない。

「妃殿下のその後のご様子はどうだい？」

屋敷内に迎え入れられて応接間に通され、ソファに腰を下ろすか下ろさないかというタイミングでエドガーが聞いてきた。おそらく本日の招待の目的は、それが聞きたかったのだろう。

「相も変わらずだ。今日は離宮に関する会議を開いているはずだったな」

「離宮の会議？　何を話し合うのかな？」

「さあな」

興味津々という様子のエドガーを軽くあしらい、エンゲルブレクトは出されたお茶に口をつけた。

上官が難攻不落ならば、その副官をとばかりに、エドガーは矛先をエンゲルブレクトの隣にいるヨーンに向ける。

「グルブランソン、その後、愛《いと》しの侍女殿とは進展はあったかい？」

「……ご存じなのでしょう？」

「ああ、うん。まあね」

どんよりと重い空気をまとっているヨーンに、エドガーはつつきどころを間違えたと言わんばかりだが、気付くのが少し遅かったようだ。

「いいですよね、エドガー様は向かうところ敵なしで。振り向いてもらえない苦労など、した事もないんでしょうね……」

ヨーンにしては珍しい愚痴《ぐち》である。だが、どうせなら他人に対して言っているところを脇で見てにやにやしたかった、というのがエドガーの本音だろう。エンゲルブレクトも、こんなに重苦しく愚痴《ぐち》を言われてはたまらない。

「え？　い、いやいやいや、僕だってそれなりに……ねえ？」

エドガーが助けを求めてくるが、エンゲルブレクトは無言を決め込んだ。エドガーが小声で「嫌な男だ」とぼやいているのが聞こえた。

劣勢でいたのはつかの間、エドガーは気分を立て直してヨーンに言う。

「僕の話は置いておくとして。実際、彼女は難しいと思うよ」

エドガーの一言に、ヨーンの顔色が変わった。

「どういう事ですか？　それは」

「うーん……まだ詳しくは言えないんだけど、彼女、帝国の騎士爵の家の子だよね？」

「そう聞いています」

アンネゲルトの側仕えの三人の身分は、護衛隊にも情報として知らされている。向こうも、こちらの身分は把握済みだ。

「別に身分がどうこうじゃないんだ。ただ、彼女の家にはちょっとよくない噂《うわさ》があってね」

「噂《うわさ》？　どんな噂《うわさ》ですか？　エドガー様。もったいぶらずに教えてください」

どんな些細《ささい》な事でも、アンネゲルトの小柄な侍女ザンドラに関するものなら知りたいと言わんばかりに、ヨーンはエドガーに食ってかかる。

さすがのエドガーも、ヨーンの勢いに呑まれたらしい。ほんの少し逡巡《しゅんじゅん》した後、渋々口を開く。

「あまり確かな筋の話じゃないから、聞き流す程度にしておいてほしいんだけど」

そう前置きして彼が語った内容は、エンゲルブレクトとヨーンを驚かせるには十分だった。

「彼女の家には黒い噂《うわさ》がある。裏で犯罪者集団と繋がっているというものだ。また、暗殺を生業《なりわい》としているという話もあるんだよ」

暗殺と聞いてエンゲルブレクトがまっさきに思い浮かべたのは、アンネゲルトが嫁《とつ》いでくる前に死んだ帝国の伯爵令嬢だ。

スイーオネースの王太子妃になるのは彼女だという噂《うわさ》だけで、スイーオネースと帝国が結びつくのを嫌った貴族達が雇った者に殺されたという。

「……本当なのか？　それは」

「だから、聞き流せって言ったでしょ？」

エンゲルブレクトの確認に、エドガーは肩をすくめた。彼にも真実かどうかは判断がつかないらしい。

「にわかには信じられません……」

ヨーンの言い分ももっともだ。アンネゲルトの身辺に置く人間については、帝国側で十分吟味《ぎんみ》しているはずである。

もし、エドガーが言うようにザンドラの家が犯罪者集団と繋がりがあるのであれば、彼女がアンネゲルトの側仕えに選ばれるのはおかしい。

「真偽のほどはともかく、そういう噂《うわさ》がある家の子だからねえ。他の女の子よりお堅くてもおかしくはないんじゃないかな。ちょっとでも何かあれば、すぐ『あの家の子だから』と言われるんだろうし」

エドガーの言葉に、ヨーンはすっかりうなだれている。それを横目で見ながら、エンゲルブレクトは別の事を考えていた。

――そういえば、ザンドラと出会った時には妃殿下と二人きりで、しかも窮地《きゅうち》にあったよな……

帝国の港街オッタースシュタットの路地裏で酔っ払いに絡まれていた時も、離宮の庭園にある生け垣の迷路に逃げ込んできた時も、ザンドラはアンネゲルトを守るような仕草をしていた。その彼女が犯罪者と繋がりがある家の出とは、やはり考えにくい。

かといって、普通の騎士の家の娘かと言われると、それも違う気がする。もっとも、アンネゲルトの側にいる女性は、全て普通とは言い難い存在ばかりだが。

考え込むエンゲルブレクトの耳に、いやに楽しそうなエドガーの声が届いた。

「まあ、本音は君が鬱陶《うっとう》しいだけかもしれないけどね」

ヨーンが崩れ落ちる音が聞こえるようだ。その様子を眺めつつ、エドガーは声の調子を変える。

「さて、今回君達に来てもらったのには訳がある。わかってるよね？」

エンゲルブレクトは静かに頷いた。ただ旧交を温め合うだけならば、昼日中から呼び出したりはしないだろうし、この場にエリクがいないのもおかしい。

「グルブランソン、いつまでも落ち込むのはやめてね。お仕事の話だよ」

ヨーンの恨みがましい目を受けるエドガーは、手をぱんぱんと二回叩いた。それを合図に部屋の扉を開けて入ってきたのは、エドガーの子飼いの部下の一人である。

「これから見せるのは極秘事項になるから、心しておくように」

部下から受け取った書類をテーブルに並べながら、エドガーはそう言った。エンゲルブレクトとヨーンがテーブルを覗き込んで読んだところ、何かの報告書のようだ。

「さる筋からの依頼でね。宮廷と教会の繋がりをここしばらく調べていたんだ」

「教会？」

「そう。これを見てくれ」

エドガーはテーブルに広げられた書類のうち、一束を手にとってエンゲルブレクトに渡した。

読み進めると、宮廷に出ている貴族の誰が、どの教会にどれだけの寄付をしたかが書き込まれている。

また、貴族の領地の教会から王都クリストッフェションの教会へ人員が送られる場合の、人数と頻度も記されていた。

「特におかしな内容とは思えないんだが……」

エンゲルブレクトは軍人で、情報分析は分野外になる。ヨーンも同じだった。だが、エドガーはこうした情報を扱う事を得意としている。

「一見すると、普通の内容なんだよね。でも、こっちの書類と合わせると妙な事実が浮かび上がってくるんだ」

エドガーはもう一つの束をエンゲルブレクトの前へ押し出した。そちらは貴族領の収穫高や、そこから徴収される税金についてまとめられている。

「去年と今年の差を見て、何か思わないかい？」

エンゲルブレクトは書類を比較しやすいように並べて置き、見比べた。

「去年より税収が落ちているのに、教会への寄付金額が変わらない貴族がいるな」

「そう。普通は税収に合わせて寄付金額を決めるよね？　それに、教会って毎年こんなに寄付金を集めるものだっけ？」

確かに高額の寄付を募《つの》る事もあるが、それは教会や聖堂を建て直す時の特別なものだ。毎年高額の寄付金を募《つの》るなど普通はない。

「特にルンドクヴィスト伯爵の寄付金額がすごいね。今年に入って半年で、既に去年の総額を超えている」

エンゲルブレクトは件《くだん》の伯爵を思い出す。堅実な人柄で保守派の一派を率いる人物であり、代々教会との繋がりが強い家柄だ。

領地が海沿いにあって海産物を多く輸出している関係で裕福な家だが、いくら何でもこの額は異常だった。

「ルンドクヴィスト家は、新たな事業でも興《おこ》したのか？」

「そんな情報は掴んでいないけど。まあ、僕の情報網も完璧って訳じゃないから、何か裏でやっていたら掴みきれないかもね」

よく言う。エンゲルブレクトはエドガーをじろりと睨んだ。余所《よそ》の家庭の夕飯の献立《こんだて》まで知っているような男が、完璧ではないなどと。

エンゲルブレクトの視線を無視して、エドガーが説明を続けた。

「ルンドクヴィスト伯爵以外にも、いくつか高額寄付をしている家があるんだよね。全部保守派だけど」

「当然だな。革新派は教会とは相容れない」

スイーオネースの教会は、魔導を禁じている。このあおりを食らった人物がアンネゲルトの側にもいた。その人物、フィリップは魔導研究をしていただけで、教会から王都追放を食らっているのだ。

エドガーはテーブルに並べ置かれた書類の一カ所を指で指す。

「で、高額寄付をしている家の一つに――」

「ハルハーゲン公爵か……」

高額寄付者の一覧の中に、その名が記されていた。

「保守派の貴族も厄介なんだけど、僕としてはどうも教会の動きが気になるんだよね。君達も、しばらくは気を引き締めて妃殿下をお守りしてほしいんだ」

エドガーの言葉に頷いたエンゲルブレクトは、先程聞いた名前について考える。

不自然にアンネゲルトに近づこうとしていたハルハーゲン公爵の思惑がどこにあるのか。エンゲルブレクトの方でも調べると提案したら、エドガーに否定された。

「公爵についてはこっちで調べるよ。彼に対しては慎重を期した方がいい」

いつになく硬いエドガーの表情が気になる。まだ何か隠している事があるのだろうか。

ハルハーゲン公爵といえば、王位に欲を持っていると長らく噂《うわさ》されている人物だ。その彼が教会に近づき、またアンネゲルトにも近づこうとしている。

王族なのだから、教会との繋がりを大事に考えてもおかしくはないし、アンネゲルトとも同じ王族としての付き合いを考えている、という話なら納得出来た。

だが、その両方とも「違う」と感じるのは何故なのか。ただの自分の思い過ごしか、それとも――

「エンゲルブレクト。おーい」

エドガーに呼ばれ、エンゲルブレクトははっと我に返る。自分の考えに没頭していて、エドガーに話しかけられていたのにも気付かなかった。

「しっかりしてよね、本当に」

「すまん……」

最近、考えに夢中になって周囲がおろそかになる事がある。気を引き締めなくては、守れるものも守れなくなってしまう。

「まあいいや。とりあえず、今の話はまだ妃殿下側には流さないようにね。これって、国の恥でもあるからさ。やっぱり妃殿下には最後まで知らせたくないんだよ」

「そんな事を言ってる場合か？　狙われるのは妃殿下なんだぞ」

保守派にとって、アンネゲルトの存在は邪魔なだけだろう。狩猟館爆発炎上の犯人は派閥とは関係ない存在だったが、以前、島に侵入した連中や茶会に毒を仕掛けようとした女の背後関係はまだわかっていない。

エンゲルブレクトの訴えに、エドガーはへらりと笑った。

「だから、そこを君達に頑張って守ってほしい訳よ。恋に夢中になってる暇なんかないからね」

「だそうだ、グルブランソン」

「お？　彼だけの事じゃないよ？」

エドガーはいつものにやにやとした笑みを顔に貼りつけている。ヨーン以外に誰が恋に夢中になっているというのか。ばかばかしくなったエンゲルブレクトは、無言を貫《つらぬ》いた。

いずれにしても、護衛計画を練《ね》り直さなくてはならない。しばらくはまた忙しくなるだろうが、幸いシーズンオフの為、アンネゲルトの外出は極端に少なくなっている。計画を変更するなら今のうちだ。

エドガーの屋敷を辞した二人は、船まで戻った。途中の道は既に雪に覆われている。今年は雪が少ないと言われていたが、王都にも積もるようになったようだ。

冬は、エンゲルブレクトが憂鬱《ゆううつ》になる季節でもある。こんな雪の日に、彼の兄はそりの事故で亡くなった。

年が明ければ兄が死んだ日もやってくる。毎年その日には領地にある兄の墓に参っていたのだが、来年は行けるだろうか。

そこまで考えて、エンゲルブレクトの口元に苦い笑みが浮かんだ。先を考えるより、今は目の前の事だ。

「グルブランソン」

「はい」

「明日には護衛計画の練《ね》り直しをする。必要な人員に声をかけておいてくれ」

「わかりました」

守るべき者を守る。それが今の自分に出来る事だ。エンゲルブレクトは船内の廊下を、私室に向かって歩いていった。


エドガーの屋敷を訪問した数日後、エンゲルブレクトは王宮にいた。シーズンオフの王宮は閑散《かんさん》としている。そう感じるのは、そこかしこで話し込む貴族の姿が見えないからか。オンシーズンならば、見たくなくとも王宮のどこででも見られるのに。

ただし、社交界が休暇状態だからといって、国のあれこれまでもが休む訳ではない。王宮内の役人達は仕事をしていた。

「サムエルソン伯爵、ご入室」

侍従の言葉で扉が開き、エンゲルブレクトは国王の私室内に招き入れられた。彼を王宮に呼び出したのは、国王アルベルトである。

「よく来たな」

「失礼いたします」

最近は、アルベルトに会う時はここに案内される事が多い。

アルベルトは大きめの椅子にゆったりと腰掛けてくつろいでいる。広いはずの部屋だが、豪奢《ごうしゃ》な調度品で埋め尽くされているので、狭く感じた。

部屋の中にはアルベルトとエンゲルブレクトの二人しかいない。側近もおらず侍従まで下がらせている。

「まあ、まずは座れ」

目線で示されたのは、テーブルを挟んだ向かい側の椅子だ。エンゲルブレクトは無言のまま従った。

「王太子妃はどうしておる？」

エンゲルブレクトが座るのも待たず、アルベルトは王太子妃アンネゲルトについて聞いてきた。

「お健《すこ》やかにお過ごしとお見受けします」

「そうか。ヘーグリンド侯爵から譲《ゆず》り受けた館に、手を入れたと聞いたが」

「イゾルデ館ですね。ええ、何やら工事をされていたようです。詳しい事までは存じませんが」

これは本当だ。安全確認には立ち会ったものの、あの仕掛けをどうやって作ったのかまではさっぱりわからない。

作った本人、リリーに聞けば嬉々として説明してくれるのかもしれないが、聞いたが最後、説明地獄に落ちるのは目に見えている。

かといって、フィリップに聞いたところで自分も理解出来るとは思えない。あれは、やはり魔導の基礎を知っている人間でなければわからないのだろう。

アルベルトは、アンネゲルトが館に名前をつけた事に驚いているようだ。

「イゾルデ館？　わざわざ館に名前をつけたのか」

「そう聞いております。何でも物語に出てくる美女の名だとか」

「ほう、美女の館という訳か。まあそれはいい。今日呼んだのは他でもない。王太子妃を狙った連中の件だ」

エンゲルブレクトは背筋を伸ばした。

——やはりそれか。

アルベルトがエンゲルブレクトを呼び出す理由として、これ以上のものはない。

カールシュテイン島襲撃も含めて、これまで起こったアンネゲルト襲撃に関する全ては王宮にも報告済みである。その詳細を知りたいのか、それとも——

「率直に聞こう。王太子妃を狙っている連中に目星はついているのか？」

エンゲルブレクトは深呼吸をしてから口を開いた。

「いえ、ただこれまでのものは、どれも散発的で組織だったものではないと見受けられます」

一つ気になっている事があったが、これを言っていいものかどうか。エンゲルブレクトはしばし迷った。

「気にかかる事があるならば申せ」

迷いを見抜かれた。アルベルトの目は鋭く、エンゲルブレクトを追い込むほどの気迫を有している。その目はどんな小さな事も見逃さない、と語っているようだった。

アンネゲルトの無事は、彼女一人の問題ではない。スイーオネースと帝国という二国の問題でもあるのだ。アルベルトが彼女の安全を配慮するのは当然の事だろう。

そこに思い至らなかった己の浅はかさを自省しつつ、エンゲルブレクトは素早く頭の中で考えをまとめた。

「まだ確かではありませんが、どうにも連中のやる事がおかしい気がします」

「おかしいとは？」

「あくまで私見ですが、彼らは本当に妃殿下を暗殺するつもりだったのでしょうか」

「何？」

考えてみればおかしな点だらけなのだ。カールシュテイン島を襲撃された時はあわや、というところだったが、あの時アンネゲルトが船から下りる予定はなかったと聞いている。

つまり、本来なら襲撃者は島へ上陸してもアンネゲルトに接触する事は不可能だったのだ。

ただ、襲撃者達は島に上陸した後で船に潜入するつもりだったのかもしれない。あの船は見た目だけなら普通の帆船だから、どこかに隙があると思っても不思議はなかった。

お茶会に毒入りの菓子が差し入れられそうになった件も、アンネゲルトを狙ったにしては手口がお粗末だ。

茶会の場には主催のエーベルハルト伯爵夫人もいたし、何より、犯人が王宮に入るのに名前を使ったと思われるアレリード侯爵夫人本人もいたのだ。すぐに異変に気付かれて適切な処理がなされた事だろう。

いずれにせよ、成功すれば儲《もう》けもの程度の気持ちで仕掛けているようにしか見えない。

それを説明すると、アルベルトは顎《あご》に手を当てて考え込んだ。

「報告書には、それ以外にも細かい話があったようだが……」

「はい。海から船への侵入を試みた形跡があるそうですが、どれも失敗に終わっています」

その結果、侵入者達がどんな目に遭っているかは、想像したくない。彼らが生きて捕らえられた場合、行き先はリリーの研究室だ。

「どれも本気で仕掛けていないという事か……では目的は何だ？」

「そこまではまだ」

単に、アンネゲルトに対する嫌がらせなのだろうか。それにしては行きすぎている気がするし、命を狙っているにしてはどれも手口がお粗末だった。

アルベルトは眉間に皺《しわ》を寄せて黙り込む。エンゲルブレクトが国王の出方を窺《うかが》っていると、彼はおもむろに口を開いた。

「あれこれと調べているようだが、他におかしな動きをしている者はいないか？」

アルベルトの言葉に、内心ぎくりとする。まさかここでアルベルトの従兄弟《いとこ》――ハルハーゲン公爵の名を出す訳にはいかなかった。

「今のところは」

エンゲルブレクトがいくら王太子妃護衛に関しては国王の代理人という立場とはいえ、確たる証拠もないのに王族を疑う事は出来ない。エンゲルブレクトは口をつぐむ外《ほか》なかった。

アルベルトはそれ以上問い詰める事もせず、話を切り上げる。

「そうか。ご苦労だった。下がってよい」

「失礼いたします」

エンゲルブレクトはアルベルトの私室から退室した。それなりに緊張していたらしく、扉が閉まるのを感じた途端、口から溜息が漏れる。

エンゲルブレクトは廊下を足早に進んだ。副官のヨーンは、師団時代に使っていた執務室で待たせている。彼と合流する為に師団の隊舎へ向かった。


エンゲルブレクトが王宮から船に戻ったのは、夕食時を大きく回った時刻だった。元々食事はいらないと伝えてあったので問題はないはずだったのだが――

「遅いよエンゲルブレクト。君をずっと待っていてあげたのに」

エンゲルブレクトの私室の真ん中で、エドガーが腰に手を当てて怒りの表情で出迎えたのだ。ここに出入りを許されているのは部屋の掃除をする従僕くらいだというのに、まさか船に戻って真っ先に見る人間が彼とは。

「……お前と何か、約束でもしていたか？」

「ううん。君が今日王宮に呼ばれていたのは知っていたから、帰ってくるのを待っていたんだよ。一緒に夕食を食べようと思ってさ。なのにこんなに遅くなるなんて」

「まだ食事をしていなかったのか？」

「いや、とっくに食べ終わったよ。だってお腹空《す》くじゃない」

エドガーとの会話で、今日一日分の疲労がいっぺんに襲ってきたように感じられる。

彼の態度はいつもの事だが、精神的に疲れているこんな日はやめてほしかった。

色々なものを堪《こら》えつつ、エンゲルブレクトは呟く。

「とりあえず、今日はもう遅いから妃殿下へのご挨拶《あいさつ》は明日の朝にする」

「そうだね、それがいいと思うよ」

内心、偉そうに言うなと思ったが、口に出すだけの気力はなかった。

そういえば、とエドガーがエンゲルブレクトに報告をする。

「今日はこのまま泊まっていっていいんだってー」

いつの間にやら宿泊する権利をもぎとっていたようだ。エドガーらしいと言えばらしい。

「で？　あてがわれた部屋ではなく私の部屋にいるのはどういう事だ？」

エドガーを放っておいて入浴を済ませたエンゲルブレクトは、部屋着に着替えている。見ればエドガーの方も軽い服装だ。彼にあてがわれた部屋も、隊員と同じこのフロアにあるはずだから、問題はないのだろう。

エンゲルブレクトの言葉に、エドガーはきょとんとした表情で返してくる。

「そんなの、話があるからに決まってるじゃないか。あ、グルブランソンも来るから」

その言葉が終わるか終わらないかというタイミングで、エンゲルブレクトの部屋の扉がノックされた。何だかせわしない叩き方である。

開けた扉の向こうには、息を荒らげたヨーンが立っていた。彼は手に紙切れを握りしめている。

エンゲルブレクトが紙切れの事を問いただす前に、ヨーンはエンゲルブレクトの背後にいるエドガーに食ってかかった。

「エドガー様！　ここに書かれているのは本当ですか⁉」

「んー？　どうだろうねー？」

エドガーがヨーンを呼び出すのに、何やら書きつけを送ったらしい。何が書かれているのかわからないが、ヨーンがその内容を真に受けてここまで来たという訳だ。

「グルブランソン……エドガーに踊らされているぞ」

「願いが叶うならいくらでも踊りますとも！」

そう言うヨーンの目は必死だった。

「まあまあ、入りなよ」

「誰の部屋だと思ってる」

「失礼します、隊長」

すっかりエドガーのペースだ。エンゲルブレクトは苦々しく思いながらも、副官を追い出す気にもなれずにいた。

「エドガー様！　彼女を口説く方法を早く教えてください！」

どうやらヨーンは、ザンドラを落とす方法を教えるというエドガーの甘言に乗せられたようだ。

「ああ、あれね。君、ちょっと彼女を追いかけ回しすぎだよ。そういうのは相手に悪い印象しか与えないって、知ってる？」

呆れた様子で言うエドガーに、エンゲルブレクトはぎょっとして副官を見た。特に否定をしないという事は、エドガーの言葉通り、ヨーンはザンドラを追いかけ回していたのだろう。

「お前……そんな真似をしていたのか？」

一体いつ、ザンドラを追いかけ回していたのか。ヨーンはエンゲルブレクトの副官という立場上、常に上官と行動を共にする。姿を見ない時などないと思っていたが、実際には暇を見つけてはザンドラのもとに通い詰めていたようだ。

「他の男に取られては困ります。私という存在を彼女にしっかり知ってもらわなくては」

ヨーンは胸を張って主張している。いつからそこまで思い込むようになったのかさっぱりわからないエンゲルブレクトは、首を傾げるばかりだ。

血走った目をしているヨーンに、エドガーは冷静に言い放つ。

「やりすぎだって。おかげで逃げられてばっかりじゃない」

ヨーンもエドガーの言葉に心当たりがあるのか、ショックを受けて肩を落としている。

そこへ、エドガーはさらにたたみかけた。

「大体さあ、君みたいに図体のでかい男が必死な形相で追っかけてきたら怖いでしょ？もう少し相手の事も考えてあげなよ。特に彼女は小柄なんだから」

「怖い……」

「彼女だってやる事があるんだし、四六時中追いかけられたら苦痛にも感じるって」

「苦痛……」

「しかも、自分は何とも思っていない相手なのに主《あるじ》の護衛をしている人物だから無下に扱えないなんて、最悪だよね」

「最悪……」

そろそろエドガーの口を押さえないと、ヨーンが再起不能になりかねない。今にも床にくずおれそうである。

「エドガー、その辺りで――」

「どうすればいいか、聞きたい？」

エンゲルブレクトが「やめておけ」と続けようとしたのを横から奪う形で、エドガーは満面の笑みを浮かべ、ヨーンに言った。

その一言の効果は絶大だった。

「ぜひ！」

エンゲルブレクトは自分の副官がエドガーに操られている事に、沈痛な面持ちで頭を抱えた。

結局、その後は三人とも部屋に備えつけのソファに座って、酒を片手に額《ひたい》を突き合わせていた。

「要はさ、相手の迷惑にならないようにアピールすればいいんだよ」

エドガーの助言に、ヨーンはどこから出してきたのか紙片を片手に真剣な顔で聞き入っている。

「具体的には？」

「それは自分で考える……って言いたいけど、それが出来ないのが君だよねえ。まずは追いかけ回すのからやめようか」

ヨーンの動きが止まった。そんなにあの小さな侍女を追い回したいのか。確かに以前それらしい事を言っていたが、まさかここまで重症とは思わなかった。

——自分の部下が恋狂いとは……

それでも職務に支障を来《きた》さないのはさすがである。もっとも、支障が出た時点でエンゲルブレクトが止めるのをヨーンも察していたのだろう。

エンゲルブレクトの目の前で、エドガーによる侍女殿攻略講座は続いていた。

「しばらく仕事に専念してみなよ。大抵の女性は仕事の出来る男性を好ましいと思うから」

「それで本当にうまくいくんでしょうか。他の男に取られたら目も当てられません」

ことあの侍女については、ヨーンはとことん弱気になるようだ。その自信のなさが、彼女を追いかけ回すという奇行に駆り立てているのかもしれない。

気弱なヨーンを眺めながら、エドガーは軽い口調で続けた。

「でもこのままだったら、確実に悪印象しか与えないよ？　それって彼女に恋愛対象として見てもらえない事に繋がるけど」

確かに、追い払っても追い払ってもしつこく追ってくる相手に、恋愛感情など持ちようがない。

改めて現実を突きつけられたヨーンはがっくりとうなだれている。普段は誰に対しても頓着《とんちゃく》しない男にしては珍しい反応だ。

「まあ、ほら。元気出しなよ。幸い彼女は妃殿下の側仕えで、君は妃殿下の護衛隊隊長の副官だ。真面目に仕事を頑張っていれば、見直してもらえる機会もあるよ、きっと」

どう聞いても口から出任せとしか思えない言葉なのに、ヨーンにとっては福音《ふくいん》に聞こえたらしい。彼は希望に満ちた目でエドガーを見つめている。

「ありがとうございます！　エドガー様。頑張ります」

「うん、頑張ってねー」

どこまでも軽いエドガーに、エンゲルブレクトはそっと耳打ちした。

「いいのか？　あんな適当を言って」

「いいのいいの。仕事に対してやる気を出してくれたんだから、いい事じゃない」

それはいいのだが、結果的にザンドラに振り向いてもらえなかった場合が怖い。下手にやる気を出している分、振られた時にその反動が一挙にくるのではないか。

「まあ、僕らは温かく見守ってあげようよ」

ヨーンの片想いをか、それとも振られる様子をか。エドガーの事だから後者だろう。だからといって、エンゲルブレクトに出来る事はなかった。エドガーの言う通り、見守るくらいしか手はないのだ。

——情けない限りだな。

とはいえ、色恋沙汰に他人が首を突っ込むものではない。妙にやる気をみなぎらせているヨーンと、彼をにこやかに眺めているエドガーを前に、エンゲルブレクトは重い溜息を吐く。

ヨーンへの恋愛指南が終了した後、そのままエンゲルブレクトの部屋で簡単な酒宴が開かれた。

酒のビンとグラスを前にした三人は、既に結構な量を飲んでいる。

今夜は宿泊が決定していて帰りの事を心配する必要がないせいか、エドガーの酒量はいつもより多い。

「思うに、妃殿下は素直な方だよね」

エドガーが唐突に話し出した。その脈絡のなさに、エンゲルブレクトもヨーンも面食らっている。

「何だ、急に」

「うん、いやさ。普通なら素直っていうのは美点になるんだけど、社交界ではどうかなって」

「ああ……」

この一言にエンゲルブレクトも納得する。社交界などというところは、いわば化《ば》かし合いの場だ。中には誠実に対応している人物もいるのだろうが、それは少数派だった。

「素直っていうのは、他人だけでなく自分自身にも素直って事なんだよね。それだと社交界での付き合いには支障が出るよ」

煮ても焼いても食えない相手から有利な情報を引き出し、かつ、こちらの不利な事情を掴まれずに付き合わなくてはならない。確かに素直な性格のアンネゲルトには、荷が重いように感じられる。

それでも、彼女の立場上こなさなくてはならない。目的があるならなおさらだった。

「今から性格を変えてもらう事など出来まい？」

エンゲルブレクトの言葉に、エドガーは緩く首を横に振る。

「性格そのものを変えなくても、対処法を知って実践出来れば問題はないよ。まあ、それはあのお付きの女性……ティルラ嬢だっけ？　彼女かアレリード侯爵夫人辺りにお願いするしかないかなあ」

しっかり者のティルラと、女傑《じょけつ》と呼ぶべきアレリード侯爵夫人。どちらも味方としては心強いが、本人達が強力な分、アンネゲルトにも相応の結果を求めそうだ。

「お立場がお立場なのですから、そこまでしなくともいいのでは？」

「甘いよ、グルブランソン」

ヨーンの疑問に、エドガーは少し厳しい声で返した。酔いが回っているせいか、仕事の時の顔が覗いている。

「王太子妃というお立場だからこそ、社交術が問われるんだ。妃殿下の態度一つで、王国と帝国の関係性まで変わりかねない。その事もちゃんと理解なさっているといいんだが」

「わかってくださってるさ」

アンネゲルトは、魔導特区とやらをこの国の為に作ろうとしているのだ。それはつまり、この国の行く末を真摯《しんし》に考えている証拠ではないのか。

それに、苦手な社交を頑張ろうとしている姿を、側にいるエンゲルブレクトもよく知っていた。彼は好き放題に言っているエドガーに、段々腹が立ってくる。

「社交に関しては、今年のシーズンは無事終えられたではありませんか。そこまで心配する理由はなんですか？」

ヨーンは先程までの昂《たか》ぶりはどこへやら、普段通りの感情を見せない声音でエドガーに質問していた。これで相当量の酒を呑んでいるのだから、恐れ入る。

ヨーンの言う通り、アンネゲルトは参加した全ての社交行事をそつなくこなしていたはずだ。まだ完璧とは言えないかもしれないが、十分合格点だとエンゲルブレクトは主張したい。

しかし、エドガーは不満のようだ。

「今年のシーズンって言ったって、実質半分も出ていないだろ？　嫁《とつ》いで来られて早々に王太子殿下に王宮から追放されちゃったんだから」

「それはそうですが……」

ヨーンが言葉に詰まる。エンゲルブレクトも、口ではエドガーに勝てない。だからこそ怒りが蓄積していく気がした。

当のエドガーは、眉間に皺《しわ》を寄せて考え込んでいる。酒のせいなのか状況のせいなのか、彼にしては珍しい表情ばかりしていた。

「それに、心配する理由があるんだよ」

「何だと？　それを早く言え」

どうやら、彼はアンネゲルトを貶《おとし》めたいのではなく、心配からあれこれ言っていたらしい。急に態度を変えたエンゲルブレクトに、エドガーは苦笑した。

「僕が言わないのは、確定している情報じゃないから。まあ、いっか。実はね、来年のシーズンは荒れそうなんだよ」

来年の社交シーズンは、アンネゲルトも最初から参加すると決まっている。今年は、いわば慣らしのようなものだったのだ。

エドガーの言葉に、エンゲルブレクトは背筋に嫌な汗が流れるのを感じた。情報通な彼の事だ、自分達が知らない何かを得ていてもおかしくはない。

「……根拠は？」

「司教が戻ってくる」

エンゲルブレクトの短い問いに、エドガーも短く答えた。その内容に、エンゲルブレクトとヨーンは首を傾げている。一体何が問題なのか。それ以前に――

「司教？　どこかに行っていたのか？」

エンゲルブレクトは聖職者の動向までは関知していない。彼の問いに、何を言ってるんだと言わんばかりの表情をしていたエドガーは、大仰《おおぎょう》に額《ひたい》に手を当てて天井を仰《あお》いだ。

「あーそっかー。君達もあまり社交界には関わっていないもんねー。王都の大聖堂の支配者、と言えばいいのかな。彼は妃殿下が嫁いでくるちょっと《とっ》前に教皇庁に行ってるんだよね。名目は勉強の為だって」

「それがどうかしたのか？」

教会の総本山は、ここから遥《はる》か遠くの教皇庁だ。聖職者ならば、彼《か》の地で開かれる勉強会に参加したところで不思議はない。それが終わって帰国するというのだろうが、そのどこに問題があるというのか。

意味がわかっていない様子のエンゲルブレクトとヨーンを見て、エドガーは首を横に振りながら深い溜息を吐いた。

「あのねえ。教会といえば、陛下が真っ向勝負を仕掛けたところだろ？　この国の教会は魔導を受け入れない。その教会の親玉が今度帰ってくる司教なんだよ。まさかここから話さないといけないとは思わなかったなー」

エドガーは遠い目をしつつ、乾いた笑いをこぼしていた。

五　イゾルデ館襲撃事件

　社交行事はなくとも、王宮は動いている。その王宮からアンネゲルトに呼び出しがあったのは、一月の末だった。

「手続き？」

「ええ。島と離宮の所有権譲渡の事務手続きだそうです」

「今更？」

「ええ、今更」

　ティルラから言われた内容を反芻《はんすう》して、アンネゲルトは天井を仰《あお》いだ。世界が違ってもお役所仕事というのはこういうものなのだろうか。

　島の所有権をもぎ取ったのは、社交シーズンが終わる少し前だ。今はそれから数ヶ月経ち、年も改まっている。

「その、事務手続きの為に王宮に行かなければならないのね？」

「はい。王宮側は社交シーズンが始まってからでも構わないと言ってますが」

「こういった事は、早めの方がいいものね。いいわ、行きます」

どうせ他に予定がある訳でもないのだ。ちなみに、よく遊びに来るクロジンデは今、夫君と共に帝国に里帰りしている。あの夫婦にとっては久しぶりの帝国だそうだ。

『お土産《みやげ》は期待していてくださいませね』

そう言って微笑んでいたクロジンデを思い出す。今頃はアンネゲルトの母である奈々や皇后シャルロッテ辺りと時間の許す限り遊んでいるのだろう。無論、遊ぶ為に帰っている訳ではないので、やる事はしっかりやっていると思われるが。

そんな訳で、船に遊びに来る人間もほぼいない状態だ。たまにユーン伯エドガーが訪れるくらいである。

王宮へ行く日程はすぐに組まれた。事務手続きに時間がかかった割には、素早い対応である。

訪れた王都には雪が降り積もっていて、足下が心許ない。それでも港から王宮までの道は、雪かきが行われていて、幾分通行しやすくなっていた。

相変わらず馬車の周囲は、騎乗した護衛隊隊員が囲んでいる。その中に、エンゲルブレクトとヨーンの姿もあった。馬車の窓から見る王都は、曇天《どんてん》模様の空の下に妙にカラフルな建物が強調されて見えて、以前と少し違う印象に思える。

「何だか違う街のように見えますね」

馬車に同乗しているティルラの感想に、アンネゲルトはそうねと微笑んで返した。

王宮での手続きは、数枚の書類にサインしただけで終わりだ。

「本来でしたら、この程度で妃殿下にご足労いただく事もないのですが――」

王太子妃という存在は、通常なら王宮にいるはずなのだから役人の言葉にも頷ける。アンネゲルトのせいではないが、何だか申し訳ない気分になった。

滞在時間わずか数分で王宮から退出する事になったアンネゲルトは、港へは戻らず手を入れたばかりのイゾルデ館へ向かう。今日からこの館で三泊する予定なのだ。

工房の職人が頑張ったおかげで家具は全て搬入され、生活に支障のない環境が整っている。

「考えてみれば、こちらに来てから王都の見物もしていないのだもの。いい機会だから、少し見て回りたいわ」

王都の観光シーズンは、社交シーズンと同じで春先から秋口までだ。冬は人がいなくなるので、王都といえども、もの寂しくなるという。

だが、その風情《ふぜい》を楽しむというのも手だ。アンネゲルトは、夏は苦手だが冬はそれほど嫌いではない。

「ついでにイゾルデ館の設備がきちんと稼働しているかどうか、チェックしておきましょうね、リリー」

「はい、ティルラ様」

ティルラとリリーの笑顔に、アンネゲルトはちょっと背筋が寒くなった。特製の馬車は室温が完全に制御されていて、寒く感じる事などないはずなのに。

続くリリーの言葉に、寒気がさらに増した。

「アンネゲルト様にはほんの少しだけ、実験にご協力いただければと思います」

「……実験？」

「はい」

リリーの笑顔は、先程よりも一層輝いていた。

現在のイゾルデ館には、管理人代わりの帝国工兵が数人駐留している。ここが完全に無人にならないように、順繰りで駐留する事が決定しているそうだ。

「いずれはここにも小間使いを常駐させませんと」

使用人を置き、彼らを管理監督する執事なり家令なりを置く必要があるというのがティルラの意見だ。館の使用時期は限られるとはいえ、今回のようにイレギュラーで主《あるじ》が滞在する事がないとも限らない。

その使用人にスイーオネース人を使うのかどうか、帝国人を使うのであれば、いつどうやって人選を行うのか。これらは、いずれ完成する離宮の問題でもある。

アンネゲルトとティルラは、イゾルデ館の居間でこの件について話していた。

「いっそこの国の雇用創出に一役買いましょうか」

「身元調査に時間がかかりそうですね」

アンネゲルトの言葉にティルラはあっさり返すが、実際やるとなったら時間がかかるどころの騒ぎではないだろう。安全性を考えるなら帝国人を使うのが一番だが、この国の事を考えるなら地元の人間を雇うべきだ。頭の痛い問題であり、アンネゲルトは決めかねている。

イゾルデ館は、居心地のいい空間に整えられていた。船から派遣した小間使い達の労働の賜《たまもの》である。

「以前来た時とは、また印象が違うわね」

くつろぎながら周囲を見回すアンネゲルトは、そんな感想を漏らした。

「警備確認の時は、調度品がまったく入っていませんでしたから」

ティルラの言葉に、それもそうかと納得する。

「それと、例の仕掛けを少し変更したそうなので、リリーから説明を受けてください」

例の仕掛けというと、前回イゾルデ館に来た時にアンネゲルトがやりたがった「あれ」だろう。使う場面がないに越した事はないが、いざという時に使い方がわかりませんでしたではシャレにならない。

その後、リリーからいくつかの注意点を中心に、仕掛けの大まかな動きを教わった。

「暴走する危険性はないと思いますが、使い方にはくれぐれも注意なさってください」

あくまで明るいリリーの言葉を聞き、アンネゲルトはティルラの耳元に囁《ささや》く。

「本当に大丈夫なの？」

「命に関わるような事はないと思いますよ。いくら何でも、いきなり爆発炎上したりはしないでしょう」

「頼むよ本当に……」

リリーに聞かれる可能性を考えて、会話は日本語で行っている。ティルラが何かを言いかけた時、扉を開けて居間に入ってくる人物がいた。

「失礼します。外周の確認が終わりました事をご報告に上がりました」

エンゲルブレクトとヨーンだ。彼らと護衛隊の隊員は館について早々に、敷地周辺の見回りと警備の装置が作動しているかの確認に向かっていたのだ。装置の確認は護衛艦の兵士と共に行っている。

「ご苦労でした……」

自分の目の前に立って軍人の礼を執《と》る二人に、アンネゲルトは労《ねぎら》いの声をかけた。最近は、前と比べると大分ましな態度になっているが、気を抜くと視線でエンゲルブレクトを追ってしまう。かといって、意識して視線を逸らさないのも疲れるものだ。

「不審な箇所はありませんでした。装置も正常に作動しているそうです」

イゾルデ館の敷地の境界には、鉄製のフェンスを設《もう》けてある。それらに異常がなかった事も報告された。

「今日のところは問題ないようですね。今夜はゆっくりお休みください。お二方には、明日の方が大変でしょうから」

ティルラの言葉に、エンゲルブレクトは苦笑を漏らす。彼らは明日、王都にお忍びで出るアンネゲルトのエスコート役を仰せつかっているのだ。

アンネゲルトは、帝国のオッタースシュタットでやったのと同じ、小間使いの変装をする予定になっている。いくらシーズンオフとはいえ、王太子妃の姿のままで街に出るのはよくないと言われたからだ。

エンゲルブレクトとヨーンがエスコート役に選ばれたのは、王都をよく知っているのと、アンネゲルトを守れる事が理由である。

これに渋い顔をしているのは、自分も明日の同行が決まっているザンドラだ。彼女はお忍びにヨーンも来ると知ってから、眉間に皺《しわ》を刻みっぱなしだった。

ザンドラは今も部屋の隅でヨーンを警戒している。だが、どうした事かヨーンは彼女を一瞥《いちべつ》すらしなかった。これは出会い以来、初めてである。

――とうとう諦めたのかしら……

それはいい事なのか悪い事なのか。自分も恋に悩んでいるアンネゲルトとしては、出来れば諦めないでほしいと思ってしまうのだった。

冬の日は落ちるのが早い。イゾルデ館に入ってまだ二時間程度だというのに、外は既に暗くなっていた。

そんな時間帯に、船からリリーに至急の使いがやってきたようだ。

「まあ、離宮で問題が？」

「はい。それで至急戻ってほしいとイェシカから連絡がきたんです」

イゾルデ館でのリリーの仕事はほぼ終わっているので、アンネゲルトはすぐに彼女を船に戻した。

館の玄関口でリリーを見送ってすぐ、今度はティルラに使いがやってきたという。

「王宮から？　少し前に辞したばかりなのに？」

何でも、アンネゲルトの船に卸している食材の関係で問題が発生している為、話し合いの場に立ち会ってほしいという事だった。

「……偶然でしょうか？」

「どういう意味？」

ティルラは窓の側に座るアンネゲルトの隣に立って、懸念《けねん》を口にする。

「リリーが離れ、今度は私がアンナ様のお近くを離れる状況です。出来すぎていませんか？」

言われてみれば、確かに出来すぎだ。だが、イェシカがリリーを呼ぶタイミングで、ティルラを王宮に呼び出すなんて可能なのだろうか。

「これが罠なら、情報を流している人が島か船にいるって事よね？」

それはそれで問題だ。ティルラはしばらく考え込んでいる。

「……ですが、これはいい機会かも知れません」

ティルラは、この先今回のように自分もリリーも側にいないケースが発生しないとも限らないので、ここで実地訓練をしてはどうかと言い出した。

「ザンドラは置いていきますし、護衛隊の方々もいます。相手が術式を使ってくる可能性がない訳ではありませんが、その対策もございます」

そう言うと、ティルラはドレスの隠しポケットから一つの腕輪を取り出した。幅の広い地金に、蔦《つた》のような模様が彫られ、いくつかの貴石がはめ込まれているデザインだ。

「お守り代わりにつけていてください。入浴の時も外してはいけませんよ」

「つけたまま入れっていうの？」

ティルラの答えはイエスだった。

「リリーの試作品ですが、現段階で出来る限りの機能を詰め込んであるそうです」

リリーの言っていた実験とは、これの事だという。

詳しい内容までは聞かなかったが、余程の魔力持ちに攻撃されない限り、しっかりアンネゲルトの身を守ってくれるそうだ。こんな小さな腕輪だというのに、かなりの高機能らしい。

それに、ここは「アンネゲルト・リーゼロッテ号」ほどではなくとも、他の建物よりずっと安全と言えるし、万一侵入者があったとしても対応出来る。

外出の挨拶《あいさつ》の際にも、ティルラはアンネゲルトに一言残していく事を忘れなかった。

「くれぐれも、私がいない間は伯爵の言葉に従ってくださいね」

「わかってます。気をつけて行ってきてね」

アンネゲルトの答えに苦笑していたティルラは、馬車に乗り込んでイゾルデ館を後にする。その直前にザンドラに何事か囁《ささや》いていたようだ。

「ザンドラ、ティルラは何て言っていたの？」

アンネゲルトは軽い気持ちでザンドラに聞いてみた。すると、意外にもしっかりした答えが返ってくる。

「もしもの時は、アンネゲルト様の御身を最優先にするようにと言いつかりました。それと、出来る範囲で構わないので、侵入者は殲滅《せんめつ》するようにとも」

想定以上の内容だった。顔色を変えるアンネゲルトに、ザンドラは普段通りに眠そうな目を向けている。

「私の仕事はアンネゲルト様の御身を守る事です。私の持つ技術が役に立つと、皇帝陛下が直々に仰《おっしゃ》いました」

感情が窺《うかが》えないその言葉に、アンネゲルトは以前聞いたザンドラの実家について思い出した。彼女の祖父の代まで、暗殺を生業《なりわい》としていた一族。ザンドラも幼い頃から、一族に伝わる暗殺技術を叩き込まれているという。

「ザンドラが頑張らないで済むのを、祈っておくわ」

それはつまり、何事も起こらないようにという意味だ。だがこういう事を口にすると、真逆の結果がやってくるものである。

案の定、事件はその夜に起こった。

イゾルデ館に警報が鳴り響いたのは、夕食が終わった午後七時半である。それと同時に、アンネゲルトの私室の窓のシャッターがガシャンと音を立ててあっという間に下りる。

「な、何事？」

私室のソファでくつろいでいたアンネゲルトは、驚いて立ち上がった。その時、部屋の明かりが落ちる。

「え？　え？」

シャッターのせいで真っ暗闇だ。自分の手さえ見えない真の闇というのは、そうそう経験するものではない。

どういう事なのか、何が起こっているのか。パニック状態のアンネゲルトは、部屋の中で立ち尽くしていた。

どれだけそうしていたのか、部屋の扉を叩く音が響く。

「妃殿下！　ご無事ですか!?　失礼します！」

エンゲルブレクトの声だった。廊下の窓から差し込む月明かりでかろうじて見える扉の向こうには、エンゲルブレクトとヨーンが立っていた。二人の表情は硬い。

「隊長さん。副官さんも。あの、この警報は？　どうして明かりが消えたの？」

緊急事態のせいか、アンネゲルトは何も意識せずにエンゲルブレクトに駆け寄った。先日、安全確認をした時にいくつか警報の種類を聞いているが、これは聞いた事がない。一体何の警報なのか。

だが、エンゲルブレクトも状況を把握している訳ではないらしい。

「わかりません。ですが、何事かあったのは確実かと――」

不意に部屋の明かりが点いた。明るさが戻った部屋で、アンネゲルトはいつの間にか掴んでいたエンゲルブレクトの袖を慌てて離す。

「ご、ごごごめんなさい！」

動揺のせいでどもる口で何とか謝罪をするが、エンゲルブレクトは周囲を警戒していて、アンネゲルトの声も耳に入っていない様子だった。

「アンネゲルト様」

そんな中、またもや扉から人が入ってくる。非常用のカンテラを持っている小柄な人影はザンドラだ。

「ザンドラ！　何があったの？」

「先程警備室から連絡がありました。何者かの侵入を受けたそうです。アンネゲルト様には、速やかに庭園の避難所へ避難していただきます」

イゾルデ館の庭には石造りの東屋《あずまや》がいくつかあり、そのどれも周囲に十二体の彫刻が設置されている。安全確認の時に、その東屋《あずまや》が避難所になっていると聞いていた。

「でも、侵入者なら館の中にいれば安全なのではなくて？」

館の中の仕掛けも、以前見せてもらっている。ここから動かない方が、庭に出るよりも危険度は低いのではないだろうか。

だが、ザンドラの返答は、アンネゲルトにとって予想外のものだった。

「いいえ。現在、館のほとんどの設備が破壊されている状態です」

「破壊？」

ザンドラは冷静な様子で頷く。詳しい手段はわからないが、今この館は丸裸状態らしい。これ以上ここに留まるのは危険というのが、警備室の判断だそうだ。

「庭園の避難所ならば、時間が稼げるそうです。ですから、そこへ――」

ザンドラの話の途中で、シャッターの向こうからガンガンという音が響いてきた。何か重い物で戸を叩いているようだ。

「妃殿下、こちらへ」

「あ、待って！」

厳しい表情で手を伸ばしてくるエンゲルブレクトを制して、アンネゲルトはおもむろに着ているドレスに手をかけた。

「ひ、妃殿下！　何を――」

「こうした方が動きやすいから！」

さすがのエンゲルブレクトもぎょっとしている。それはそうだろう、目の前でドレスを脱ぎ出す貴婦人など、そうはいまい。

アンネゲルトはお構いなしにドレスの前を開け、スカートを外してどんどん脱いでいった。急がなければ、自分だけでなくこの場にいる全員の命が危ない。

ザンドラはいつの間にかアンネゲルトの後ろに回って、ドレスを脱ぐのを手伝ってくれた。あれよあれよという間に布の塊《かたまり》が取り去られ、クリノリンとコルセットも外す。

ドレスの下から現れたのは、船でよく着ているタイプの普段着で、上は薄手の機能性ウェア、下はスキニーパンツだ。

「後は……っと」

ぶつぶつと呟きながら、アンネゲルトはクリノリンにくくりつけていたスニーカーを外す。いつでもハイヒールから履き替えられるように、ひもを使って結びつけておいたのだ。踊る時には邪魔になるので、舞踏会にだけはつけていかなかったが。

スニーカーに履き替えて、つま先をとんとんと床に打ちつけて着替えは終了だ。

「これでいいわ」

帝国の実家、アロイジア城での避難訓練の際に思いついた事を、こんなところで生かすとは思わなかったが、おかげでハイヒールで走る事態は避けられそうだった。

エンゲルブレクトの誘導に従い、アンネゲルトとザンドラは部屋を出る。最後にヨーンが出て扉を閉めた。走る途中で、ザンドラが淡々と伝えてくる。

「お急ぎください、アンネゲルト様。避難経路は隠し階段を使って三階まで上り、テラスから芝生の装置をお使いください」

隠し階段は二階にある衣装部屋の奥にある。その階段でのみ、三階へ向かう事が出来るのだ。三階には、屋根の上にちょっとしたテラスが設《もう》けてある。

その芝生の装置というのが、以前イゾルデ館に来た時にアンネゲルトも試したがったものだ。まさかこんな形であの時の望みが叶うとは。

「待って、その装置は生きているの？」

ふと疑問を覚え、アンネゲルトが問いかける。先程、ザンドラ自身が館の警備装置が無効化されていると言ったではないか。あの芝生の装置も、警備装置の一つだ。

ザンドラは小さく頷いて答える。

「はい。芝生の装置は避難所と同じ系統から魔力供給がされている為、まだ襲撃者に破壊されていないそうです。皆様の事も登録済みだと伺《うかが》っています」

敵は先に魔力供給源を破壊し、それから各警備施設を攻撃しているらしい。芝生や東屋《あずまや》の魔力供給源は単独のものなので、破壊を免《まぬが》れているという事か。

「既に館の中と外で戦闘が始まっています。敵の人数が多いので、長く館の中にいるのはよくありません」

確かに、耳を澄《す》ませば人の声や金属のぶつかり合う音が聞こえてくる。ザンドラは目を閉じてその音を聞いていたが、やがて目を開き、エンゲルブレクトの方を向いた。

「閣下、アンネゲルト様をお任せしてもよろしいですか？」

普段の眠そうな目をした彼女はどこにもいない。鋭い目つきをしたザンドラを見て、エンゲルブレクトは一瞬驚きの表情を浮かべたが、すぐに軍人らしい顔つきに戻る。

「わかった」

「では、避難所までお願いします。後ろは私が守りますので、まずは北よりの衣装部屋へ向かってください」

それだけ言うと、ザンドラは扉を全開にした。

らせん階段を使って二階に上り衣装部屋に駆け込む。部屋に入るとザンドラが先に進み、並ぶクローゼットの中を奥まで進んだ。

「隠し階段は、この扉の奥です」

ザンドラの指示に従い、ヨーンがクローゼットの扉を開けてドレスの奥にある板を動かしたところ、その向こうに階段が現れる。

「急ぎましょう」

エンゲルブレクトを先頭に、アンネゲルト、ヨーン、ザンドラの順で狭い階段を進んだ。階段は狭く急なもので、アンネゲルトは手すりにつかまりながら小走りに上る。息が上がるのは普段の運動不足のせいだろうか。

「敵の大部分を館内に封じる事に成功したそうです」

後方からザンドラが報告してきた。その内容に疑問を感じたアンネゲルトは、足を止めてしまう。

「封じるって、どういう事？」

「敵を館内におびき寄せて、罠にかけたようです」

「じゃあ、もう避難しなくてもいいの？」

「……少しお待ちください」

アンネゲルトとザンドラは狭い階段で、大柄なヨーンを挟んで会話している。彼は壁際に体を貼りつけて、アンネゲルト達の邪魔にならないように気遣ってくれていた。

——後でザンドラにアピールしておいてあげようっと……

携帯端末で警備室と連絡していたらしいザンドラが、アンネゲルトに向き直る。

「避難は続行だそうです。敵の一部が封鎖を突破したと連絡がきました」

「え!?」

「お急ぎを」

状況は徐々に悪くなっている気がするのに、ザンドラの淡々とした様子を見ているとパニックにならずに済むから不思議だ。

「妃殿下、参りましょう」

エンゲルブレクトに促《うなが》され、アンネゲルトは再び狭い階段を上り始めた。

階段の突き当たりには、小さな扉がある。一行はそこを開け、館の屋上に設置されたテラスに出た。

「ここから下りればいいのよね」

アンネゲルトはテラスの端に寄って下を覗き込む。館と庭園の間には芝生が整えられていて、そこだけ周囲から浮いて見えた。

改めて上から見ると、結構な高さがある。警備の確認でイゾルデ館に来た時には、ここから兵士が飛び下りたのだ。もちろん、彼には傷一つなかった。

登録されている人物がこの場所から芝生に降下すると、重量軽減の術式が働いて、衝撃をほとんど感じずに降下する事が可能なのだ。

──やっぱり、あの時一度飛び下りておけばよかった……

精神的に余裕がある時に経験しておけば、今、こんなに恐怖心に駆られる事もなかったろうに。

ごくりと生唾を呑み込むアンネゲルトに、エンゲルブレクトが声をかけた。

「妃殿下、まずはグルブランソンを先行させます。彼が無事着地しましたら、後に続いてください」

「え!?　それじゃ……」

リリーが何度も安全確認をしているとはいえ、まるでヨーンを実験台にするようではないか。

「万一の為です。グルブランソン！　頼んだぞ！」

「了解しました」

無表情のまま、ヨーンはテラスの端から芝生めがけてダイブした。思わず顔を逸らして目を瞑《つぶ》ったアンネゲルトは、エンゲルブレクトにしがみつく。

鉄壁と思っていた帝国の魔導技術が破られたのだ、目の前の仕掛けも破壊されていない保証はない。動揺するなという方が無理だった。

震えるアンネゲルトの肩を、力強い腕が抱きしめる。その瞬間、恐怖心が吹き飛んだ。

「妃殿下、この命に代えましても必ずお守りいたします」

エンゲルブレクトは、アンネゲルトの耳元で囁《ささや》いた直後、彼女を横抱きに抱き上げる。いきなりの事でバランスを崩しそうになり、アンネゲルトは慌ててエンゲルブレクトの首にすがりついた。

混乱するアンネゲルトは、エンゲルブレクトがテラスを移動しているのに気付く。まさか、このままダイブするつもりなのか。

「あ、あの、た、隊長さぁあああ！」

下りるなら一人で行くと言おうとしたアンネゲルトの言葉は、途中から悲鳴に変わる。エンゲルブレクトが彼女を抱えたまま飛び下りたのだ。

アンネゲルトは恐怖心で目をぎゅっと閉じたまま、エンゲルブレクトの首にしがみつ

いていた。

「グルブランソン！　敵はいるか？」

「十人ほど確認しました」

「悪いが先陣を切ってもらうぞ」

アンネゲルトの耳に、エンゲルブレクトとヨーンの会話が届いたが、まだ頭がよく動かないせいで、うまく理解出来ない。いつの間にか着地していたようだ。

ショックでぼんやりしていたアンネゲルトは、相変わらずエンゲルブレクトに抱えられたままだった。

「あ、あの――」

「しゃべらないで！　舌をかみますよ」

そう言うと、エンゲルブレクトはアンネゲルトを抱えたまま走り出す。背後にはいつの間にか下りていたザンドラがいた。

下ろしてくれれば一人で走ると言いたいのだが、多分、今下ろされても腰が抜けて走れないだろう。足が震えているのが自分でもわかる。

何より、こんな時だというのにこの状況にときめいている自分がいた。

――そんな場合じゃないのはわかっているんだけど！　でも、これって乙女の夢よね。

決して軽くないアンネゲルトを抱えながら楽々と走るエンゲルブレクトの逞《たくま》しさに、アンネゲルトの胸は高鳴りっぱなしだ。状況が違えば、ロマンティックなシーンだっただろうに。

今のアンネゲルトに出来るのは、なるべくエンゲルブレクトの負担にならないようにおとなしくしている事だけだった。

二人の前をヨーンが、後方はザンドラが守っている。両脇は生け垣がある為、敵も来られないらしい。館から東屋《あずまや》までは、直線距離で約二百メートルある。普段の状態で全力疾走しても、アンネゲルトでは一分以上かかる距離だ。

この状況ではそれ以上に感じる。というより、実際にかかっているのだろう。

——いくら隊長さんが逞《たくま》しいからって、人一人抱えて走ってるんだもんね。私そんなに軽くないし……

しかも、前後から敵が斬りかかってくる状況下だ。怖いので目を閉じてしまったアンネゲルトの耳に、ヨーンとザンドラが斬り倒しているのか、敵の苦悶《くもん》の声が時折飛び込んでくる。

永遠にも感じた時間は、やがて終わりを迎えた。

「東屋《あずまや》まで来ました。もう大丈夫ですよ」

走っているらしき振動がなくなり、エンゲルブレクトの声が降ってくる。アンネゲルトはそこでようやく目を開けて周囲を見た。

ドーム型の屋根を持つ東屋《あずまや》は、古代の神殿を思わせる太い柱で囲まれている。そこを中心に、等間隔で女神を象《かたど》った彫刻が置かれていた。

それらを眺めている間に、なめらかに視界が上がっていく。周囲を見回したところ、自分達の位置が上昇しつつあるのだと気付いた。

「え？　ええ？　えええええ？」

パニックのアンネゲルトは、ろくな言葉が出てこない。どうやら、東屋《あずまや》は振動一つ感じさせずに地上十メートル以上の位置まで上がったようだ。

実に見晴らしがいいのだが、ここの周囲には柵一つないので、落ちたら大変な事になる。アンネゲルトは無意識のうちに、自身を抱えているエンゲルブレクトにすがりついた。

「これで一安心です」

妙にのんびりしたザンドラの言葉が耳に入る。それに対して、エンゲルブレクトが疑問を投げかけた。

「敵が上ってくる事はないのか？」

「その対策はしてあるそうです」

そう言ったザンドラは、続けてどういう仕掛けなのかの説明をする。東屋《あずまや》は同じ直径の輪切りのパーツでを組み合わせた太い一本の柱で支えられているそうだ。それらが左右交互に高速回転しているので、しがみついてここまで上ってくる可能性は低いのだとか。

事実、下の方から何やら声が聞こえてくる。

「何だ、これは！」

「どうして停止しないんだ！　魔導は使えないはずなのに！」

「くそ！　よじ登る事も出来ない！　あの上にいるっていうのに」

彼らの目当ては、やはりアンネゲルトのようだ。改めて、胃の辺りが絞られるみたいに痛くなる。

悪態に別の声が混ざり、金属で打ち合う音が聞こえ始めた。やがてそれらも収まり、下から声がかけられる。

「隊長！　ご無事ですか!?」

どうやら、王太子妃護衛隊の隊員らしい。彼らの手で、侵入者が捕まえられたのだろう。

「問題ない！　そちらはどうだ!?」

「侵入した者達は全て捕縛しました！」

「了解した！　ザンドラ、これは下ろす事が出来るのか？」

ザンドラはエンゲルブレクトの問いに無言で頷くと、東屋《あずまや》の柱の一部をいじる。それと同時に、東屋《あずまや》全体は上がった時と同様に振動を感じさせずに下がっていった。

下にいた護衛隊員の足下には、捕縛された侵入者達が転がされている。隊員達は呆気にとられた様子でアンネゲルト達を見た後、何故か視線を逸らした。

どうかしたのかとアンネゲルトが聞こうとしたところで、背後からザンドラの声がかかる。

「アンネゲルト様、閣下、警備室から連絡です」

そう言って彼女が差し出してきたのは、携帯端末だ。スピーカー状態にしてあるらしく、向こう側のざわめきが聞こえてくる。

『姫様！　ご無事と伺《うかが》いましたが』

「ええ、大丈夫よ。問題ありません」

端末の向こう側でどよめきが起こっている。心配してくれていたのだろう。

『安堵いたしました。サムエルソン伯爵も、そちらにいらっしゃいますね？』

「ああ」

『配下の方々が侵入者の捕縛に尽力してくださいました。御礼申し上げます』

「妃殿下をお守りするのが我々の任務だ。侵入者は全員捕縛出来たそうだ」

『わかりました。これから庭園に回収班をやります』

「頼む」

回収するというのは、庭園に転がっている、ヨーンとザンドラが倒した敵の事だろうか。

『姫様、王宮のティルラ様より伝言を承《うけたまわ》っております。今日はこのまま船へお戻りくださいとの事です。王都の港まで、船が来ていると連絡がありました』

「わかりました……」

襲撃のせいで王都見物はなしになったようだ。残念だが仕方ない。溜息を吐くアンネゲルトを、ザンドラがじっと見つめている。

「？　どうかして？　……って、ああ！」

今更気付いたが、アンネゲルトはずっとエンゲルブレクトに抱えられたままだった。

◆◆◆◆

明るく豪奢《ごうしゃ》な部屋に集《つど》った人々は、一様にフードを深くかぶっていた。白地に金糸の刺繍《ししゅう》の入った上着は、彼らが社会の上流に位置する事を示している。

また、白地に金糸の刺繍《ししゅう》は、上位聖職者にのみ許された装束だった。

「さて、連中が失敗したようだが」

その中の一人、恰幅《かっぷく》のいい男性が口を開く。彼の皺《しわ》の寄った大きな手には、宝石のついた金の指輪が複数はまっている。

「いやはや、参りましたなあ」

「口ほどにもない連中でしたな」

「まったくで。帝国の小娘一人、始末出来ぬとは」

「帝国の小娘」とは、アンネゲルトの蔑称《べっしょう》だ。表舞台で口にすれば、それだけで不敬罪に問われるだろう。

この場にいる者達は、失敗したという割にはのんびりとしている。たかがそれくらい、と言わんばかりの態度だ。

ざわつく室内で、指輪をはめた男性がほんの少し指を持ち上げた。それだけで皆が沈黙する。

「まあ、本懐《ほんかい》を遂げずとも未遂で十分であろう。誰が誰を襲ったか、その証拠があるかどうかが重要なのだ」

男性の言葉に、室内の誰もが頷いた。実行犯はもとより、実行犯に繋がりのある者達も動かぬ証拠を出されれば言い逃《のが》れは出来ない。

王太子妃暗殺は、未遂であっても係累にまで咎《とが》が及ぶ重罪だ。教会という俗世とは隔絶した場所にいる者でも、それは変わらない。

「そういう意味では、彼らは実によく踊ってくれましたな」

「それが破滅の踊りとも知らずにな」

「ほんの少し唆《そそのか》しただけで、簡単に乗ってきましたよ」

その場に忍び笑いが響く。フードの隙間から覗く彼らの顔には、嘲《あざけ》りの表情が浮かんでいた。

自分達が仕掛けた罠にはまった人間が、その後、死を迎えたとしても彼らは笑っているのだろう。罠にはまる方が愚かなのだ、と。

「教会内の守旧派は、王太子妃を害そうとした咎《とが》で一掃されるだろう。後は我々推進派が粛々《しゅくしゅく》と魔導技術を導入すればよい」

この場の全員が、神の名の下、教会が聖別した技術のみが広まるようにすればいいのだと考えていた。本来、魔導と教会は相容れぬ存在だが、教会側が優位に立てば魔導技術の広まりを制御する事が出来る。

「そうすれば、技術が広まろうとも教会の権威は保たれる。便利なものを積極的に取り入れるのも知恵というものよ。帝国の姫も、この国の魔導の夜明けの贄《にえ》となられるなら本望であろう」

男性の指輪が、蝋燭《ろうそく》の明かりにきらりと光った。

――既に魔導技術を否定する時代は終わったのだ。これからは、いかにそれを利用するかが問われる。帝国如《ごと》きに遅れを取ってなるものか。

国王も、国を強く豊かにする為に魔導技術の導入を推し進めている。だが、王家の手によって為されては困るのだ。それは、あくまで教会の手にゆだねられるべきだった。

彼らにとって、アンネゲルトは邪魔な存在という訳ではない。ただ、敵対している派閥を陥《おとし》れ、教会内の反対勢力を一斉排除する為の道具に過ぎなかった。

今回の襲撃で彼女が死んでいれば、その死を悲劇的に祭り上げて魔導技術導入の促進剤にする予定だったのだ。生きているのなら、また別の使い道を見つければいい。

「そういえば、連中のその後はどうなったのですか？　全員天に召されましたかな？」

「あちらに捕まったらしい」

場の一人が指輪をはめた男性に質問すると、すぐに返答が来た。その内容に、全員が苦笑を漏らしている。彼ら実行犯こそが生きた「証拠」だ。

死体からでも身元は割れるが、生きていれば帝国側がどんな手を使ってでも、身元や背後関係を吐かせようとするだろう。

「捕えられた連中は、今頃は歯がみしておるだろうな。まさか、自分達の行動が自らのみならず守旧派全体にまで災厄をもたらすとは思わなかったろうよ」

テーブルについた手を組んで、男性はにたりと笑った。それに呼応するように、あちこちから含み笑いが響く。

「保守派の愚か者達と手を携《たずさ》えようとする不心得者どもには、いい薬でしょう」

「そうですな。いっその事、保守派貴族も巻き込んでくれればよいのに。彼らを一掃するいい機会です」

言っている内容は聖職者にあるまじきものだというのに、室内は談笑ムードだ。誰も自分達の言葉の不適切さに気付いてもいない。

「大体、今時魔導を禁止するなど愚《ぐ》の骨頂《こっちょう》。教皇庁でも使われている技術ではありませんか」

「ええ、知らぬは田舎の愚か者のみですよ」

笑いの波が広がる室内に、扉を叩く音が響いた。一瞬で室内が静かになる。

「何事か」

「この部屋には近づかぬよう言いつけておりましたものを。どれ」

扉に一番近かった人物が立ち上がり、訪問者を確かめる。短いやりとりの後、彼は室内を見回した。フードの下の顔には、明らかに困惑の色が浮かんでいる。

「どうしたのだ？」

指輪をはめた男性が聞くと、扉を開けた人物が何やらもごもごと言った。さらに促《うなが》したところ、やっとはっきりした返答がある。

「その、司教台下《だいか》より司祭様への呼び出しだそうでございます」

「何？　それを早く言わんか！」

指輪をはめた男性は急いで席を立ち、部屋を出ていった。残された面々はお互いに顔を見合わせている。

「何故台下《だいか》が、今夜我々が集まっているのをご存じなのだ？」

「まさか……我々の件がどこかから漏れたのでは――」

「そんなばかな！　だとしたら、この部屋にいる誰かが口を割ったという事になるぞ」

「わ、私は何も」

「わ、私だってそんな」

あっという間に、部屋の中が疑心暗鬼の空気に満ちる。残った面々がしばらく犯人捜しの真似事をしていると、退室していた男性、司祭が戻ってきた。

司祭は椅子に座り深い溜息を吐く。その様子に、部屋の面々は背筋に冷たい汗を流す。

「し、司祭様、台下《だいか》は何と？」

一人がおずおずと質問すると、司祭はそちらをちらりと見て横柄《おうへい》に返事をした。

「大事ない」

「ですが――」

なおも食い下がる人物に、司祭は椅子を蹴倒して激高した。

「何もないと言っておる！　儂《わし》の言葉が信用出来んとでも言うのか！」

「け、決してそのような……」

「ならば控えよ！」

質問した人物はすっかり萎縮《いしゅく》している。それは室内にいる他の者達も同様だった。

その様子を見て、男性は内心でしまったと思ったが表には出さなかった。部屋の脇に侍《はべ》る下男がさっと男性の椅子を戻してすぐ、再び腰を下ろす。

「こちらにお戻りになられた事を知らされただけだ。あの方は、この部屋の件はご存じない」

「この部屋」とは、部屋そのものではなく、ここで行われている会合自体を指していた。

「とにかく、台下《だいか》についてはは気にせんでいい。しばらくは我々も動けないだろうから、次の集会は当面見合わせる。その間、個人で動こうなどとはせぬように」
司祭の言葉に、部屋に集《つど》う全員が無言で頭を垂れた。

六　ここにいる理由

襲撃事件の翌朝、王都の港に停泊したままのアンネゲルト・リーゼロッテ号に、王宮からの使者がやってきた。

「イゾルデ館襲撃の件だそうです」

使者から言付けを受けたティルラが、アンネゲルトにそう告げる。国王としては、彼女の安全な姿を見ておきたいのだろう。それにしても、耳の早い事だ。

「わかりました。行きましょう」

すぐに支度して、王宮へ向かう。夕べは事件のショックを考慮して、船医からごく軽い精神安定剤をもらっていたので、寝不足にはならなかった。

「少し、厄介な事になりそうです」

王宮へ向かう馬車の中で、ティルラが説明を始める。彼女の苦い表情を見るに、少しではなくかなり厄介な内容らしい。

「王宮には、夕べのうちにわかった事は全て報告済みです。それもあって、今朝の呼び出しなのでしょう」

昨日のうちに、捕縛した襲撃者達の身元が割れたのだとか。そこで判明した、彼らの所属が問題だという。

「教会騎士団？」

「ええ、名前からわかる通り、教会所属の騎士団です」

「それって……」

「大問題ですね」

教会の、それも騎士団という武力を持った組織が王太子妃を襲ったのだ。教会そのものが罪に問われるだろう。

おそらく、これから行われる謁見《えっけん》でもその話は出る。だからティルラは事前に教えてくれたのだ。

「まさか、こんなに早く教会ともめるとはね……特区の話がどこかから漏れたのかな？」

「だとしても、こんな悪手を打ってくるとは思えませんが」

ティルラも困惑しているようだ。

「とにかく、教会に対して有利なカードを手に入れた事だけは確実です」

「うまく使いこなせるといいけど」

自分だけなら絶対に無理だな、と思うアンネゲルトだった。

謁見《えっけん》の間には国王の他に、アレリード侯爵やヘーグリンド侯爵など複数の貴族の姿もあった。彼らはシーズンオフでも領地に戻らないらしい。この場にいる者達は当然、今回の騒動を知っている。

また、アンネゲルトの後ろには、エンゲルブレクトとヨーンが控えていた。国王側から要請があった為だ。

「王太子妃、災難であったな。大事ないか？」

「はい、おかげさまをもちまして、傷一つございません。陛下におかれましては、優秀な人材を側に置いてくださった事、感謝の念に堪《た》えません」

実際、今回の事件で一番活躍したのはエンゲルブレクト以下護衛隊員達だった。彼らの存在があればこそ、警備室の人員も自分達の仕事に専念出来たのである。

アルベルトは鷹揚《おうよう》に頷き、アンネゲルトの無事を喜んだ。

「うむ。無事な姿をこの目で確認して、とりあえず安堵いたした。サムエルソン」

「は」

「そなたの作った護衛隊は見事な働きだったそうだな。褒《ほ》めてつかわす」

「もったいないお言葉、恐れ入ります」

こうしたやりとりは形式的なものだとわかっているが、エンゲルブレクトが褒《ほ》められるのは、アンネゲルトにとっても嬉しい事だった。

「時に」

一通りのやりとりが終わると、ヘーグリンド侯爵がおもむろに発言する。

「妃殿下の館を襲ったのは、教会関係者と聞き及んでおりますが、真実なのでしょうか、陛下」

「余はそう聞いておる。サムエルソン、間違いはないか」

「御意にございます」

「最近の教会は、増長ぶりが目に余ります。陛下、もうそろそろ彼らにわからせる必要があるかと存じますが」

ヘーグリンド侯爵の口調は強い。彼がどの派閥に属しているかは知らないが、相当教会が嫌いなのだろう。

「ふむ。だが今回の件は、騎士団の暴走だと言われてしまえば、それで終わりなのではないか?」

「陛下は教会に甘すぎます。線引きはなさるべきです」

いつの間にか謁見《えっけん》の間は、国王とヘーグリンド侯爵の舌戦の場になっていた。置いていかれた感があるアンネゲルトは、事態を眺めている他ない。

だが、これで少しわかった。国王アルベルトは教会と事を構えたくないらしい。その割には、スイーオネース教会が禁じている魔導技術を取り入れようとしているが。

――何か、矛盾してる？

結局、謁見《えっけん》の間での闘いは、ヘーグリンド侯爵が引き下がる事で勝敗が決した。侯爵の眉間には深い皺《しわ》が刻まれていて、不本意であると言わんばかりの様子だ。

「皆の者、大儀であった」

アルベルトの一言により、その日の謁見《えっけん》は終了した。

謁見《えっけん》の間でそう長い時間を過ごした訳ではないのに、アンネゲルトは疲労を感じていた。ああいった場の空気には、未だに慣れない。

「アンナ様、アレリード侯爵閣下からお話があるそうですから、お部屋でお待ちください」

ティルラにそう言われ、王宮内の部屋に入る。ここは元々、王太子妃となったアンネゲルトが使う為に整えられた部屋なのだそうだ。代々、王妃になる前の女性が過ごした部屋でもある。

その部屋に、国王の侍従が来た。何でも、アルベルトがティルラを呼んでいるという。

「困ったわね……今日はザンドラを連れてきていないのに」

眉を寄せるティルラに、アンネゲルトはのんびりと声をかける。

「私なら大丈夫よ。ここは王宮の奥だし、周囲には警備の兵もいるし」

廊下の角にも、扉の両脇にも警備の兵士が配置されている。茶会でアンネゲルトが毒殺されかけた一件から、警備がより厳しくなったらしい。

「ですが――」

それでも渋るティルラに、アンネゲルトはさらに続ける。

「どのみち陛下からの呼び出しは無視出来ないでしょ？　部屋でおとなしくしているから、行ってきて」

「わかりました。では、例の腕輪を外さないようにしてください」

リリーの試作品という腕輪だ。イゾルデ館襲撃事件の際には使う機会がなかったが、あれこれと機能が詰め込まれた代物らしい。

「わかってます。じゃあね」

アンネゲルトは快《こころよ》くティルラを送り出し、部屋の中央に置かれたソファに腰を下ろす。

王宮の奥にあるこの部屋は、とても静かだった。シーズンオフで人が少ないというのも、その原因かもしれない。

改めて見回した部屋の中は、重厚で豪奢《ごうしゃ》な内装と調度品、すばらしい刺繍《ししゅう》入りのカーテン、贅《ぜい》を尽くした絨毯《じゅうたん》に至るまで、全てが王宮に相応《ふさわ》しい格式を誇っていた。

それらを眺めていたアンネゲルトの目に、何かがひらりと映った。よく見ると、紫色の蝶だ。

「こんな季節に、蝶？」

ひらひらと部屋の上部を舞う姿を見ているうちに、アンネゲルトの目は蝶に釘付けとなった。それ以外の全てが、段々と遠くなっていく。

――ああ、あの蝶を捕まえなきゃ……

蝶はアンネゲルトの上を二、三回まわると、庭に続く掃き出し窓へ向かった。硝子《ガラス》をするりとすり抜けた蝶は、彼女が追いつくのを外で待っている。

アンネゲルトはぼんやりしながら窓に近づき、鍵を開けて外へ出た。今朝まで降っていた雪が庭全体に降り積もり、テラスも何もかも真っ白に染めている。

アンネゲルトは、そのテラスに一歩踏み出した。部屋履きの足下がすぐに雪で濡れたが、それにも構わずふらつきつつ蝶を追う。

紫の蝶は先導するようにひらひらと飛び、庭園の端まで来た。庭園は線を多用した造りをしており、端の方は折れ曲がった壁が続いて見通しが悪い。

その壁の陰から、人影が出てきた。

「ごきげんよう、妃殿下。このような場所でお会いする無礼をお許しください」

誰だろう。見覚えがない。ああ、それよりも、どうしてこんなに頭がはっきりしないんだろう。まるで何重もの布で覆われているみたいだ。

今も目の前にいる人物の顔がよくわからないし、声もはっきりとは聞こえない。

「蝶が……」

あの紫の蝶はどこにいったのか。それよりも、どうしてあの蝶を追いかけなくてはいけないと思ったのだろう。わからない……

人影の手が、アンネゲルトに伸ばされる。もう少しで触れるというところで、その手はすぐに引き戻された。

「ああ、残念。厄介なものをお持ちですね」

そんな事を言うと、人影は出てきた時と同様、あっという間にアンネゲルトの前から消えてしまう。

残されたアンネゲルトは、意識が遠くなっていくのを感じていた。この感覚は、どこかで経験した覚えがある。

――あ、そっか。これ、貧血になった時に似てるんだ……

アンネゲルトの意識があったのは、そこまでだった。


遠くで誰かが呼んでいる。でも、まぶたがとても重くて目を開ける事が出来そうにない。それでも自分を呼ぶ声はやまなかった。

「う……」

「アンナ様！　意識が戻られたわ！」

声の主はティルラだ。何とかこじ開けた目に飛び込んできたのは、白い天井である。

「ここ……どこ……？」

確か、王宮で国王に謁見《えっけん》した後、アレリード侯爵と会う予定だったはずだ。まだぼんやりする頭でそこまで思い出したアンネゲルトは、ティルラに呼ばれた船医による診察を受ける。

アンネゲルトがいたのは、船の医務室だった。診察の傍《かたわ》ら、何があったのかティルラから説明を受ける。

「アンナ様は庭園で倒れていたんですよ」

「倒れていた？」

「ええ。お渡ししたブレスレットの解析をしたところ、ごく弱い術式を使われていたとわかっています」

ティルラによれば、渡された腕輪にはアンネゲルトが受けた魔導的痕跡《こんせき》を記録する能力があるのだそうだ。

「あのブレスレットって、そんな機能まであったんだ……」

「アンナ様、何があったか覚えていらっしゃいますか？」

ティルラに問われて、部屋にいた時の事を思い出そうとしたが、何だか全てが曖昧《あいまい》で、どこまでが現実でどこから夢なのかもわからない。唯一はっきり覚えているのは——

「確か……部屋にいたら季節外れの蝶が飛んでいたのよ」

「蝶ですか？　この真冬に？」

ティルラに確認されて、アンネゲルトは頷く。どうして部屋に蝶がいるのだろうと思ったところまでは意識が残っていた。

「その後の事は覚えていないのよ……あ」

「何です？」

「何か全体的にぼんやりしているんだけど、庭園で誰かに会った気がする。で、その直後に貧血を起こした時と似た感覚になって、目が覚めたらここにいたって訳」

アンネゲルトの説明に、ティルラは無言で考え込んでいる。あの蝶が怪しいのだが、あれも術式で出来たものだったのだろうか。

そう言ったところ、ティルラが頷いた。

「お渡しした腕輪には、攻撃系の術式を弾く機能もあるんですが、今回の件は攻撃とみなされなかったんでしょうね。痕跡《こんせき》から解析を進めて対応するよう、リリーに伝えておきます」

「何か……怖い……」

今まで散々命を狙われ、島でも王都でも襲撃を受けたが、今回が一番怖く感じる。おそらくは「敵」が未知の術式を使ってきたせいだろう。

これまでは、どんなにピンチになっても守ってもらえると心のどこかで思っていた。だが、今回は誰も側にいないわずかな隙を突かれ、かつリリーの作った腕輪が効かなかったのだ。この先も同様の状況にならないとは限らない。

アンネゲルトが寝かされている寝台の側に膝を突いたティルラが、謝罪を口にした。

「アンナ様……申し訳ありません。あの時、お一人にさせるべきではありませんでした」

「ティルラの責任じゃないわ」

「いいえ。私の責任です。本来ならば、この命を持って罪を贖《あがな》わなくてはならないところですが——」

「ちょ！　やめてよ！　絶対」

ティルラの言葉に、アンネゲルトは勢いよく体を起こす。命で贖《あがな》うなど冗談ではない。

「今回の事態は、それほど重いのですよ。ただでさえ、イゾルデ館を襲われて日が経っていないのですし、アンナ様の心身をどれだけ傷つけた事か……」

常とは違うティルラの様子に、アンネゲルトは焦りを覚えた。まるで、このままティルラが自分の側からいなくなってしまうかのようだ。

「で、でもほら、こうして無事なんだし」

「無事とはとても言えません。実際、凍死の可能性があったんですよ」

「だけど、ティルラが見つけてくれたんでしょ？　頼むから、命で罪を贖《あがな》うなんてやめて。仕事をやめるのもなしよ。えーと……そうだ！　悪かったって思うなら、これまで通り、側で私を支えてほしい。ほら、私一人だと何にも出来ないから……ダメ？」

アンネゲルトなりに一生懸命考えた引き留めだったものの、ティルラは不意を突かれた様子でぽかんとこちらを見ているだけだ。

失敗したのだろうか。何か、もっと彼女の心に響く言葉があればいいのだが、残念ながらアンネゲルトには思いつかない。

アンネゲルトがおろおろとする前で、ティルラは少し俯《うつむ》くとすぐに顔を上げた。そこには、いつも通りの彼女がいる。

「わかりました。これまで以上、誠心誠意お仕えさせていただきます」

「！　ありがとう‼」

信頼している側仕えがいなくなるなど、アンネゲルトにとっては耐え難い損失だ。それを回避出来たようで本当によかった。

それにしても、館が襲撃された翌日に王宮でおかしな事に巻き込まれるとは。いくら何でも連続で起こりすぎである。

――もしかして、全部繋がってる？

そう疑ってすぐ、アンネゲルトはまさかそんな、と自分の考えを否定した。

医務室での検査を全てクリアして私室に戻ると、帝国の両親から通信が入っていた。

「お父さん、お母さん」

端末の画面の中には、懐かしい両親の姿がある。

『アンナ！　本当に無事なんだね？』

『怪我はない？』

どうやら、イゾルデ館襲撃の件を聞いたらしい。スイーオネースの王宮に報告しているのだから、当然帝国にもしたのだろう。

「うん、大丈夫。みんなのおかげで傷一つないよ」

あまり両親を心配させたくないし、無事なのは本当なので、アンネゲルトは努めて明るく返事をした。だが、画面の向こうの両親は深刻な表情を崩さない。

「お父さん？」

『アンナ、すぐに婚姻無効の申請をして帝国に帰ってきなさい。そのまま日本に戻っていいから』

父から言われた言葉に、アンネゲルトは自分の耳を疑う。

「え……」

アンネゲルトの頭は一瞬で真っ白になった。今、父はなんと言ったのか。

『半年で帰ってくると言っていただろう？　半年にはまだ満たないかもしれないが、申請だけでもして帰ってきなさい。審査の結果はこちらで待てばいい』

どうしよう、父は本気のようだ。だが、アンネゲルトもここで退《ひ》く訳にはいかない。

「お父さん、私、こっちでやる事があるの。だから――」

『それはお前の命と引き替えにするほどの価値があるものなのか？』

父の言葉に、アンネゲルトは咄嗟《とっさ》に答えられなかった。これまで何度も襲われて、その度にぎりぎりで助けられている。島に侵入者があった時も、もしティルラが戻るのが遅かったら、もし逃げ込んだ迷路の先にエンゲルブレクトがいなかったらどうなっていたか。

狩猟館が炎上した時も、逃げ遅れていたら巻き込まれて命を落としていただろう。イゾルデ館が襲撃された時は、帝国の魔導技術が破壊されるという前代未聞の事態が起こった。

そして、今回の王宮の庭園での一件だ。アンネゲルトは、自分が思う以上に危険な場にいるらしい事を改めて認識していた。

『元々嫁《とつ》ぐ事を嫌がっていたではないか』

「それは……何よ、お父さん達こそ、結婚させたのはそっちなのに！」

命の危険があるのを最初からわかっていて、自分をこの国に嫁《とつ》がせたのではないのか。その為にティルラやリリー、ザンドラを側につけたのだと思っていたのに。

痛いところを突かれて言葉に詰まるかと思いきや、画面に映る母が激高した。

『こんな危険が待ち構えているとわかっていたら、結婚なんかさせなかったわよ！　大体、今回の結婚はあんたを守る為のものだったはずなのに！』

「え？」

どういう事なのか。ぽかんとするアンネゲルトに、母は言葉を続けた。

『帝国内で、あんたを誘拐して他国に嫁《とつ》がせようとしたばかがいたのよ。そういう連中を抑える目的の結婚だったの。愛人を大事にしている王太子なら、すぐに婚姻無効にして帰ってこられるってお義兄様が仰《おつしや》ったから、提案に乗ったのに』

まさか今回の政略結婚の裏に、そんな事情があったとは。

呆然とし続けているアンネゲルトに、父が声をかける。

『お前も半年で婚姻無効にして帰ってくると言っていたから、安心していたんだよ。それにスイーオネースは魔導後進国だから、帝国の技術があれば問題なく過ごせると思っていたんだ』

その目論見《もくろみ》が、今回のイゾルデ館襲撃で崩れた訳だ。頼みの綱の魔導が破られたとなると、アンネゲルトの危険度は格段に高くなる。

『これでわかっただろう？　すぐに無効申請をして、帰ってきなさい』

ほんの少し前のアンネゲルトなら、一も二もなく喜んで帰る支度をしたはずだ。だが、今は違う。

『帝国に戻ったら、そのまま日本に帰っていい』

『日本のマンションはあのままにしてあるから、すぐに生活出来るわよ。日本で仕事が見つからなければ帝国の商会を手伝えばいいわ』

両親の思いもわからないではない。娘が外国で危ない目に遭ったら、何を置いても帰ってこいと言うだろう。

これまで危ない場面があっても帰国を促《うなが》されなかったのは、やはり帝国の魔導技術に対する信頼があったからだ。しかし、今回の件でその安全神話は脆《もろ》くも崩れた。

『アンナ』

「ごめん、帰らない」

アンネゲルトは、冷静な声が出た事に自分で驚く。画面の中の両親も驚いた様子だ。

「もしかしたら、もう帰らないかもしれない」

『アンナ……』

『それは、サムエルソン伯爵がいるからなの？』

母の言葉に、隣の父が驚愕《きょうがく》の表情で妻を見る。彼女はまっすぐにアンネゲルトを見ていた。こういう時の母に、嘘は通じない。

アンネゲルトは少し考えて、頭の中を整理しながら口を開いた。

「そうじゃない……とは言えない。でも、それだけじゃないの」

『やるべき事？　さっきお父さんが言ったように、それはあんたの命をかけてまでやる事なの？』

「多分、違う」

『じゃあどうして――』

「見てみたいの」

そう、自分は見てみたいのだ。未来のこの国を、今とは違うこの国を。

「魔導だけじゃなく、色々な新しい技術を取り入れて、今よりもっとよくなるだろうこの国を見たいの。この国が変わる事に、少しでいいから私も関わりたい」

特区を作れば、魔導研究に携《たずさ》わる人達が安心して暮らせるようになる。彼らは冬に出る凍死者の数を減らしてくれるはずだ。わずかな労力で大きな成果を出せる機械を発明する人も出るかもしれない。

帝国の公爵領と同様に、基礎学力を底上げして優秀な人材を育てたい。それらはきっとこの国の為になる。

「今、この国で私が出来る事がたくさんあるの。いくつかはもう動き出しているんだよ。それを途中で放って帰るなんて出来ないし、したくない」

偶然出会ったフィリップ、イゾルデ館や離宮の装飾の為に雇った個人や工房、離宮改造だけでなく島全体を造り替えているイェシカ。他にもたくさんの人がカールシュテイン島に関わっている。彼らを放って自分だけ逃げ帰るなんてしたくない。

「それに、帝国に帰っても、私の命を狙った連中を喜ばせるだけでしょ？　そんな卑怯な連中に負けるのは、絶対に嫌」

案外、最後の理由が一番大きいかもしれない。このまま帝国に帰れば、安全は守られるだろう。でも、卑怯者達に負けた事になる。それはどうしても許せなかった。

「今もリリーが一生懸命、敵の術式に対抗する研究をしているはず。ここで私が逃げ帰ったら、彼女の努力も無駄になっちゃう」

画面の両親は、深刻な表情から一転、困惑しているようだ。やがて、父が恐る恐ると口を開く。

『しかしな、アンナ。リリーの研究が間に合わなかったら、お前の命が危ないのだよ』

「わかってる。……ううん、本当はわかってなかったんだけど、でも、もう大丈夫。怖いけど、一人じゃないから」

アンネゲルトは画面から視線を外し、寝台の脇に立つティルラを見る。彼女は慈愛の目でアンネゲルトを見ていた。

常に側にいてアンネゲルトの事を考えてくれるティルラ、魔導に関しては頼り切りのリリー、いざという時に守ってくれるザンドラ。

それに、エンゲルブレクト率いる護衛隊のみんなや、クロジンデとエーベルハルト伯爵、アレリード侯爵夫妻もいる。

助けてほしいと言えば、彼らはきっと知恵も力も貸してくれる。目指す先は同じ、この国がよりよい国になる事だから。

「私はこの国に残る。ごめんね、お父さん、お母さん」

口にした事で、自分の望みが何なのかがわかった。もう日本に帰りたいなんて泣き言は言わない。ここで、自分に出来る精一杯をしたい。

画面の両親は、対照的な様子だ。父はまだ心配そうにこちらを見ているが、母は真剣な表情をしている。アンネゲルトが意志を曲げないと悟ったのだろう。

『本当に、いいのね』

「うん」

『わかった。好きになさい』

『奈々！』

冷静な母の言葉に、父が驚いている。アンネゲルトも、まさか母が許してくれるとは、と驚いていた。

『アルトゥル、この子がここまで言うって事は、もう説得は無理よ』

『しかし――』

『子はいつか親元を離れるもの。こういう形でっていうのは不本意だけど、自分の道を見つけたのなら、私達はそれを応援してあげなきゃ』

「お母さん……」

思えば、母には日本にいる頃から散々、色々と考えて行動しろと言われてきたものだ。あの頃はよくわからなかったけれど、自分が目指す場所をきちんと見つけろという意味だったのだろうか。

『そっちで納得出来るまで、頑張りなさい』

「うん」

『でも、もうダメだって思ったら、いつでも帰ってくるのよ?』

「うん」

『あんたには帰る家があるって事を忘れないで』

「うん」

画面の母は何かを言いかけて、しかし口を閉ざした。こんな母を見るのは初めてだ。もしかしたら、やっと一人前になったと認めてもらえたのかもしれない。

そう思った途端、感謝の言葉が素直に出てきた。

「お母さん、ありがとう」

『……お父さんにも、言わなきゃ』

「お父さんも、ありがとう」

父は何も言えないようだが、もう残る事に反対しないらしい。

これからはもっとまめに連絡を取ると約束し、アンネゲルトは両親との通信を終えた。


イゾルデ館襲撃から三日後、船では事件に関する会合が開かれていた。アンネゲルトをはじめ、事件に関わった人間は全て出席するよう通達が出され、さらに情報部から将校のポッサートも出席している。場所はいつも通り、船内のシアターだった。

「これまでにわかった内容を報告します」

そう前置きをしてから報告をするのは、事件の捜査を行っていた情報部の軍人だ。

「まず襲撃犯ですが、教会騎士団の一部だという事がわかっています。それを動かしたのは、教会の守旧派と呼ばれる派閥に属する司祭です」

情報によると、教会内の守旧派というのは貴族の保守派と同じ考えの派閥らしい。つまり、魔導技術の導入に反対を示す一派だ。

捕縛した教会騎士団の団員を尋問したところ、騎士団団長のみならず守旧派の司祭も関わっていると自白した為、改めて護衛隊を通じて彼らを逮捕、尋問している最中なのだという。

「動機は、やはり技術関連のようです。神の教えに背《そむ》く行いは許しがたし、と司祭が吠えていました」

尋問の場でも、自説を曲げずに大声を張り上げているのだとか。そこまでいくと、さすがに普通ではないと思ってしまう。

「それと残念な事に、護衛隊員の中に彼らに情報を流していた者がいたと判明しています」

その報に、場内がざわついた。アンネゲルトも驚きを隠せない。エンゲルブレクトとヨーンは、苦り切った表情だった。

「報告は全て我々にゆだねられていますので、こちらから。イゾルデ館の魔力供給源の在処や側仕えの方々をどうすれば不在に出来るかなどを伝えた人物は、兄弟同士の他愛ない会話と思って口を滑らせたようです。彼の兄弟が教会騎士団の団員の一人でした」

つまり、情報を漏らした護衛隊員は世間話として重要情報を兄弟に流したという訳だ。その隊員は、あの日イゾルデ館に詰めていて、現場で兄弟と顔を合わせたらしい。

「情報を流した隊員の処罰は、隊長であるサムエルソン伯にお任せします」

「了解した。これ以降、同様の不祥事はないとここで約束させていただく。妃殿下、私の配下の者が御身を危険にさらしました事、言い訳のしようもございません」

そう言うと、エンゲルブレクトはヨーンと共にアンネゲルトの足下にひざまずく。いきなりの事に慌てたアンネゲルトだが、隣にいるティルラから軽く小突かれて、ようやくそれらしい態度を取った。

「許します。以降、同じ事がないように」

本来ならば、王族を危険にさらしたとして情報を流した当人は極刑、護衛隊も解散の後、全員降格処分を受けてもおかしくはない。

だが、イゾルデ館が襲撃された時にアンネゲルトの命を救ったのも、また護衛隊だった。それを知っているからこそ、場内からは不満の声一つ上がらない。

エンゲルブレクトはより深く頭を下げた。

「……ありがとうございます。これより護衛隊一同、命を賭《と》しても妃殿下をお守りいたします」

建前とわかっていても、アンネゲルトとしては命を賭《と》すなどと言ってほしくはない。人を犠牲にして生き延びても、その後の人生は後悔ばかりしそうだ。

　エンゲルブレクトとヨーンは立ち上がると、一礼してから席に戻る。それを確認して、情報部員が報告を再開した。

「そうそう、今回の事件におけるこちらの損害ですが、警備関連をほぼ機械頼りにしていたのが幸いして死傷者はありません」

「よかった……」

　それを聞いてアンネゲルトは安堵の呟きを漏らす。

「その代わりと言っては何ですが、設備方面の損害は甚大です。しばらくイゾルデ館は使えないものとお考えください」

　キルヒホフからは、館の警備機器のみならず、壁や窓硝子《ガラス》、彫刻や調度品などが破壊されたという報告がなされた。どうも館内におびき寄せられ封じられた襲撃犯達が、腹立ち紛れに手当たり次第破壊したのだとか。

　特に一階と二階を隔《へだ》てる壁の損傷が大きく、特注のそれを作り直させるのに時間がかかるという話だった。

　他にも、侵入場所のフェンスのカメラや防犯設備、それに何故か表門のカメラや設備も破壊されていて、それらを修理しない事には、アンネゲルトを滞在させられないらしい。

「次の社交シーズンは無理と思った方がいいかしら？」

「それまでには終わらせます。ご安心を」

「そう……あまり無理はしないでね」

相変わらず淡々と返答するキルヒホフに、アンネゲルトはほんの少しだけ落胆する。どうせならシーズンに間に合わなければよかったのに、とは口に出して言えない本音だった。

――いや、いけないいけない。頑張るって決めたじゃない！

社交も、この国で生きていく上で重要な要素なのだから、苦手だ何だと言っていられない。それに、これからクアハウスや温室が正式に稼働した時、それらを宣伝する場所は社交界なのだ。

キルヒホフの返答に、ティルラが疑わしげな声を発する。

「島に臨時で作った工房も、二十四時間稼働しても追いつかないと聞いたけど、本当に大丈夫なの？」

「問題ない。イェシカと交渉して、イゾルデ館に必要な資材を優先してもらっている」

あのイェシカが、本当にそんな事を許したのだろうか。これこそ疑わしいが、ここで言っても始まらない。

「まあいいわ。イェシカや工房の恨みはあなたと教会に背負ってもらいましょう。では次に、リリー、お願い」

「はい」

ティルラの呼びかけに、リリーが椅子から立ち上がって壇上に向かった。手には大きな籠《かご》を持っている。

「今回の襲撃を許してしまった原因の一つに、私自身の甘さがありました。謹んでお詫び申し上げます」

そう言うと、リリーは壇上で頭を下げた。イゾルデ館の警備責任者の一人に名を連《つら》ねているリリーは、今回の件を猛省《もうせい》しているらしい。

放っておくとそのまま頭を下げっぱなしにしかねない彼女に、ティルラが先を促《うなが》した。

「リリー、続きを」

「はい。今回の襲撃には、西域で使われていない術式が使用されています。同じものが、以前、狩猟館が爆発炎上した現場からも検出されました」

狩猟館の消火活動の現場にリリーも来ていたのを、アンネゲルトも覚えている。それにしても、あの事件がこんなところで関わってくるとは。

だが、あの事件の犯人は犯罪に手を染めていた伯爵家だったはずだ。

「では、ルドバリ伯爵と教会騎士団の間には繋がりがあると？」

エンゲルブレクトの質問に、リリーは頷いた。

「どういう繋がりかまではわかりませんが、使われた術式が同系統なのは確かです。狩猟館の時には検出し切れなかったんですが、今回は痕跡《こんせき》が多数残されていましたし実物がありますので、術式の解析が容易でした」

そう言ってリリーが籠《かご》から取り出したのは、直径十五センチ程度の水晶玉だった。

「この球体の中に、魔力と共にいくつかの術式が封じられていました。中の魔力が切れるまでは使用可能のようです」

リリーは球体を持ち上げて全員に見せたが、見た目だけではさっぱりわからない。

水晶玉を見ながら質問したのは、ティルラだ。

「具体的に、どのような術式が入っているのかわかっているの？」

「はい。一番厄介だったのが、魔力の阻害です」

それを聞いたアンネゲルトは首を傾げた。阻害とは、どういう作用を言うのだろう。

皆の疑問を察したのか、リリーの隣からフィリップが補足説明を入れてくれた。

「あの、魔力を阻害されると、今回のように魔力で動作する警備システムが使えなくなります。その機能を使って、連中はまず館内に供給している魔力源を破壊したんです」

彼によれば、魔力を阻害されると術式の発動が出来ず、当然魔力で作動する警備システムも動かなくなるのだそうだ。

「停電中の電化製品みたいなものかしら……」

「近いでしょうね」

ティルラとこそこそと話している最中に、アンネゲルトはふと思い出した事がある。確かに館が襲撃された時、警報の後で停電状態になった。おそらく供給源を破壊されたのはその時なのではないか。

だとすると、しばらくして部屋の明かりが点いたのは、何故なのだろう。それに、敵を館内に封じるにも、システムを使う必要があったはずだ。

「ちょっと質問をしてもいいかしら」

アンネゲルトは手を上げてリリーに質問してみる。

「はい、何でしょうアンネゲルト様」

「あの時、一度部屋の明かりが消えたんだけど、しばらくしたら点いたの。あれはどうして？」

「ああ、生き残っていたシステムの動力源を、魔力から電力に切り替えたんです」

「え!?」

これには驚いた。システムが電力でも動くとは。リリーが続けて言ったところによれば、魔力から電力に変換したものを蓄電池に溜めて、いざという時に備えてあるのだそうだ。いつの間にそんな設備を導入していたのだろう。

会場の視線を集めるリリーはけろっとしているが、隣のフィリップは正しく皆の疑問をくみ取ったようだ。

「実は、イゾルデ館は離宮より小さいので、あちらで採用予定の警備システムの実験場にすると、リリーが聞かなくて……」

ぐったりした様子でそう言うフィリップに、常日頃の彼の苦労が偲《しの》ばれた。リリーとフィリップ以外の全員が、なるほどと言わんばかりに頷いている。

――やっぱりみんな同じ事を考えていたのね……

例の東屋《あずまや》の仕掛けも、魔力、電力両方で動くようにと考案されたものらしい。当初は、もっと魔導よりの仕掛けだったのだそうだ。

それにしても、やはりリリーの発想力はひと味違う。

「よくそんな事を思いついたな……まあ、おかげで今回は犠牲がなくて済んだが」

「これも日本の技術のおかげです」

エーレ団長の呟きを受けてリリーが言うと、今度は皆の視線がアンネゲルトに集中した。会場の中で、日本に一番関わりがあるのはアンネゲルトだ。

「え……べ、別に私は何もしていないんだけど」

「嫌ですわ、アンネゲルト様。アンネゲルト様のお言葉がヒントなんですよ」

「え⁉」

アンネゲルトは本気で驚いた。まったく心当たりがないのだが、自分は一体いつそんな事をリリーと話したのだろうか。

「覚えていらっしゃいませんか？　大舞踏会に行く前に、ハイブリッドの話題が出たではありませんか」

「ああ！」

アンネゲルトは思わずぽんと手を打った。確かにそんな話題が出たが、あの会話から、今回の魔力でも電力でも稼働可能なシステムが出来上がるとは。

「リリー、恐るべし」

「アンナ様……」

つい日本語で呟いたアンネゲルトは、隣にいるティルラから非難めいた視線を受けた。

「さて、これでシステムが復帰した理由はわかったな。敵がまた同じ手を使ってこないとも限らないから、この先も有効な手段だろう。ところでリリー、その球体の解析は進んでいるのか？」

エーレ団長の言葉に、リリーは頷く。

「球体に封じられた術式の内容はわかったものの、どこで発祥したものかがどうしてもわからなかったんです。ですが、先日帝国から取り寄せた資料内に似た術式がありまして、やっとどこのものか判明しました」

リリーの言葉に、会場がざわめいた。皆を代表する形で、エーレ団長が質問する。

「それで、どこだったんだ？」

「東域です」

誰もが息を呑んだ。東域とは、帝国やイヴレーアがある大陸よりも遥《はる》か東側を指す。

ちなみに帝国がある側は西域と呼ばれていた。

東域と西域の間には峻険《しゅんけん》な山脈がそびえ立ち、陸路での行き来は困難を極める。それもあって、帝国はスイーオネースの持つ北回り航路を必要としたのだ。少なくとも、アンネゲルトが嫁《とつ》ぐ理由として聞かされていたのは、これだった。

――実際は違ったみたいだけど……

まさか誘拐される危険性があり、それを回避する為の結婚だったとは。

それはともかく、スイーオネースは東域との交易が盛んで、色々な品が入ってきている国だ。しかし、教会の締めつけが厳しいので、魔導だけは入ってこないというのが通説なのだが、違ったのだろうか。

リリーの言葉に異を唱えたのは、スイーオネース側からの出席者であるエンゲルブレクトだ。

「東域から魔導を持ち込むのは、不可能に近い。教会は東域から戻る船の検査を行っているんだ。積み荷におかしな点があったら、容赦なく糾弾《きゅうだん》される」

「よくご存じですね」

リリーの何気ない一言に、エンゲルブレクトは少し気まずそうな表情を浮かべた。

「……父が、東域との交易を扱う商会を持っていた。それで知っているんだ」

初めて聞く内容だ。もっとも、運営を玄人《くろうと》に任せる形で商売をしている貴族は多い。彼の父親もそうだったのかもしれない。

ふと、アンネゲルトの脳裏に疑問が湧いた。

「どうしてそこまで魔導を排除しようとする教会が、今回の襲撃では魔導を使ったのかしら」

襲撃犯は教会騎士団で、しかも黒幕の司祭は魔導排除を訴える守旧派だ。そんな連中が何故、東域のものとはいえ術式を使ったのか。目的の為なら手段を選ばないという事なら、本末転倒な気がする。

アンネゲルトの疑問に答えられる者は、この場にはいなかった。捕縛された騎士団員も、上からの命令で使った、としか言わないらしい。

しんとしてしまった議場の雰囲気に耐えられず、アンネゲルトは慌てて話題を変えた。

「そ、それにしても、魔力の阻害とか初めて聞いたわ」

「私も今回の件で初めて知りました。東域の術式は特殊ですね。こういう考え方は西域にはありません」

そう言うリリーは、感じ入ったと言わんばかりの様子だ。敵が使ったものであれ、未知の術式は彼女にとって感慨深いものだったと窺《うかが》える。

どこか嬉しそうなリリーとは対照的に、隣のフィリップはうつろな目をしている。研究に入ってしまえば、彼の負担が増えるからだろうか。アンネゲルトは心の中で彼に手を合わせておいた。

「しかし、何故教会が直接姫様を狙うんだ。いくら魔導を禁じているからといってもおかしくはないか？」

そう意見を述べたのは情報部のポッサートだ。

「妃殿下は魔導技術導入の象徴のような方だ。その妃殿下を亡き者にすれば、我が国における魔導技術導入の妨《さまた》げになるのでは？」

エンゲルブレクトの意見に、ポッサートは首を横に振る。

「だとしても、姫様を襲撃するのは危険度が高すぎる。下手をすれば教会そのものの立場も危うくなるぞ」

帝国と教皇庁の繋がりは深くて長い。帝国皇帝の言葉一つで一国の教会組織がつぶれる事はないが、襲撃に関わった者達が教皇庁から破門を言い渡される事はあるだろう、というのがポッサートの意見だ。

「破門は、聖職者にとって死刑にも等しいはずだ。そんな危険を冒してまで、何故王太子妃である姫様を狙うんだ？　殉教者《じゅんきょうしゃ》気取りというにしても、行きすぎだ」

議場はまた静まりかえってしまった。今回の件にはまだ、アンネゲルト達が知らない何かがあるようだ。

「とりあえず、教会側には文句の一つも言わんとな」

「用意はしてありますよ」

エーレ団長の言葉に、ティルラは好戦的な笑みで返す。そんな彼女が、アンネゲルトは少し怖い。

これで会議は終わりかという時に、小間使いの一人が一通の書簡を持ってきた。

「何事？」

立ち上がって小間使いから伝言と書簡を受け取ったティルラは、驚いている様子だ。一体あの書簡は何なのだろう。

「アンナ様、たった今、スイーオネース教会の司教より書簡が届きました」

「司教だって⁉」

そう叫んだのはフィリップだ。彼は、魔導を研究していた咎《とが》で教会から王都を追放された過去を持つ。司教の名には過敏になってしまうのだろう。

「ほう、こちらが動く前に先手を打ってきたか」

そう言いつつ、エーレ団長が顎《あご》ひげをなでた。

「いかがしますか？　アンナ様」

「え？　私が決めるの？」

アンネゲルトにとっては意外だったが、周囲の様子から察するに、彼女が対応するのが当たり前のようだ。

渋々と受け取った書簡を開いて読んだところ、やはり内容は今回の件に関する事だった。

「……えーと、教会の関係者が事件を起こした事に対して遺憾《いかん》に思っているそうです。それと、破壊された物品などの補償をするとか。後は……」

どうにも遠回しな表現ばかりだが、要は今回の事件は守旧派の一部が暴走した結果であり、教会そのものは関与しておらず、事件に関わった者達は既に教会から破門済みであり、これからも教会はアンネゲルト達と事を構える気はないなどと書かれている。

ただし、謝罪に類する言葉は一切なかった。ある意味、見事である。

「どこの政治家よ……」

アンネゲルトは呆れて呟きつつ書簡をティルラに渡す。書簡はティルラからエーレ団長、エンゲルブレクト達へ回し読みされた。

「早速、実行犯を切り捨てにかかってきましたな」

「先手を打たれた以上、動けないですね」

エーレ団長に続いて、エンゲルブレクトが苦い様子で呟く。彼曰《いわ》く、教会が今回の犯人を匿《かくま》えば、同罪として処断出来たそうだ。

「いや、教会にいる人達全員が悪いという訳でもないでしょうし……」

「それはそうですが、教会が全ての処断を行ったというところが腑《ふ》に落ちません。真の黒幕をかばっている可能性もあります」

エンゲルブレクトの言い分にも一理ある。本当の黒幕を逃せば、第二、第三の事件が起こるだろう。だが、それが誰なのかわかっていないし、そもそも本当にいるのかどうかも怪しい。

「とりあえず」

アンネゲルトは場の空気を払拭《ふっしょく》する為に、少し大きめの声で言った。

「補償してくれると言うのだから、せいぜいふっかけましょう。キルヒホフ、資材をふんだんに使っていいわ。その請求は全て教会へ」

「承知しました」

「リリー、新しい警備システムに関する研究費や他の費用も、上乗せして請求しちゃって」

「はい、アンネゲルト様」

金は出すというのだから、せいぜい出してもらうとしよう。王太子妃としてはせこい気もするが、こういう形で詫びをいれると言ったのは教会側だ。

書簡で形だけでも謝罪があれば、まだこちらの心情も違っただろうに。

「謝るつもりがないのなら、違う形で徹底的にやらせてもらいましょう」

きっと、今の自分の笑みは黒いと、アンネゲルトも自覚していた。

その後、イゾルデ館の改修が全てにおいて優先されてイェシカが不満を溜め込んだようだが、それも「教会のせい」という一言で説明を済ませた。ある意味便利だ。

リリーは東域の術式に対抗する術式を開発すると張り切っていて、フィリップを振りまわしつつ過ごしている。

例の魔力と電力のハイブリッドシステムは、省魔力に繋がるとしてフィリップの担当になったらしい。彼はシステムの開発とリリーのお守りで寝不足が加速しているという。

ティルラは以前よりも少し過保護になった気がするが、これも安全の為と割り切る事にした。

ザンドラは、アンネゲルトを守る同士として、ヨーンをちょっとは認めている様子だ。関係が一歩前進したのか、実は後退しているのか、微妙なところである。

そして、アンネゲルトは――

「これは、こう書くの」

彼女は、エンゲルブレクト達の日本語授業に、また顔を出すようになった。一時期あったぎこちなさは、襲撃事件からすっかり消え、以前同様に屈託なく接している。

だが、変化は確実にあった。以前よりも、エンゲルブレクトとの距離が近くなっているのだ。アンネゲルトに自覚はあるが、エンゲルブレクトに確認した事はなかった。

今はまだ確認してはいけないと思っている。彼の気持ちを知ってしまえば、これまで通りとはいかないだろう。だから、まだ聞かない。

それを聞く時がいつになるかはわからないが、きっと、アンネゲルトが「自由」になった時だと思う。それまでは、今のままでいい。

ふいにエンゲルブレクトと目線が合ったアンネゲルトは、とても綺麗な笑みを浮かべた。

書き下ろし番外編

美姫の館での一夜

夜のイゾルデ館は静かだ。この辺りは貴族や富裕な聖職者や商人の邸宅が建ち並ぶ区域で、日が落ちると人通りもなくなるという。

そんなイゾルデ館には、現在複数の人間が滞在している。館の主《あるじ》であるアンネゲルトも、その一人だ。

改修はまだ終了しておらず、家具どころか住む為の最低ラインすらクリアしていない状態だが、理由があっての滞在だった。

離宮とイゾルデ館の装飾類修復を担当する工房を探すコンペがこの館で行われているのだ。その審査の為に、ここに留まっている。離宮のあるカールシュテイン島から船で通えばいいという話もあったが、往復の時間がもったいないというアンネゲルトの主張が通った。

現在、彼女がいるのは、仮の寝室となっている北翼二階の一室だ。壁も床も工事途中だが、資材や道具などは撤去されている。その室内に、野外で使用する天幕を張り、船から持ち出した簡易寝台を組み立てた。

天幕の外には、エンゲルブレクトがいる。淡いとはいえ想いを寄せる相手が、布一枚隔《へだ》てた向こう側にいるというこの状況は、なかなか刺激が強い。

とはいえ、今は彼と他愛のないおしゃべりに夢中になっていた。

「正直、社交は苦手なのよ……」

「そうなんですか?」

「ええ。基本、私は日本で生活していたし、向こうじゃセレブな生活とは縁遠い庶民生活をしていたから」

「せれぶ……とは?」

「あ、えーと、こちらでいう、貴族達……みたいなものかしら?」

違っているような気もするが、うまく説明出来ない。だが、エンゲルブレクトは理解してくれたようだ。セレブはわからなくとも、庶民は通じたのだろう。

「だから、やれ夜会だの園遊会だの茶会だの言われても、なじめなくて」

「なるほど、お察しします」

彼の声から、妙に納得した様子が感じられた。

「そういえば、隊長さんも伯爵位を持っているのよね？　やっぱり、社交の場には出るのかしら？」

言っていて、胸が痛くなる。脳内で、社交の場にいるエンゲルブレクトを妄想してしまったのだ。

彼が自分よりも若くて美しい令嬢と、何やら楽しそうに過ごしている姿が……

「いえ、お恥ずかしながら、私も社交は苦手でして……」

自分の妄想で落ち込むアンネゲルトだが、耳に入ったエンゲルブレクトの言葉で、瞬時に脳内映像は消え去った。

「まあ、そうなの？」

声に嬉しさが滲《にじ》んだのは、許してほしい。どうせここには彼と自分しかいないのだ。

「社交の場での隊長さん、ちょっと見てみたいわ」

そんな本音が思わず漏れたのは、この特殊な空間のせいだろうか。いつもとは違う、特別なシチュエーション。

とはいっても、ロマンチックなものではなく、修繕中で床や壁の下地が露出している最中の一室で、室内にテントを張るという変則的なものだが。

「私……ですか？」

テント越し、薄い生地一枚でしかさえぎられていないからか、相手の困惑が手に取るようにわかる。

「あ、べ、別に、苦手な場所に出るのを強要する訳ではないのよ？　そこは勘違いしないでね？」

慌てて言い訳をするも、相手からのリアクションがない。もしや、気分を害してしまったのではないか。

段々と胃の辺りが冷たくなっていくのを感じたアンネゲルトに、エンゲルブレクトから声がかかる。

「妃殿下、申し訳ありませんが、先程の言葉は何という意味でしょうか？」

「え？」

「私は妃殿下の故国の言葉を、まだよく理解出来ていません」

「あ」

慌てたからか、日本語で言っていたようだ。反応がなかったのは、内容を理解出来ていなかったかららしい。

「その……隊長さんが苦手なら、社交の場に出るよう強制はしないって言いたかったの」

「そうでしたか。いや、ですが妃殿下が社交界にお出になるようになったら、我々もその場にいる必要があります。職務ですから、お気になさらず」

エンゲルブレクトが気遣ってくれてるのはわかる。だが、今の言葉では「仕事だから仕方なくその場に行くだけだ」とも取れた。

——いや、確かに隊長さんの仕事なんだけど。わかってるけど！

改めてそれを突きつけられると、先程とは違う意味で胸の辺りが痛む。恋する乙女は、相手の態度に一喜一憂するものなのだ。

その後も他愛のない会話が続き、アンネゲルトの緊張もほぐれてきた。

「だから、最初のお姉様主催のお茶会はとても緊張したのよ。ここで失敗したら、後がないと思って」

「それは……」

「ええ、今ならわかるわよ。たとえ失敗したとしても、多分問題はなかったって。あの場って、何が出来て何が出来ないかを見る為のものだったんだわ」

クロジンデ主催で開かれた、この国で最初のお茶会が今では懐かしい。あの時は、場にいる全員が試験官のように見えたものだ。

「ですが、妃殿下は成功させる事が出来たのでしょう？」

「ええ、何とかね。でも、あのおかげで、その後のあれこれも乗り越えられた気がするわ。そう考えたら、お姉様やアレリード侯爵夫人達に感謝しないとね」

何度も繰り返し経験する事により、慣れというものも出てきている。その結果、苦手ではあるけれど、何とか社交行事を乗り切れる程度にはなっていた。

「何より、ここ一番って時の度胸がついたわ」

「ここ一番と言いますと？」

「殿下からの謝罪の場よ」

書類上の夫である、王太子ルードヴィグの謹慎明け、アンネゲルトへの王宮追放に対する謝罪の場が、国王により設《もう》けられた。

アンネゲルトはその席で、離宮とカールシュテイン島の所有権をねだったのだ。というより、既にもらったという体《てい》で話を進めた。

周囲はざわついたけれど、小さな島と放置されて荒れ放題だった離宮程度で王太子妃の機嫌が治るなら安いものだ、と思ったらしい。

所有権がアンネゲルトに移る前から、好き勝手に計画を立てていたけれど、完全に自分のものになってからはそれが加速した気がする。

「あの場で正式に島と離宮の所有権を勝ち取れたのも、あのお茶会のおかげだと思うわ」

「なるほど。アレリード侯爵夫人辺りが聞けば、喜ばれるかもしれませんね」

「……本当に、そう思う？」

「え？」

「陛下に対して、さももらいました、といった感じで話を進めたの。陛下は笑ってらっしゃったけど、図々しすぎたかもしれないわ……」

今頃になって、後悔の念が浮かんできた。他にやりようはなかったのだろうか。ごり押しした形になってしまったが、もっとスマートな方法があったかもしれない。

「大丈夫ですよ」

「隊長さん？」

エンゲルブレクトの声と口調は、不思議とアンネゲルトを安心させるものだった。

「陛下は、笑っていらっしゃったんでしょう？　あの方は、公《おおやけ》の場でそうそう笑う方ではありません。おそらく、妃殿下の度胸に感じ入ったのではないでしょうか」

「そう……かしら？」

あれは度胸なのだろうか。どちらかといえば、やけくそだった気がするけれど。

そんな彼女の内心を知らないエンゲルブレクトは続けた。

「そうですよ。だからこそ、島と離宮の所有権を妃殿下に譲《ゆず》ると決められたのでしょう。それに、その場にいたどなたからも、反対の声は上がらなかったのですよね？」

「確かに誰も反対しなかったけど……そうなのかしら？」

「そうですよ」

　現金なもので、彼にそう言われると、本当にそうなんだと思えてくる。これも恋する乙女のパワーなのだろうか。

　もっとも冷静に考えると、あの場で誰も反対しなかったのは、貴族達の計算の結果なのだと思う。だから、そのことはきちんと言葉にしておこう。

「多分だけど、あの島と離宮って、放置されていたでしょう？　それって、王室にとっては価値がないって思われていたんじゃないかしら。その程度のもので、王太子殿下のやらかしがなかった事になるなら、その、口が悪いかもしれないけど、安いものと考えたんじゃないかと」

　自分で言っていて、なんとなくこれが正解の気がした。ならば、別に後ろめたい思いをする事もないではないか。これはいわゆる慰謝料というやつだ。

　正々堂々、胸を張って島と離宮を所有しよう。先程の落ち込みから簡単に浮上したアンネゲルトだったが、続くエンゲルブレクトの言葉に急激な反応を示した。

「そうでしょうね。特に離宮は、何やらよからぬ噂《うわさ》もある場所ですし」

「や、やめてよ！　リリーが何もないって言ってくれたんだから！」

せっかく忘れかけていたのに、何故思い出させるのか。アンネゲルトが叫んだからか、再び隣からリリーがやってきた。

「アンネゲルト様、本当に、大丈夫ですか？」

扉を開けて、心配そうに声をかけてくる。怖がって叫んだ自分が恥ずかしいし、リリーにいらぬ心配をかけてしまった事が心苦しい。

「だ、大丈夫。何もないわ。ちょっと大きな声が出てしまっただけなの。度々悪かったわね」

「いいえ。問題がないようでしたら、私はこれで」

「ええ」

扉が閉まる音を聞いて、アンネゲルトは肺の空気を吐ききるような深い溜息を吐いた。

普段はアレなところが目立つリリーだけれど、男爵家の娘としての教育をちゃんと受けているからか、貴族としての立ち位置をしっかり保っているし、今も側仕えの仕事をこなしている。

いくらテント越しで相手が王宮から派遣された護衛隊隊長とはいえ、既婚者が異性と二人きりなのだから、気を引き締めなくては。周囲にいらぬ苦労をかけさせてしまう。

ふと、テントの向こうからくすりと笑う声がした。

「隊長さん？」

「ああ、失礼しました。私は護衛として信用されていないようですね」

「え？　そんな事はないんだけど」

「いえ、リリー嬢に、です」

エンゲルブレクトの苦笑する気配に、アンネゲルトは胸をなで下ろす。疑っていると思われるのは、心外もいいところだ。

それに、リリーが彼を信用していないというのも、少し違うだろう。

「多分だけど、リリーは単純に自分の仕事をしようとしているだけなんだと思うわ」

「それは、どういう意味ですか？」

「この館にいる間、彼女は私の側仕えの仕事に復帰しているの。しかもティルラがいないでしょう？　知らず知らずのうちに気負いすぎているんじゃないかしら」

リリーは基本とても真面目な性格だ。魔導に関する事で変人っぷりを披露するのも、その真面目さ故《ゆえ》だろう。

ここにいる間は研究を一時中断し、側仕えとイゾルデ館改修に全力で取り組んでいる。ただそれだけなのだ。

「だから、隊長さんの事を信用していない訳ではなくて、側仕えとしての仕事に忠実ってだけなの」

「そう……でしたか」

「まあ、まっすぐすぎるのも、問題かもしれないけれど」

けど、それもリリーの個性だ。優秀な人材なのだから、多少の問題くらいは目を瞑《つぶ》ろう。

実際、彼女は離宮と島の改造になくてはならない存在だ。イェシカももちろん大事だが、魔導関連ではやはりリリーの才能が不可欠である。

よもや、伯父はこうなる事を見越して、彼女を側仕えとしたのだろうか。

「……ないな」

「え？　何か仰《おっしゃ》いましたか？」

「な、何でもないわ、ええ」

うっかり呟いたのは日本語だったけれど、彼の耳には意味のある言葉として届かなかったらしい。しかし、エンゲルブレクトも簡単な言葉なら理解するようになったというし、気をつけなくては。

特に、エンゲルブレクトに関する、自分の感情については。

アンネゲルトはまだ王太子妃だ。早く婚姻無効を申請して独身に戻りたいが、鬱陶《うっとう》しいと思っているこの立場があったからこそ、この館も手に入れる事が出来た。

それに、今進めているあれこれにも、この立場は大いに役に立つ。

――わかってはいるんだけどね……

それでも、想う相手とこうして二人だけの空間にいると、その立場に自分が縛られているように感じるのだ。

その後も、二人でとりとめのない会話を楽しんだ。船内の施設に慣れすぎた隊員達の話や、ティルラと最初に出会った時の話など、話題は事欠かない。

そんな和《なご》やかで楽しい時間が終わりを告げたのは、アンネゲルトがあくびをしたからだ。さすがに夜も遅い。

「そろそろお休みください」

「そうね……寝不足はよくないって散々言われてるから」

美容にも学習にも悪影響だから、絶対に寝不足にならないようにとティルラからきつく言い渡されている。

この時間が終わりを告げるのは名残惜しいが、致し方あるまい。

「お休みなさい、隊長さん」

「よくお休みになってください、妃殿下。よい夢を」

エンゲルブレクトの低く心地のいい声を聞きつつ、アンネゲルトは目を閉じた。

新＊感＊覚ファンタジー！

Regina レジーナブックス

レジーナブックス Regina

嵐を呼ぶ
規格外令嬢!?

入れ替わり令嬢は国を救う

斎木リコ
イラスト：山下ナナオ
定価：1320円（10% 税込）

武術などを嗜《たしな》む令嬢ベシアトーゼはトラブルに巻き込まれ、隣国の叔父宅へ避難することに。ところがそこはそこで、王宮侍女になるはずだった叔父の娘が行方不明という事件が起きていた！　このままでは叔父の家は破滅してしまう……そこで、いなくなった娘に生き写しだというベシアトーゼが、代わりに王宮へ上がることになって!?

詳しくは公式サイトにてご確認ください
https://www.regina-books.com/

携帯サイトはこちらから！

RC Regina COMICS
大好評発売中!!
原作＝斎木リコ
Riko Saiki
漫画＝藤丸豆ノ介
Mamenosuke Fujimaru
シリーズ累計15万部突破!!
今度こそ幸せになります! 1~4
異色の転生ファンタジー
待望のコミカライズ!!
「待っていてくれ、ルイザ」。勇者に選ばれた恋人・グレアムはそう言って魔王討伐に旅立ちました。でも、待つ気はさらさらありません。実は、私ことルイザには前世が三回あり、三回とも恋人の勇者に裏切られたんです!　だから四度目の今世はもう勇者なんて待たず、自力で絶対に幸せになってみせます——!
B6判 / 各定価:748円(10%税込)
アルファポリス 漫画
検索
斎木リコ
藤丸豆ノ介
今度こそ幸せになります! 4
15万部突破!!
人生七度目
ついに勇者と幸せになる!?
異色の転生ファンタジーコミカライズ!
アルファポリス

本書は、2016年10月当社より単行本として刊行されたものに書き下ろしを加えて文庫化したものです。


この作品に対する皆様のご意見・ご感想をお待ちしております。

おハガキ・お手紙は以下の宛先にお送りください。

【宛先】

〒150-6008 東京都渋谷区恵比寿4-20-3 恵比寿ｶﾞｰﾃﾞﾝﾌﾟﾚｲｽﾀﾜｰ 8F
（株）アルファポリス　書籍感想係

メールフォームでのご意見・ご感想は右のＱＲコードから、
あるいは以下のワードで検索をかけてください。

アルファポリス　書籍の感想　検索

ご感想はこちらから

レジーナ文庫

王太子《おうたいし》妃《ひ》殿下《でんか》の離宮改造計画《りきゅうかいぞうけいかく》 3

斎木《さいき》リコ

2021年9月20日初版発行

文庫編集－斧木悠子・森順子
編集長－倉持真理
発行者－梶本雄介
発行所－株式会社アルファポリス
〒150-6008 東京都渋谷区恵比寿4-20-3 恵比寿ｶﾞｰﾃﾞﾝﾌﾟﾚｲｽﾀﾜｰ8階
TEL 03-6277-1601（営業）　03-6277-1602（編集）
URL https://www.alphapolis.co.jp/
発売元－株式会社星雲社（共同出版社・流通責任出版社）
〒112-0005 東京都文京区水道1-3-30
TEL 03-3868-3275
装丁・本文イラスト－日向ろこ
装丁デザイン－ansyyqdesign
印刷－中央精版印刷株式会社

価格はカバーに表示されてあります。

落丁乱丁の場合はアルファポリスまでご連絡ください。

送料は小社負担でお取り替えします。


ISBN978-4-434-29379-5 C0193